닮은 꼴

닮은 꼴

초판 1쇄 발행 | 2024년 7월 25일

지은이 | 문병욱
펴낸이 | 박영욱
펴낸곳 | (주)북오션

주   소 | 서울시 마포구 월드컵로 14길 62 북오션빌딩
이메일 | bookocean@naver.com
네이버포스트 | post.naver.com/bookocean
페이스북 | facebook.com/bookocean.book
인스타그램 | instagram.com/bookocean777
유튜브 | 쏠쏠TV · 쏠쏠라이프TV
전   화 | 편집문의: 02-325-9172   영업문의: 02-322-6709
팩   스 | 02-3143-3964

출판신고번호 | 제 2007-000197호

ISBN 978-89-6799-818-9 (03810)

닮은 꼴

문병욱 지음

Bookocean

차례

야산 아래 위치한 폐가는 회색과 푸르스름이 뒤엉킨 낡은 때깔
이 덕지덕지했다.

그런데 흡사 곰팡이를 연상시키는 빛깔을 걷어낸다면 일대에서
가장 크고 현대적인 집의 조건을 갖췄다.

사람의 온기가 머문 지 오래되었다곤 하나 높은 담벼락에서부터
2층 양옥인 점까지, 동네의 어느 집에 견주어도 뒤지지 않는 외관
을 갖추고 있었다.

"…다섯, 여섯, 일곱…."

술래가 바깥담 맨 끝에서 포갠 손등 위에 이마를 얹고 있다.

몸을 숨겨야 하는 아이들은 폐가 안으로 우르르 몰려들어 갔다.
입에서 나는 깔깔 대는 소리가 발밑에서 피어오르는 흙먼지를 잠
식하는 듯했다.

가장 먼저 마당으로 들어온 아이는 한편에 버려진 장롱 안으로
숨는가 싶더니 이내 다시 나와서는 집 안으로 들어갔다. 숨는 재

미는 쏠쏠할 것 같았으나 너무 쉽게 들킬 게 뻔했기 때문이다.

집 안으로 들어온 아이들 중 몇몇은 한쪽에 꺼져 있는 마루 밑으로 기어들어 가서는 두더지마냥 온 마룻바닥을 휘저으며 돌아다녔다. 이렇듯 몸을 감추는 데 수고를 아끼지 않는 아이들이 있는가 하면, 각 방의 문 바로 뒤편에 숨는 아이들도 있었다.

아이들에게 폐가는 신기하고 스릴이 넘치는 작은 세계였다.

집 안에 성한 창문은 없었다. 그래서 바닥 곳곳에 날카로운 파편이 도사리고 있었다. 이에 반해 문은 현관을 제외하곤 어찌됐든 대부분 멀쩡히 달려 있었다.

문 뒤편에 숨는 아이들은 대개 진심으로 술래를 하기 싫어 하는 아이들이다. 이들은 자신들이 되레 술래를 감시하다 여차하면 바깥담으로 뛰쳐나갈 요량으로 그곳에 숨었다.

친구들이 문 뒤편에 모두 자리를 잡자 한 아이는 부엌과 연결된 연탄아궁이 뒤로 숨어들었다. 도망을 놓기가 다소 힘들긴 하더라도 들어앉는 재미는 그럭저럭 괜찮은 편이었다.

이쯤 되니 1층은 이제 숨을 만한 장소가 소진되었다. 아직 반조금 안 되는 아이들이 숨지 못했다. 허나 걱정할 필요는 없었다. 비록 1층보다 방이 적기는 하나 2층이 있었고, 또한 옥상도 있었다. 2층으로 올라온 아이들은 서둘러 공간 하나씩을 차지했다.

"난 어디에 숨지?"

걸음 느린 영분은 마땅히 숨을 곳을 찾지 못해 우왕좌왕했다.

"영분아, 따라와."

영분보다 나이가 많은 남자아이들이 영분의 손을 잡아끌었다.

"여기 올라가 있으라고?"

"응."

남자아이들의 손에 이끌려 영분이 도착한 곳은 옥상으로 올라가는 턱 앞이었다.

본래는 2층과 옥상을 연결하는 계단이 있었다. 그런데 작년 누군가 대문과 함께 계단을 통째로 떼어가 버렸다. 계단과 대문의 공통점이라면 철제였다는 사실이다. 이후 아이들은 2층과 옥상 사이의 가장 낮은 턱을 이용해 두 곳을 오르내리곤 했다.

"자."

남자아이 한 명이 무릎을 굽혀 목 뒷덜미를 영분에게 보였다. 목마를 타라는 신호였다. 비록 깊지 않은 턱이긴 했지만 이제 열한 살인 영분 혼자 힘으론 어려웠다. 키가 작은 것이 가장 큰 이유였고, 겁이 나서 엄두조차 내지 못하는 것이 다음이었다.

영분은 별 망설임 없이 남자아이의 어깨에 올랐다. 내키지 않는들 한시라도 빨리 숨을 곳을 마련해야 했다.

"잘 잡아."

목마를 태운 아이가 무릎을 펴며 일어나자 옆에 있던 아이가 영분의 허리를 붙잡아 균형을 잡아주었다. 그렇게 영분은 두 오빠의 배려 덕분에 어렵지 않게 옥상으로 올라올 수 있었다.

"혹시 모르니까 통에 들어가 있어. 알았지?"

"오빠들은?"

"우린 따로 숨을 데 봐뒀어. 나중에 은수가 '못 찾겠다, 꾀꼬리.' 하면 데리러 올 테니까 그때까지 꼭꼭 숨어 있어."

"알았어."

영분은 남자아이들이 시키는 대로 옥상 가장자리에 놓인 고무통 앞으로 왔다. 뚜껑이 바닥에 뒹굴고 있는 고무통은 잘만 하면 아이들이 세 명도 들어갈 수 있을 만큼 내부가 널찍했다.

"이제 찾으러 간다—."

바깥담에서 숫자를 세고 있던 아이의 목소리였다.

영분은 얼른 뚜껑을 들고 고무통 안으로 몸을 넣었다.

해가 지고 있는 늦은 오후. 재잘재잘 떠들며 골목길로 들어서던 아이들은 하나 둘씩 갈라져 집으로 향했다.

"안녕."

"내일 봐."

그로부터 한참 후, 지희는 아이들이 흩어진 골목길 어귀에서 딸 아이를 애타게 불렀다.

"영분아ㅡ. 영분아ㅡ."

밤 아홉시가 훌쩍 넘도록 영분은 집으로 돌아오지 않았다.

"웬일이야?"

지희는 준규네를 찾았다.

"영분이가 아직 안 와서, 혹시 준규랑 있나 하고."

"여긴 안 왔는데?"

"준규는 모른대?"

"준규야ㅡ."

준규어머니가 집 안쪽으로 고개를 돌려 외쳤다.

"왜—에?"

닫힌 문 반대편에서 보낸 듯 불렀던 것보다 조금 더 늘어진 대답은 어딘가 막힌 느낌이었다.

"오늘 영분이랑 같이 안 놀았어?"

"몰라."

그런 식으로 몇 집을 더 돌아다녀봤지만 영분의 행적을 아는 이는 없었다.

"어딜 싸돌아다니고 있는 거야?"

골목을 죄다 뒤지다시피 했음에도 일말의 단서도 찾지 못한 지희는 초조했다.

"영분아—."

마침 가게에서 나오던 하령이 지희와 마주쳤다.

"하령아. 우리 영분이 못 봤니?"

"…"

하령은 선뜻 대답을 하지 않았다. 어려워하는 눈치였다. 미세하게 떨리는 눈빛과 입술이 또렷이 그러한 기색을 드러냈다. 하지만 심적으로 여유가 없었던 지희는 일절 알아채지 못했으므로 한 번 더 물어본다거나 추궁을 하진 않았다.

"파랑지붕 집에 놀러 갔었어요."

낙담한 지희가 돌아가려는데 하령이 입을 뗐다.

"파랑지붕 집?"

"야산 밑에, 사람 안 사는 집 있잖아요."

지희의 안면이 일그러졌다. 이마의 주름에서부터 눈썹, 눈, 심지어 코까지 얼굴 안의 모든 것들이 구부러진 듯했다. 흡사 심성 고약한 마녀의 가면을 쓴 것처럼.

그런 지희의 얼굴을 올려다보고 있는 하령은 두려움에 걸음을 한 발짝 뒤로 물렀다. 지희의 얼굴이 무서웠다기보다 일이 커진 것에 대한 두려움이었다.

그때는 조금 짓궂기는 해도 장난이라고 치부했는데, 지희의 심각한 기색을 마주하니 번득 장난이 장난이 아닌 것이 되어버린 느낌이었다.

"영분아ㅡ. 영분아ㅡ."

지희는 하령을 만난 골목에서부터 폐가까지 달려오는 내내 영분의 이름을 외쳤다.

"영분아ㅡ."

앞마당에는 아무도 없었다. 어두컴컴했지만 폐가 맞은편에 서 있는 가로등이 발하는 불빛만으로도 그 정도는 파악이 되었다.

지희는 곧장 집안으로 들어와 1층을 샅샅이 뒤졌다. 애타게 영분을 찾는 눈은 차츰 암흑 속에서 빛을 발하는 고양이의 눈처럼 변해갔다. 그리고 서슬 퍼런 그 눈빛 속에는 걱정과 두려움, 이내 분노가 처절히 뒤엉켜갔다.

"대체 어디 있는 거야? 속 터지게 정말."

2층으로 올라온 지희의 시선에 2층과 옥상을 연결한 철제다리가 있었던 곳이 눈에 들어왔다. 신경을 기울이지 않았을 땐 몰랐지만, 지금의 심정에는 흉물스럽기가 그지없었다. 동네 어른들이 아이들 때문이라도 하루 빨리 집을 허물어야 한다고 입을 모았던 것이 이해가 갔다. 지희는 금방 쓸데없는 생각을 할 때가 아니라는 판단에 시선을 2층 내부로 돌렸다.

하지만 이내 다시 옥상으로 눈길을 옮겼다.

불안한 확신이 든 그녀는 올라갈 수 있을 만한 지점이 있는지 주변을 살폈다. 다행히 2층 연탄아궁이가 자리한 근처에 옥상으로 올라갈 만한 턱이 있었다.

옥상에 올라온 지희는 당장 눈에 띄는 고무통 앞으로 달려왔다. 짧지 않은 세월을 보낸 폐가의 옥상에 자리한 물건. 그 주제에 빛이 바랜 느낌이 나지 않는 붉은색이 불길한 기분을 피어 올렸다.

"거기 있어?"

그렇지 않긴 바라지만, 행여 자신의 불안한 확신이 맞는다면 어떤 형태로든 영분은 이 안에 있을 것이라 짐작했다. 헌데 미친 듯 달려왔던 기세가 무색하게 막상 뚜껑을 열어보는 데는 머뭇거려지는 지희였다.

걱정을 넘어선 두려움이 그렇게 만들었다. 살면서 이토록 두려웠던 적이 몇 번이나 있었던가, 라는 생각이 들 정도로 걱정은 지희를 얼어붙게 만들었다.

비록 불과 몇 초에 지나지 않은 시간이었지만 지희는 온갖 상상으로 인해 망설이고 있는 자신이 한심했다. 다른 사람도 아니고 영분을 찾고 있는데 망설임이라니? 용기를 얻은 그녀는 손에 힘을 주어 천천히 뚜껑을 들어올렸다. 차마 확 걷어 낼 수는 없었다. 용기를 얻었다고 해서 두려움을 모조리 몰아낸 것은 아니었기에.

지희의 시선에 들어온 고무통의 내부는 암흑 자체였다. 아무것도 볼 수 없었다.

"영분아?"

뚜껑을 반쯤 열었을 때 영분을 불러보았다. 하지만 미약한 메아리만이 고무통 내부를 울릴 뿐이었다.

지희는 실망스러우면서도 안도감이 몰려드는 묘한 기분이 들었다. 그러한 기분이 드는 걸로 봐서 아마 고무통 안에 영분이 있었다면 끔찍한 상황을 무의식 중에 예감했던 것 같다.

텅. 이내 뚜껑이 바닥 위로 추락했고, 고무통 내부가 적나라케 지희의 시선에 모습을 드러냈다. 납작하게 눌린 부대자루들과 노끈들. 그게 다였다.

허탈했지만 한편으로 안심한 지희는 코끝이 찡했다. 죽도록 불안했던 가슴을 쓸어내린 지희가 돌아서는데, 눈앞에 그토록 찾아 헤매던 영분이 서 있었다.

"영분아!"

심부름을 나왔던 하령이 먼발치에서 폐가를 살피다 돌아섰다.

골목에 나와 서서 잡담을 나누고 있던 이웃주민들의 시선이 하나 둘씩 지희에게로 향했다.

이웃들은 지희가 골목 먼발치서 걸어오는 모습을 지켜보고 있었는데, 그녀가 노래를 흥얼거리며 오고 있는 줄로 알았다. 하지만 가까이서 보니 혼잣말을 중얼거리고 있는 것이었다.

"어디 갔다 와?"

"애가 밤이 되도록 안 들어 오길래 찾아왔어요."

지희가 대답했을 때 이웃들의 미간이 일제히 들쭉날쭉 찌푸려졌다.

"그래서 찾았어?"

"야산 밑에 있는 폐가에서 놀고 있더라고요."

"…."

이웃들은 조심스럽고 재빠르게 서로의 시선을 교환했다.

"거기 위험한데, 요즘 애들이 놀 데가 없긴 없나 봐요."

"그래서 영분이는 찾았냐고?"

"무슨 소리예요? 여기 있잖아요."

지희의 말과는 다르게 그녀의 시선이 떨어진 곳에는 아무도 없었다.

"분이엄마…?"

이웃주민들 중엔 멍해져서 말을 잃은 사람도 있었고, 천천히 몸을 일으키는 사람도 있었다.

다음날 오전. 구급차와 경찰차가 폐가 앞에 서있다. 먼저 도착해 있는 몇몇 동네 주민들은 안타까운 심정으로 쑥덕거렸다.

"그러길래 위험하댔잖아요."

"통장은 언제부터 허물 거라더니, 쯧쯧."

지희는 넋이 반쯤 나간 채 폐가로 오고 있었다. 딛는 걸음마다 불안과 초조함이 무겁게 축적되었다. 반대로 어둠을 헤치던 내내 단단히 움켜쥐고 있던 희망이 나락으로 잠식되어 갔다.

"영분엄마!"

이웃 한 사람이 다가오는 지희의 손을 덥석 잡았다. 다른 이는 그녀를 끌어안으려다 관두는 모양새를 냈다.

"우리 영분이 맞아요?"

지희의 물음에 주민들은 대답을 꺼내지 못하고 시선을 회피했다. 지희는 어차피 답을 들을 의중도 없었던 듯 잠깐 줄였던 속도를 다시 올려 폐가 앞마당으로 들어섰다.

앞마당에서 무전을 치고 있던 순경이 지희를 막아섰다.

"여기 들어오시면 안 됩니다."

"우리 애가 맞아요?"

"엄마 되세요?"

"우리 애 맞냐고요?"

지희는 제대로 답을 할 정신이 아니었다.

"누구야?"

현장을 확인하고 나오던 형사가 아래턱을 길게 빼 지희를 가리
켰다.

"모친 되시나 봅니다."

"그래?"

형사는 넋 나간 지희의 얼굴을 응시하다 밖에 서 있는 동네 주민
들에게로 시선을 가져왔다. 주민들은 지희가 어머니가 맞다는 신
호를 제각각 눈짓과 고갯짓으로 보냈다.

"따라 오시죠."

지희는 형사를 따라 뒷마당으로 왔다.

뒷마당에는 구급대원 두 명과 조사를 나온 경찰 한 명이 서 있
었다. 그리고 그들의 발밑에는 싸늘한 주검이 된 딸아이가 누워
있었다.

목이 부러진 영분은 코와 귀에서 피를 흘렸던 흔적이 선명했다.
지희는 영분임을 확인하자마자 돌진하려 했다.

"영분아—."

형사와 순경이 온 힘을 다해 지희를 붙들었다.

3

20여 년 후, 2001년 MCS 방송국.

회의실에서 나오는 진선의 얼굴은 무척이나 어둡다. 그보다 폭발하기 직전이라고 하는 표현이 더 맞겠다.

"너무 속상해하지 마세요."

유미가 강아지 꼬리마냥 뒤따라 나왔다.

"지금 나한테 아무 말도 하지 마."

진선은 단호하게 벽을 쳤다. 지금 그녀에게 위로는 불필요했다.

"선배님."

"하지 말라고!"

"…."

재석이 그 옆을 지나치며 오묘한 미소를 띠었다.

"개새끼."

진선은 그런 재석을 죽일 듯 노려보다 한 마디 뱉었다.

"선배님?"

유미는 주변의 눈치를 살피며 어쩔 줄 몰라 했다.

거우 울분을 삭힌 진선은 유미를 떼어낸 뒤 건물 1층에 자리한 편의점을 찾았다.

"디스 하나 줘요."

짧은 말을 채 맺기도 전에 천 원짜리 두 장을 불쑥 내밀었다. 점원은 능숙한 폼으로 담배를 찾아 바코드를 찍었다.

"천사백…."

"잔돈은 됐어요."

진선은 담뱃갑을 집어 들며 홱 하고 몸을 틀었다. 마무리가 매끄럽지 못했던 탓인지 기분이 상한 상대방이었다.

"저기요—."

점원이 진선의 뒤에다 외쳤지만 그녀는 이미 편의점 입구로부터 멀어지고 있었다.

화장실로 온 진선은 세면대 거울 앞에 서서 지포라이터의 불꽃을 댕겼다.

"후—우."

급하게 담배 몇 모금을 빨아낸 그녀는 악취를 만끽한 표정을 짓고서 거울을 응시했다.

"씨발."

정면에는 패배자의 옹졸한 모습이 있었다.

"안녕하세요?"

앳돼 보이는 방송국 직원 한 명이 화장실로 들어오다 진선을 발견하고 인사를 했다.

"후—우."

진선은 눈길도 주지 않고 담배만 피웠다. 이에 직원은 힐끗 눈치를 보며 칸막이 안으로 몸을 넣었다.

진선과 찬일은 국장실에서 방 주인과 마주하고 있었다.

"여러 가지로 검토를 해보니까 차 PD 기획안이 좀 더 와닿더라고."

진선은 불만 가득한 속내를 굳이 감추지 않을 심산인 듯했다. 그녀는 국장실을 들어서고 지금까지 한시도 인상을 펴지 않았다. 국장도 모르는 바 아니었으나 지적하지도 않았다. 켕겨서가 아니라 누시가 희석된 관망이랄까.

"다시 한번 검토해주십시오. 아무리 그래도 손바닥 뒤집듯 이렇게 갑자기…."

찬일은 답지 않게 감정에 호소하듯 말끝을 흐렸다. 차근차근 논리적으로 설득을 해보려던 그도 너무나 완강한 국장 앞에서는 도리가 없기 때문이다.

"우찬일 CP, 하나 물어봅시다."

국장은 진선에게 눈길을 주고는 말을 이었다.

"내 결정이 정말로 터무니없다고 생각합니까? 독단이라고 생각하느냐 이 말이요."

"그건…."

"소신을 담은 대답이거나 치밀하게 객관적인 대답. 내가 원하는 건 둘 중 하난데?"

국장은 보기까지 달아 물음을 완성했다. 의도는 빤했다. 마음에 들 대답은 어중간하지 않다는 것.

"…."

자기방어나 알량한 동료변호는 원천차단당한 찬일이었다.

"지금 내가 현장을 떠나 있다고 해서 무시하는 겁니까?"

관록이 있는 국장은 어투부터 내용까지 묵직한 한마디로 불편한 자리를 슬슬 정리하려 했다.

"그럴 리가요? 절대 아닙니다."

찬일은 웅크린 대답을 꺼냈다.

"그럼 지금 뭐 하자는 겁니까?"

"제 말은 그동안 고 PD가 준비한 게…."

이런, 미숙한 대변이 새나가려 했다.

"하루 이틀 일합니까?"

틀에 박힌 문구, 국장의 무미건조한 음성이 찬일의 말을 잘랐다.

"여긴 회사잖아요. 결국 잘하는 게 중요한 거잖아."

비꼬는 눈매가 찬일에게서 진선으로 쓰윽 다녀왔다.

"국장님…."

"최선책이, 결과가 빤히 보이잖느냐 말입니다, 예?"

국장의 의문사에 찬일은 동의를 전제로 깐 침묵을 지킬 수밖에 없었다. 반면 진선은 탁자위의 재떨이를 국장의 안면으로 날려버리고 싶은 충동을 가까스로 억제하는 중이었다.

진선은 씩씩거리며 복도를 걸었다.

"좀 진정을 해봐. 영 일리가 없는 말도 아니잖아? 아예 없던 일도 아니고."

찬일이 뒤따르며 말했다. 하지만 진선은 돌아보는 척도 않고 갈 길을 갔다.

"임마, 고 PD!"

찬일의 언성이 드세졌고, 그제야 진선은 걸음을 멈춰 돌아봤다.

"그깟 예산안 좀 적게 잡았다고? 아니면 아이템이 좋아서? 웃기지 말라 그래요."

"소리 낮춰!"

찬일은 유미가 그랬던 것처럼 주변의 눈치를 살폈다.

"차재석 그놈이 외주랑 붙어서 볶은 게 틀림없어요. 어디 좋은 데 정기회원권이라도 끊어줬나 보죠."

진선은 한쪽 손을 쫙 편 뒤 다른 손으로는 주먹을 쥐어 몇 번 마주쳤다.

"거, 말 좀 가려가면서…."

"이게 가리고 자시고의 문제예요? 이 ㅆ—."

말미의 육두문자는 소리로 내진 않았다.

"어쨌든 흥분만 하지 말고…, 야, 야!"

찬일이 진선을 향해 외쳤지만 그녀의 캐주얼화는 막힘없이 나아갔다.

퇴근한 진선은 욕실에서 샤워를 했다. 거실에서는 아까부터 그녀의 휴대폰이 울렸다 잠들다를 반복했다. 잠시 후 진선이 샤워를 마치고 나오는데 때마침 휴대폰이 꺘다.

"응, 엄마. …씻고 있었어. …밖에서. 엄마는 먹었고? …그랬어? 잘했네…."

통화를 마친 진선이 화장대 앞으로 와 영양크림을 바르는데, 또다시 휴대폰이 울렸다. 발신자를 확인해보니 찬일이었다.

"여보세요?"

방금 전과 다르게 푸석함이 드러났다.

"난데."

"네."

힘이 되어주려는 선배에게 미안한 마음이 들면서도 어리광마냥 무뚝뚝을 끊어낼 수가 없었다.

"평택 가재지구 도시개발건 있잖아…."

"…네. …네."

다음날 진선은 본인의 승용차를 몰고 평택으로 향했다. 조수석에는 유미가 앉아 있었다.

"내가 어쩌다 이 모양 이 꼴이 된 거지?"

"막상 가보면 여기 나름대로….”

유미는 말을 하는 도중 진선의 눈치를 살폈다. 진선은 윗입술로 아랫입술을 뭉그러뜨렸기에 유미는 다음 건네는 말을 흐릴 수밖에 없었다.

"드라마틱하면서도….”

"내가 지금 실크로드가 아니라 평택으로 왔다고 이러는 줄 알아?"

진선은 이치에 어긋나는 사유가 일을 그르쳤다는 투였다.

"그런 건 아니지만….”

부당하든 아니든, 유미는 정확히 그 이유라 생각했다.

"이 길 맞아?"

"저 사거리 앞에서 우측으로 빠지시면 돼요.”

차가 오른쪽 눈을 깜빡이며 방향을 틀었다.

"…네가 길을 아는데 왜 내가 운전을 하고 있어?"

핸들이 제자리로 돌아오길 기다렸다 말을 꺼내는 진선이었다.

"선배님 차니까요?"

가끔 에둘러야 할 타이밍을 놓치는 유미였다.

"에휴—.”

진선이 정면에 대고 한숨을 크게 내쉬었다.

"아직 남의 차는 자신이 없어서.”

"…그래. 그럴 수 있지.”

목적지에 도착한 진선은 넓은 길 적당한 곳에 주차를 했다.

"전 사실, 안 하실 줄 알았어요.”

엔진이 고요해졌을 때 유미가 말했다.

"왜 안 해? 더 악착같이 해서 본때를 보여 줘야지."

운전 내내 투덜거리던 것과는 달리 진선은 적극적인 기세를 띠며 차에서 내렸다. 집들이 몰려 있는 골목으로 들어서기 직전, 마트 평상 위에 마주앉아 장기를 두는 노인들을 발견했다.

"안녕하세요, 어르신들?"

진선이 살갑게 인사를 건넸다.

"누구요?"

"방송국에서 나온 사람입니다."

진선은 장지갑에서 명함을 꺼내려다 관두고 답했다.

"방송국?"

"다른 게 아니라 이 동네에 곧 아파트 단지가 들어서잖아요?"

"아— 땅이나 건물 이야기하러 온 거구먼."

"네, 거기 관련해서…."

"우린 그런 거 모르니까 안에 젊은이들한테 물어 봐."

다른 노인이 진선의 말을 잘랐다.

"꼭 그런 것만이 아니라…."

노인들은 자신들의 말만 맺고는 시선을 싹 거두었다.

"저기, 어르신."

"…."

진선은 자신을 무시하는 듯한 노인들의 태도에 기분이 상하거나 하지는 않았다. 나이 지긋한 그들이 딸 같은 처자들을 쌀쌀맞게 대하는 행색으로 짐작건대, 자주는 아니더라도 간간이 투기꾼이나 못지않은 부동산업자들에게 시달림을 당했으리라.

"저 할아버지들 엄청 불친절하다, 그쵸?"

그러한 생각에 미치지 못한 유미는 심산이 살짝 뒤틀렸다.

"얼마나 귀찮게 했으면⋯. 마실 거라도 들고 올 걸 그랬나 봐."

"뭘 귀찮게 해요?"

"여기가 메인이군."

진선과 유미가 들어선 골목 양옆으로 낡은 단층집들과 몇몇 2층 집들이 빼곡히 들어서 있었다. 안으로 들어가며 확인해 보니 이미 비어 있는 집들도 상당수였다.

"이 동네는 애들도 없나 봐요?"

어른들은 일을 나갔다고 쳐도 아이 한 명도 지나다니는 모습이 없는 골목이었다.

"낮에도 이 정돈데, 밤이면 드라마 세트장이 따로 없겠네."

진선과 유미는 골목 가장 깊숙이에 위치한 집 앞으로 왔다. 암묵 적 1번. 유미가 대문 옆에 달린 초인종을 눌렀다. 익숙한 멜로디가 흘렀고, 곧 중년여인의 음성이 따랐다.

"누구세요?"

"안녕하세요? MCS 방송국에서 나왔는데요. 잠깐 얘기 좀 나눌 수 있을까요?"

"방송국이요?"

"이곳 개발건 관련으로 프로그램을 제작하게 됐는데, 사전 인터 뷰 차 나왔습니다."

"잠시만요."

여인은 대문을 살며시 열고선 문 틈으로 고개를 빠끔이 내밀었 다. 유미가 기다렸다는 듯 여인의 눈앞으로 명함을 들이밀며 옅은 미소를 띠어 보였다.

"MCS에서 나왔습니다."

"시간 괜찮으시면 인터뷰 좀 부탁드려도 될까요?"

진선과 유미는 한 번 더 신분과 의도를 밝혔다. 여인은 명함을 받아들어 찬찬히 살펴보았다. 잠시 상황파악을 해보던 대문이 완전히 기울었다.

고가구(古家具)를 흉내 내고 있는 허접한 가구들과 다이얼로 채널을 돌리는 옛날 TV까지. 집 내부는 첫눈에 80년대를 연상케 할 만큼 소박한 분위기를 풍겼다. 편안한 옛날 집보다는 기분이 가라앉는 불편한 느낌에 가까웠다.

"앉으세요."

여인은 두 사람이 자리를 잡는 걸 확인한 뒤 부엌으로 들어갔다.

"드세요."

그녀는 식혜를 내왔다. 집 안 분위기와 어울리는 감각이었다.

"감사합니다."

"여기 개발에 관해서 뭘 만드신다고요?"

"맞아요. 노파심에 드리는 말씀인데, 저흰 시사가 아니라 다큐이기 때문에 깐깐한 취재보다는 휴머니즘에 포커스를 맞추고 가능한 자연스러운 인터뷰 형식으로 진행할 예정입니다."

"아— 네."

여인은 진선의 설명을 충분히 이해하는 듯했다.

"오늘은 촬영 같은 건 없고요. 미리 말씀을 드리러 온 거예요. 물론 추후에 협조를 해주시면 더 없이 감사하겠지만."

이후 진선은 추가적인 설명을 덧붙인 뒤 한 번 더 당부를 했다. 그리고 여인은 별 거부반응 없이 협조를 약속해주었다.

"수고하세요."

"오늘 정말 감사했습니다."

개발에 대한 전반적인 인식이나 분위기 따위를 묻고 답하는 것이 전부였음에도 시간은 훌쩍 흘렀다. 다행히 여인은 따분해한다거나 불편해하지 않았다. 오히려 무료하기만 했던 오후를 자신이 직면해 있는 주제를 두고, 그것도 방송국 PD라는 사람들과 대화를 나누는 자체를 흥미로워하는 낌새였다.

"요즘 분치고는 참 순박하신 거 같아요."

유미가 대꾸를 바라는 의도로 말했다. 하지만 돌아오는 반응이 없었다.

"선배님?"

그녀와 함께 골목을 걸어 나오던 진선이 어느새 몇 발치 뒤에 멈춰 서있었다.

"왜 그러세요?"

"여기, 이 집."

지희의 집 대문을 가리키는 진선의 눈동자가 초점을 잃은 정도는 아니었다. 하지만 확실히 흐리멍덩해져 있었다.

"집이요?"

유미는 의아해서는 다가왔다.

"이 집이 왜요?"

때마침 지희가 대문을 열고 나왔고, 그 앞에 서 있던 두 사람과 맞닥뜨렸다.

"안녕하세요?"

진선이 고개를 숙여 인사를 건넸다. 반면 지희는 멀뚱히 쳐다보기만 했다.

"저흰 MCS에서 나온 사람들입니다."

지희는 명함을 건네받아 확인한 후에도 생기 없는 눈길이었다. 틀림없이 오래전부터 햇빛을 멀리 했을 피부가 분위기를 거들었다.

"시간되시면 저희가 인터뷰를 하고 싶은데, 괜찮으시겠어요?"

"안에서요?"

대뜸 그렇게 묻는 지희의 표정과 어투에는 어떠한 색채도 배어있지 않은 느낌이었다. 귀찮아하지도, 그렇다고 반기지도 않는. 대하는 이에 따라서는 딱히 불쾌하진 않을 머쓱함이 밀려드는 태도였다.

"아뇨, 꼭 안에서 하실 필요는 없고요."

"오늘은 안 돼요. 다음에 오세요."

지희는 유미의 말이 한 템포 쉬는 틈을 타 거절을 했다.

"아, 그렇군요?"

차라리 귀찮아 하는 기색을 엿보였다면 멋쩍은 미소라도 입가에 걸어 보았겠지만, 너무도 무미건조한 지희의 반응에 어찌할 바를 모르는 유미였다.

말을 마친 지희는 대문을 닫고 두 사람을 지나쳐 갈 길을 갔다.

"어떻게 아셨어요?"

"뭐가?"

"사람이 나올 거라는 거 말이에요. 전 전혀 못 느꼈는데."

"그게 말이야…."

지희가 골목을 벗어날 때쯤 고개를 틀어 진선을 바라보았다. 거리가 있어 확신을 할 수는 없었지만 그녀의 양쪽 눈썹이 꿈틀거리고 있는 듯했다. 진선은 찌푸려진 눈썹 아래 자리한 지희의 시선을 똑똑히 응시했다. 회피하고픈 마음이 꿈틀댔지만 실행으로 옮기진 못했다.

"그냥."

설명할 수 없는 기운이 감도는 중 지희가 나타난 것이라고 대답하려다 삼켰다.

"다른 집도 한번 들러볼까요?"

"…."

진선은 여전히 벗어나지 못하고 있는 듯했다.

"선배! 다른 집이요."

"어? 어, 그래야지."

유미에게 잠깐 한눈을 판 사이 지희의 모습은 사라졌다.

서울로 향하고 있는 진선의 차안. 가는 길에는 유미가 운전을 맡았다.

진선은 지희와 마주친 후 줄곧 그녀의 생각만 했다. 지희에 대해 아는 것이 전무했으니 궁금한 점도 이미 바닥을 드러냈건만, 좀처럼 지희에게서 헤어 나오지 못하고 있었다.

진선은 그 이유가 궁금했다. 자신이 왜 지희에게서 헤어 나오지 못하는 건지. 짧지만 또렷한 기억을 수없이 되짚어본들 그리 특별할 것이 없는 여인이었다. 하고 있는 행색을 떠올려보아도 평범한 중년 여성의 모습이었고, 그녀의 집 역시 얼핏 골목의 여느 집과 다를 것이 없어 보였다. 무안하리만큼 무뚝뚝하게 자신들을 대했다곤 하나, 처음 마주하는 낯선 이들을 상대로 상식적으로 이해가 가는 대목이었다.

'왜 그 아줌마가 이렇게 신경 쓰이지? 오늘 처음 만난데다 딱히 유별났던 것도 아닌데. 마주친 거 역시 우연히 타이밍이 맞아 떨어진 것뿐이잖아? … 그런데 왜 이토록 꺼림칙한 기분이 가시질 않는 걸까? 대체 왜?'

답을 찾으려 애쓸수록 물음표들을 엉키게 만들었다.

"선배님, 저녁 먹고 들어가실 거죠?"

유미가 물었지만 진선은 대답할 여력이 없었다.

"선배님!"

"어? 왜?"

유미의 음성이 진선의 의식을 관통해 생각으로부터 빠져나왔다.

"저녁이요. 먹고 들어가실 거죠?"

"그래. 뭐 먹을까?"

"칼국수 어때요?"

"좋아."

오피스텔로 돌아 온 진선은 옷도 갈아입지 않고 침대에 누워 있었다. 그녀는 눈을 뜬 채 또다시 지희에 잠겨 있는 중이었다.

'씨— 미치겠네. 자꾸 생각나. … 왜 이러지?'

그처럼 의식을 부풀리고 오므린 지가 두 시간을 훌쩍 넘겼다는 사실을 진선은 알지 못했다.

✻ ✻ ✻

열네 살 진선은 그날도 홀로 점심을 먹고 있었다. 얼마 전 전학을 온 미연이 진선에게 다가왔다.

"우리랑 같이 먹을래?"

"그럴까?"

진선은 얼굴이 환해져서는 몸을 일으켰다.

"저기로 와."

미연이 가리킨 자리에는 유독 진선과 사이가 좋지 않은 친구들이 모여 앉아 있었다.

"아냐. 그냥 혼자 먹을래."

진선은 다시 자리에 앉았다.

"왜?"

"미연아—."

친구들이 재촉하듯 불렀다.

"알았어. 정말 혼자 먹을 거야?"

진선은 대꾸 없이 미연의 시선을 외면했다. 얄미운 친구들에게 무른 모양새를 보이기가 싫어서였다.

"진선아?"

"혼자 가."

진선은 밥을 크게 한술 떠서 입으로 밀어 넣은 다음 꾸역꾸역 씹었다.

그날 오후, 하교를 하고 집으로 온 진선은 책가방을 벗어놓고 곧장 학원 가방을 들었다.

진선은 집에 혼자 있는 것이 싫었다. 집에는 자신을 따돌리는 못된 친구들이 없었지만 또한 가족들도 없었다. 외동딸에 부모님은 몇 해 전 이혼을 했던 탓에 어머니와 단 둘이 지내고 있었다. 응당 어머니는 생계를 위해 직장을 다녀야 했다. 오히려 어렸을 때까진 집에 혼자 있는 것이 편했다. 이유는 하나, 바로 보기 싫은 친구들을 마주하지 않아도 되었기 때문이다. 친구들이 특별히 괴롭힌다거나 시비를 거는 것은 아니었다. 단지 철저히 무시할 뿐이었다.

처음에는 그게 무서웠다. 딱히 해를 가하지는 않더라도 그들의 눈이, 입이 무서웠고 혼자인 사실이 무서웠다. 하지만 언젠가부터 그에 반대되는 감정이 싹트기 시작하더니 급기야는 그러한 상황을 무서워하기는커녕 정면으로 맞서는 걸 즐기기에 이르렀다.

진선은 본인을 따돌리는 친구들에게 약한 모습을 보이지 않고 당당한 모습을 보임으로 해서 그들이 자신에게 주었던 상처들을 되갚는다고 여겼다.

"내가 울기를 바라? 내가 나약해지길 바라냐고? 흥! 어림없어. 난 겁쟁이가 아냐. 네까짓 것들이 놀아주지 않아도 충분히 즐겁거든. 왜? 내가 너희들이 원하는 대로 되지 않아서 더 얄미워? 어쩌지? 난 너희들의 그 바보 같은 얼굴이 재미있는데 말이야. 그러니

괜히 덤비지 마. 너희들만 손해야. 나랑 친해지고 싶다고? 그럼 지금까지 저질렀던 잘못들을 뉘우친다는 뜻으로 무릎 꿇고 용서를 빌면 생각해볼게."

진선은 마음이 약해질 때면 일기장에 써놓은 구절을 몇 번이고 소리 내어 읊곤 했다.

"이 멍청이들아,"

나름의 방어였고, 동시에 공격이었다. 물론 그럴수록 더욱 철저히 외톨이가 되어 갔다. 하지만 차라리 견디기는 나았다. 진선의 그것은 단순히 혼자여서 외로운 원초적인 외로움과는 다소 차이가 있었다.

진선은 학원으로 왔다. 앞쪽에 자리를 맡고 수업시간을 기다리고 있는데, 미연이 들어왔다. 진선은 반가운 마음에 미연을 부르려 했다.

"미연아―. 여기…."

그런데 뒤쪽에서 한 발 앞서 소리가 날아들었다. 돌아볼 것도 없이 진선을 따돌리는 친구들이었다.

"어―."

미연은 이쪽으로 눈길도 주지 않고 뒤쪽으로 향했다. 진선은 이때 근래 좀처럼 느끼지 못했던 허전함에 휩싸였다.

학원을 파한 늦은 오후, 진선은 떼로 어울려 놀고 있는 동네 아이들 옆을 아무렇지 않게 지나쳐 집으로 왔다.

진선이 대문을 열기 위해 열쇠를 꺼내려는데 덜컹하고 문이 저절로 열렸다. 엄마일 거라는 생각은 않았다. 이 시간에 집에 있을 수가 없다는 사실을 누구보다 잘 알고 있었기 때문이다.

진선은 의아해하며 조심스레 대문을 밀었다.

"…?"

기울어진 장막 앞에는 뜻밖에도 지희가 서 있었다. 골목 끝자락
에서 자신을 바라보던 눈을 하고서.

✳ ✳ ✳

잠에서 깬 진선이 번쩍 눈을 떴다. 오피스텔의 천장과 손으로 전
해지는 침대의 감촉….

꿈이었다는 걸 깨달은 진선은 잠시 그대로 누워 시선을 굴렸다.
익숙한 것들이 충분히 시야에 들어오고 나자 가슴이 진정되었다.

진선은 몸을 일으켜 소파로 왔다. 그리고 탁자 위에 놓인 담뱃갑
에서 담배 한 개비를 꺼내 문 뒤 불을 붙였다.

"후—우."

창문 너머로는 흐릿하니 동이 트고 있었다.

비가 추적추적 내리는 오후. 진선은 홀로 지희의 집 앞에 와 있
었다.

"대체 무슨 생각일까? … 내가 나를."

지잉— 휴대폰이 진동했다.

"여보세요?"

"선배님, 지금 어디세요?"

유미였다.

"나 평택 왔어. … 이제 길도 다 아는데, 뭐. … 그래. 알았어."

전화를 끊은 진선은 초인종으로 손을 가져갔다. 삐— 다소 날카
로운 소리 후, 제법 기다렸음에도 인기척이 없었다.

삐— 삐— 몇 번을 더 누르자 대문이 쇳소리를 내며 열렸다.

누구인지 묻지도 않았을 뿐더러 얼굴이 확인되는 인터폰이 달린

것도 아니었는데, 문이 안쪽으로 몸체를 기울였다. 그리고 현관 쪽에서 미세하게 태엽이 감기는 소리가 들렸던 것 같다.

주객이 전도된 감이 있지만, 순간 진선은 '안에 누가 있는 줄 알고? 혼자 들어가도 괜찮은 걸까' 하는 생각을 해보았다.

지난번 마주했던 지희에 대한 기분들이 그러한 의식이 솟아오르게끔 만들었다. 하지만 곧 여기까지 온 이상 그딴 망설임은 거추장스러울 뿐이라고 마음을 다잡았다.

진선은 안쪽으로 기운 대문을 마저 밀고 들어와 현관 앞으로 섰다. 찰나의 기척을 삼킨 것 같은 현관문은 닫혀 있었다.

"저기요—."

"들어와요."

지희의 음성이 현관문을 뚫고 날아들었다.

진선은 들고 있던 우산을 접어 현관 근처 적당한 곳에 내려놓았다. 그리고 안으로 들어갔다.

낡은 집안 전경을 메우고 있는 넉넉지 않아 보이는 살림살이들. 하지만 정리정돈만큼은 잘 되어 있었다. 인상만으로 따진다면 자신의 오피스텔보다도 말끔했다. 가장 눈에 띄는 건 샛노란 커튼이 쳐져 있는 방 안쪽이었다.

"어서 와요."

지희는 진선이 이때쯤 자신을 찾을 것이라는 걸 알고 있었다는 듯 덤덤하게 그녀를 맞았다.

"안녕하세요."

"앉아요."

"네."

엉덩이를 바닥에 붙이기 무섭게 한 가지 특이한 점이 눈에 띄었다. 다름 아닌 집안 곳곳에 영분의 사진을 담은 액자가 자리를 잡고 있다는 것이었다. TV와 식탁 위. 그리고 책장 안에도 액자는 시선이 닿기 편한 곳이면 어디든 자리를 잡고 있었다.

진선이 집 안을 둘러보는 사이 지희가 부엌에서 귤 몇 개를 담은 쟁반을 들고 나왔다.

"드세요."

지희는 적당히 거리를 두어 진선의 맞은편에 앉았다.

"고맙습니다. 안 계시면 어쩌나 했는데."

"…."

"오늘은 시간이 되시나 봐요?"

지희는 꼭 예전과 같은 스산한 기운을 풍기며 대꾸를 삼갔다. 그러나 오늘은 유미 없이 단신으로 이곳을 찾은 터라 내키지 않아도 계속해서 말을 붙여야 했다.

"손녀인가 봐요?"

진선이 영분의 사진이 담긴 액자로 시선을 넘겨 물었다. 별다른 궁리 없이 자연스레 튀어나간 물음이었다.

"딸이에요."

"아."

입을 떼게 하는 데는 성공했지만, 앞으로 무슨 대화를 어떤 식으로 풀어나가야 할지는 막막했다.

자신이 이곳을 찾은 진짜 목적은—묻고 싶은 사항은—듣는 사람에 따라서는 우습다 못해 황당하기까지 할지도 몰랐기 때문이다.

"어리죠?"

"네, 좀. 늦둥이였나 봐요?"

진선은 대답을 꺼내놓고 괜스레 무안해 귤껍질을 까기 시작했다.

보통은 유쾌하게 묻고 답할 수 있는 사항이었다. 하지만 기분 상 지희나 그녀의 집이 풍기는 묘한 분위기는 쉬이 그러한 유의 질문을 허락하지 않을 것 같았다.

"죽었어요."

"예?"

불안했던 예감이 들어맞아 버렸다.

"열한 살이었어요."

"제가 모르고… 죄송합니다."

"20년이 흘렀네요."

머릿속이, 덩달아 표정이 무너지려 하는 진선이었다. 친분이 있던 사람도 아니고 감성이 이토록 주저앉을 이유는 없는데 어째서.

"무슨 인터뷰를 하신다고 하셨죠? 방송국 작가세요?"

진선은 죄송스러운 마음에 좌불안석인 데 반해, 지희는 죽은 영분의 이야기를 언급하는데도 표정과 어투에서 일체의 동요도 보이지 않았다.

"작가는 아니고 PD예요."

"PD라면 감독님이세요?"

"그런 셈이죠."

"젊어 보이는데 대단하군요?"

"아니에요."

"인터뷰 하셔야죠."

"아, 네."

진선은 잠시 정신이 나갔다 들어오는 경험을 했다.

죽은 딸아이의 이야기를 남 이야기 하듯 아무렇지 않게 입에 올리더니 대뜸 인터뷰를 하자는 지희. 순간 그런 그녀가 실제인지 의구심이 들며 혹시 이것도 꿈은 아닐까, 하는 인식이 반짝였다.

진선은 급히 가방에서 노트와 녹음기를 꺼내 인터뷰 준비를 마쳤다.

"여기서 생활하신 지는 얼마나 되셨어요?"

자신이 왜 이곳으로 와 있는 건지? 그리고 당신은 이유를 알고 있지 않은지? 질문을 던지고 싶었으나 적당한 타이밍을 잡아야 한다고 여겼다. 황당하기 그지없는 의문이기 때문이다.

"인터뷰라는 거, 원래 이렇게 하는 건가요?"

"대강의 컨셉을 잡을 사전 인터뷰니까요. 저 외에 스탭들은 다음 번에 정식으로 촬영을 할 때 올 거예요. 물론 허락해주시면요."

"그래요?"

"음— 제가 뭘 여쭤봤나? 아, 여기서 생활하신 지는 얼마…."

질문을 하려던 진선이 갑자기 말을 멈추었다. 자신의 눈을 똑바로 응시하고 있는 지희의 시선이 그렇게 만들었다.

"몇 집이나 들렀어요?"

"네?"

"봤어요?"

"뭘요?"

"사진이요. 가족사진 같은 거."

"사진이요?"

쉽진 않았지만 진선은 마음과 머리에 여유를 부여해 들렀던 집들의 내부를 떠올려보았다. 그러고 보니 가족사진은 보지 못했다.

"여기 사람들 보면 장성한 자식들이 있어야 하는 게 정상이죠?"

"그렇…겠죠?"

지희가 묻자 진선은 을씨년스러운 기분이 엄습해왔다.

"그런데 아마 이 골목에선 한 집도 없을 걸요?"

그리고 이어지는 지희의 말에 확신이 섰다. 이곳에서 무언가 일이 벌어졌었음을….

진선이 지희의 집을 나설 때쯤에는 비가 그쳐 있었다.

'가족사진이 어쨌다는 거지? 말을 꺼냈으면 제대로 얘기나 해보든지. 약만 바짝 올리는 것도 아니고. 지난번에도 그랬지만 저 아줌마 그닥 정상은 아닌 거 같아.'

진선은 그 자리에 멈춰 서서 가만히 골목을 들여다봤다.

양옆으로 집들이 빼곡히 늘어서 있는 길고 좁은 골목. 하지만 풍기는 분위기는 수많은 세대가 모여 살고 있음에도 불구하고 이웃이 누구인지 제대로 알지 못하는 현대의 아파트보다 온기가 식어 있는 것처럼 느껴졌다.

4할에 가까운 집이 비어 있다고는 하나, 엄연히 사람 사는 동네인데 이토록 적막할 수가 있는 걸까.

진선은 천천히 걸음을 떼어 골목 안쪽으로 들어갔다. 순간 누군가 자신을 지켜보고 있다는 낌새를 감지한 진선이 재빨리 시선을 분산시켜 근원을 찾아보았으나 실패했다. 이때 휴대폰이 진동했다.

"여보세요?"

"어디 처박혀 있길래 오후 내내 코빼기도 안 보여?"

찬일이었다. 그는 지금 화를 내는 척을 하고 있는 것이었다. 딴에는 진선을 배려하는 것이리라. 현재 찬일은 주변 동료들의 시선을 한몸에 받고 있을 거라는 확신이 섰다.

"아까 유미한테 말했는데? 평택 와 있다고."

찬일의 의중을 알았기에 어리광 같은 어투가 튀어나갔다.

"갑자기 평택은 왜 갔어?"

"까마귀 고기를 드셨나? 일을 들이밀 때는 언제고? 여기까지 뭐하러 왔겠어요? 일하러 왔지."

"빨리 넘어와."

"왜요? … 지금 꼭 확인해야 해요? … 알았어요."

통화를 마친 진선은 왔던 길을 되걸어 골목을 나섰다. 진선이 골목을 나서자 곧 경우의 집 대문이 열리며 경우 아버지가 나왔다. 골목으로 나와 선 경우 아버지는 진선이 걸어 나간 골목 끝자락과 지희의 집을 번갈아 쳐다보았다.

퇴근을 한 진선은 화장대 앞에 앉아 있었다. 오후에 지희의 집에서 녹음을 뜬 내용들을 확인하는 중이었다.

– 봤어요?

– 뭘요?

– 사진이요. 가족사진 같은 거.

탁. 되감기 버튼을 눌렀다.

탁. 다시 재생.

– 뭘요?

– 사진이요. 가족사진 같은 거.

"애들 때문에 사진이 없다는 말이었고."

진선이 잠시 생각을 정리하는 동안 녹음기에서는 계속해서 진선과 지희의 대화내용이 흘러나왔다.

– 아마 이 골목에서는 한 집도 없을 걸요?

– 그게 무슨 말씀이세요? 왜 그렇다고 생각하시는 거죠?

– 왜냐면요….

지희는 얼마간 대답을 미루었으므로 메마른 녹음기 돌아가는 소리만 들릴 뿐이었다. 티티티. 침묵을 내보내는 녹음기 소리가 진선의 귓등을 간질였고, 동시에 신경이 곤두서게 만들었다.

– 제대로 큰 애들이 없어요. 여기 골목 애들은.

– 네?

– 올바르게 자란 애들이 없다고요.

– 어째서요?

– 흐음.

티틱. 지희의 한숨이 있은 한참 후 녹음기가 멈췄다.

"그 동네엔 제대로 자란 아이들이 없다고? 단체로 사고라도 났다는 거야, 뭐야?"

생각을 짜내보던 진선이 고개를 가로 저었다.

"탐정 놀이도 아니고. 오늘 뭐 한 거지?"

진선은 화장대 의자에서 일어나서 천장의 형광등을 껐다. 취침등이 켜져 있긴 했지만 방 안은 일순간 어둑해졌다.

그때 화장대 거울에, 형광등이 켜져 있을 땐 비치지 않던 정체 모를 사람의 형태가 침대 모퉁이에 앉아 있었다. 이를 눈치채지 못한 진선은 아무렇지 않게 그 형태 옆으로 몸을 뉘였다.

진선이 눈을 감은 채 옆으로 돌아눕자 형체가 세로로 기다란 모양에서 가로로 길어졌다. 그리고 진선의 코앞으로 바짝 다가선 형체에서 검붉은 색채의 눈알 하나와 거무튀튀한 입술이 나타났다.

입술은 뭔가 이야기하듯 옴짝거리다 이내 사라졌다. 반면 눈알은 눈을 감고 있는 진선의 얼굴을 뚫어져라 응시하더니 형체의 얼굴에서부터 발끝까지 천천히 기어다니며 진선의 전신을 훑었다.

다음날 진선은 방송국 자료실을 찾아 가재지구에서 발생했던 사건사고를 찾아봤다.

'아무리 찾아봐도 그 동네엔 특별한 게 없는데?'

"여기서 뭐 하세요?"

유미가 자료실로 들어왔다.

"좀 알아볼 게 있어서."

"뭔데요? 평택?"

"응."

"도와드릴 거 있나요?"

"도와주면 나야…, 아냐."

진선은 말을 얼버무렸다. 유미라면 분명 적잖이 도움이 될 것이었다. 하지만 현재 캐고 있는 사항이 사항이니만큼 실없는 선배 소리를 들을까봐 지레 찜찜했기 때문이다. 다른 곳에서라면 모를까 적어도 직장에서만큼은 그 누구에게라도 빈틈을 보이고 싶지 않은 진선이었다.

"뭔데 그러세요? 제가 도와드릴게요."

"아무것도 아냐."

진선은 DB에서 로그아웃 하며 자리에서 일어났다.

유미는 평소답지 않게 기다 혹은 아니다 시원스레 의사표현을 않는 진선이 의아해, 그녀가 방금까지 자료를 검색했던 컴퓨터에 자신의 아이디로 로그인을 했다. 그리고 어렵지 않게 문서창에 남아 있는 짜깁기한 임시자료파일 흔적을 발견했다. 파일명은 '경기도_80년대 사건사고일지'라고 되어 있었다.

"뭐지?"

클릭했지만 내용은 이미 삭제되어 확인할 수 없었다.

"80년대, 사고?"

유미는 고개를 갸우뚱했다.

진선은 골목으로 들어서는 입구 앞에 섰다.

"직접 알아볼 수밖에."

골목 안으로 성큼성큼 걸음을 옮기는 진선은 오늘 하루 가능한 많은 집을 방문할 계획이었다. 첫 번째 집 초인종을 눌렀다.

"누구세요?"

인터폰을 통해 여인의 목소리가 흘러나왔다. 스피커를 거치는 탓에 나이는 가늠하기가 힘들었다.

"안녕하세요? 전 MCS방송국 PD인데요."

"방송국이요?"

"네, MCS PD입니다."

"방송국에서 무슨 일로 오셨어요?"

"저희가 이번에 가재지구 개발건에 관해 다큐멘터리를 제작하려고 하는데, 주민 분들의 협조가 필요해서 이렇게 찾아뵙고 말씀을 드리려는 겁니다."

그런 식으로 진선은 오후에만 몇 집을 둘러보았다. 개발건에 관한 인터뷰라고 밝혀서인지 골목이 품고 있는 분위기와는 달리 주민들 대개가 협조적이었다.

"정말로 우리 동네가 방송에 나오는 거 맞죠?"

"그럼요. 선뜻 응해 주셔서 감사합니다."

골목의 여러 집을 둘러본 진선이 마지막으로 들른 곳은 지희의 집이었다.

"여쭤봐도 될까요?"

"봤어요?"

"무슨 일이 있었던 겁니까?"

지희는 대꾸 없이 방으로 들어가더니 곧 사진 한 장을 꺼내 들고 나왔다.

"이건?"

20여 년 전 동네 아이들이 단체로 호수공원으로 나들이를 가서 찍은 사진이었다.

"골목 아이들이 여름방학 때 공원에 놀러가서 찍은 거예요."

"그런데 왜 이 사진을…?"

"거기에 감독님이 궁금해하시는 게 있을지 모르니까요."

진선은 지희의 말을 접한 뒤 유심히 사진을 들여다보았다. 연못을 배경으로 찍은 단체 사진이라 아이들 얼굴이 선명하지는 않았다. 그러나 곧 어떤 아이가 영분인지는 구분을 해낼 수가 있었다.

진선은 한참 동안 사진에만 신경을 쏟았고, 지희는 그런 진선을 말없이 바라보았다.

진선은 오피스텔로 들어서자마자 녹음기와 노트 그리고 지희로부터 건네받은 사진을 탁자 위에 올려놓고는 가만히 내려다보았다.

'난 뭘 하려는 거지? 대체 뭐가 궁금한 거야? 지금 이딴 걸로 허송세월을 보낼 때가 아닌데?'

진선은 애써 그것들에게서 시선을 떼고는 욕실로 들어갔다. 샤워를 마친 뒤 대강 머리를 말리고 평소보다 이른 잠을 청했다.

✳ ✳ ✳

진선이 미연의 반으로 찾아왔다.

"나 너한테 물어볼 게 있는데…."

진선은 며칠을 고민하다 사실을 확인하려 했다. 결심을 하기 전까진 여느 때와 다름없이 대했었다.

"뭔데?"

"너 다른 애들한테 내 얘기한 적 있어?"

"어떤 얘기?"

이때 미연은 진선이 심상치 않음을 알아차렸다.

"옛날 얘기."

"무슨 옛날 얘기?"

"박수현이랑 관련된 거."

"박수현?"

✳ ✳ ✳

"여기에 있다고?"

유쾌하지 않은 기억과 꿈이 뒤범벅되었다. 선잠을 잔 진선은 깨자마자 탁자 앞으로 와 사진을 집어 들었다.

"분명 있단 말이지?"

진선은 검지로 사진속의 아이들을 일일이 짚어가다 송 기사에게 전화를 걸었다.

"여보세요?"

"송 기사님, 저예요."

"여— 이게 누구예요? 요즘 잘나간다고 연락도 없더니? 어때요? 준비는 잘 돼가요?"

"글쎄요. 그냥 그런 거 같아요. 송 기사님은 요즘 바쁘세요?"

"근래는 좀 바쁜 편이에요. 그런데 웬일이세요? 일도 없는데 전화를 다 하시고?"

"말씀을 너무 팍팍하게 하신다."

"안 그러게 생겼어요? 작업할 때 아니면 생전 연락 없는 분이 누구셨는데?"

"치— 그건 송 기사님도 마찬가지잖아요."

"아니거든요. 전 간간이 안부도 묻고 했거든요."

"… 제가 좀 그랬나요?"

"네, 아주아주 그랬어요."

어디든 비슷하겠지만 특히나 방송 분야는 그 메커니즘의 특성상 두루 많은 이들과 작업을 하는 경우가 잦으면서도, 한편으론 서로의 필요충분조건이 맞지 않을 시 안면을 싹 바꾸는 경우가 부지기수였다. 차라리 경쟁이 아니라 무관심이 오히려 다행일 정도로.

지금 송 기사는 그러한 메커니즘에 무척이나 충실했던 진선을 향해 서운함을 토로했다. 나름 장난과 부드러움을 곁들여.

"몰랐는데, 송 기사님 은근 소심하셨구나?"

"제가 좀 소심합니다. 그나저나 무슨 일로 연락을 한 거예요?"

"제가 사진을 하나 갖고 있는데 이걸 선명하게 확대할 수가 있나 해서요."

"당연히 할 수 있죠."

"그런데 필름은 없고 사진만 있어요. 그것도 좀 오래된 사진이고."

"봐야 알겠지만 요즘 웬만한 사진은 가능하죠."

"그렇군요. 혹시 지금 작업실이세요?"

"설마 지금 오시려고요? 빈말이 아니라 정리하고 막 문 내리려던 참인데."

"부탁 좀 드릴게요."

"많이 급한 겁니까?"

"송 기사님 초밥 좋아하시죠?"

조수석에는 초밥 도시락과 진선의 가방이 놓여 있었다.

"저 지금 다 왔어요."

"알았어요. 나갈게요."

삐익! 문이 열리는 전자음 후 송 기사와 진선이 스튜디오로 들어왔다.

"너무하시네, 정말."

불만을 토로하는 어투였지만 얼굴에는 장난기가 그득했다.

"미안해요. 출출하시죠?"

진선도 애교스럽게 받아치며 도시락을 그의 앞으로 내밀었다.

"이번엔 뭔데요? 옛날 사진이라는 걸로 봐서는… 역사탐방?"

송 기사는 받아든 도시락을 열어보며 물었다.

"그런 건 아니고요."

"그럼 혹시 몰래카메라?"

"몰래카메라요?"

"범죄 몰래카메라가 아니라 근대사에 벌어졌던 비리나 부패에 관한 증거사진이 아니냐고요."

진선은 이번에도 농담조로 던지는 말이라 치부하고 의도적으로 송 기사를 빤히 쳐다보았다.

"아니에요?"

송 기사가 말끝을 띄웠다.

"요즘 드라마나 시사 쪽 의뢰 많이 받으시나 봐요?"

진선도 말꼬리를 올렸다.

"험! 아니면 말고."

송 기사는 머쓱해서는 엉뚱한 곳으로 신경을 돌렸다. 짐작건대 농담 삼아 던진 질문은 아니었나 보다.

"이거예요."

진선은 지희가 건넨 사진을 송 기사에게 꺼내보였다.

"딸랑 하나?"

"아까 말씀드렸던 거 같은데?"

송 기사는 다소 김이 샜다. 이 시간에 진선이 부탁을 해올 정도라면 뭔가 굵직한 건임을 의심치 않았었는데, 정말로 달랑 한 장인 것도 모자라 겨우 아이들 단체 사진이라니.

"이게 무슨 사진인데요?"

송 기사는 그때까지 초밥 도시락을 손에 든 채 고개만 앞으로 빼서 사진을 살펴봤다. 음성 또한 살갑던 조금 전과는 다르게 착 가라앉아 있었다.

"그걸 알아보려고 여기 온 거예요."

"알아보러 왔다고요? 트릭 같은 게 숨어 있나?"

얼마 후, 세트 한쪽에는 빈 도시락 용기가 널브러져 있다. 진선과 송 기사는 암실에 있었다. 송 기사는 열심히 사진 보정 작업 중이었다.

"스캔 뜨면 되는 거 아니었어요? 손이 이렇게 많이 가요?"

예상보다 진행이 더뎠다.

"그건 아마추어죠. 일이 그렇게 쉬울 거 같으면 저 같은 사람이 왜 있겠어요?"

자신감이 느껴지면서도 수긍이 가는 대답이었다.

"이렇게 섬세한 보정작업을 끝내놔야 쟤들도 제대로 힘을 쓰는 거라고요."

송 기사는 발랄한 미소를 그리며 컴퓨터 쪽을 가리켰다.

"아─함."

필름 없이 사진을 복원하는 작업은 생각했던 것보다 훨씬 세밀했다. 고로 시간 또한 제법 걸렸다. 무료했던 진선은 한참 전에 나와 소파에 반쯤 누워 있었다.

"고 PD, 고 PD!"

첫 번째는 낮게 두 번째는 강하게, 컴퓨터로 작업을 하던 송 기사가 다급히 진선을 불렀다.

"다 됐어요?"

"여기 빨리 와 봐요."

뭔가 있다. 혹 특이사항이 발견되지 않았더라면 장난기 충만한 송 기사가 비아냥거림을 떨지 않을 리 만무했을 텐데. 지금 자신을 부르는 그의 음성 어디에도 그러한 여유는 없었다.

"뭐가 나왔어요?"

진선은 냉큼 송 기사의 옆으로 섰다.

"왜 이렇게 찍었지?"

모니터에 시선을 두고 있는 송 기사는 일찌감치 굳은 얼굴이었고, 막 모니터 속의 사진을 확인한 진선은 일순간 경직되었다. 실제로 온몸에 소름이 돋은 그녀였다.

"정말, 왜?"

사진은 선명하게 확대되어 거기에 찍힌 아이들의 얼굴 윤곽과 시선까지 명확히 구별할 수 있었다. 그런데 놀라운 건 영분을 제외한 대다수 아이들의 시선이 날카롭게 영분 쪽으로 쏠려 있는 것이었다. 고개는 정면을 향하고 있었으나 하나같이 날선 눈빛들이 영분을 겨냥하고 있는 행태였다. 반면 영분은 웃지도 그렇다고 찡그리지도 않은 무미건조한 얼굴로 정면을 응시하고 있었다. 다만 선명히 복구했음에도 불구하고 그녀의 한쪽 눈은 흐릿한 모습이었다.

"무슨 사진이 이래요?"

송 기사는 눈두덩을 손가락으로 문지른 뒤 부릅떴다.

"그러게 말이에요."

"설마하니, 연출한 건 아니죠?"

"차라리……."

진선은 사진으로부터 밀려드는 기괴함으로 인해 말문이 막혔다.

오피스텔로 돌아온 진선은 원본 사진과 복원 사진을 나란히 탁자 위에 올려놓았다. 그리고 물끄러미 바라보고 있었다. 이제는 가슴이 진정이 될 법도 한데, 그렇게 되지가 않았다. 아무리 들여다봐도 좀처럼 이해가 되지 않는 사진이었다. 것보다 궁금하지만 무서운 사진이었다.

"도대체 무슨 일이 있었던 거지?"

이때 누군가 베란다 끄트머리에 붙은 다용도실 문을 치는 소리가 들렸다. 콩. 콩. 진선의 온 신경이 순식간에 소음에 반응했다. 마치 의식이 소음으로 빨려 들어가는 기분이랄까.

'뭐지?'

신경이 날카로워진 탓에 오히려 냉정해질 수 있었던 진선은 얼른 가방에서 호신용으로 소지하고 다니던 가스총을 꺼내들었다. 총을 손에 쥐니 무력감이 한결 가시는 듯했다.

"후ㅡ."

짧지만 그 끝을 알 수 없을 만큼 깊었던 두려움을 극복한 진선은 천천히 그리고 조심스레 다용도실로 발을 내딛기 시작했다.

콩. 콩. 걸어가는 동안 또다시 소리가 들려왔다. 그러나 이때쯤에는 두려움보다 정체를 알아내고 싶은 마음이 컸다. 베란다 앞으로 온 진선이 베란다 등 스위치 두 개를 일제히 눌렀다. 순간 베란다 전체와 다용도실 문 앞이 환해졌다.

베란다에는 아무것도 없었다. 그렇다면 예상대로 다용도실이었다. 진선은 가스총을 어깨 높이로 들어 총구를 정면으로 향하게 한 상태로 다용도실 앞으로 걸음을 옮겼다. 맨발로 전해지는 바닥 타일의 미끈하면서도 시원한 감촉이 긴장을 완화시키는 데 도움이 되었다. 자신의 발자국 소리가 들리지 않은 점에서 오는 일종의 안도감도 있었다.

다용도실에 근접할수록 천천히 아주 천천히 걸음을 옮기던 진선이 더 이상 소리가 나지 않음을 인지했다.

'끊겼어.'

진선은 그 자리에 우뚝 섰다. 그리고 자기도 모르게 가스총을 들고 있는 손에 힘을 주었다. 앞으로 나아갈 수도, 그렇다고 뒤로 물러날 수도 없었다. 실체를 알 수 없는 존재에 대한 공포감이란 그런 것이었다.

'후ㅡ. 후ㅡ.'

진선은 속으로나마 심호흡을 했다. 그 상태로 10여 초가 흘렀다. 호흡이 정상으로 돌아왔다. 또한 몸도 움직이고 싶은 대로 움직여지기 시작했다.

진선은 힘겹게 뒤로 한 발씩 떼다 이내 멈추더니 갑자기 앞으로 돌진해 다용도실 문을 확 열어젖혔다. 가스총의 총구는 그녀의 시선만큼이나 재빠르게 다용도실 구석구석을 훑었다.

"안녕?"

"…."

"안녕하세요?"

"…."

진선이 마주치는 직원들에게 인사를 건넸지만 제대로 인사를 받는 직원은 없었다.

'왜들 저래?'

기획실에서는 유미와 찬일. 그리고 윤 작가가 이야기를 나누고 있었다.

"일찍 나왔네요?"

"왔어?"

"선배님, 오셨어요?"

윤 작가는 머리만 살짝 숙였다.

"오늘 분위기 왜 이래?"

마지못해 응수하는 모양새가 이곳의 분위기도 방금 전 복도와 별반 다르지 않았다. 동료들은 서로가 서로의 눈치를 살피며 진선의 시선을 회피했다.

"진짜 왜 그래, 다들?"

확실히 심상치 않은 기류를 감지한 진선은 자리로 앉으며 본격적으로 따질 품새로 물었다.

"뭐냐니까?"

"윤 작가는 잠깐 나랑 나가지."

"네."

진선이 기획실을 나서는 찬일과 윤 작가를 물끄러미 바라봤지만 두 사람은 끝내 외면했다. 이로써 진선에게 상황을 설명해 줄 사람은 유미로 정해진 셈.

"말해 봐. 뭐야?"

유미는 쉽게 입을 떼지 못했다.

"뭐냐고?"

"소문이 돌고 있는데요."

"무슨 소문?"

"그… 선배님이, 그러니까 선배님이."

"답답하니까 그냥 말해!"

"잤다고."

"뭐?"

유미는 고개를 제자리에 둔 채 시선만 떨어뜨렸다.

"처음부터 끝까지 다 말해봐."

흥분한 진선은 화장실로 들어오기 무섭게 가방에서 담배를 꺼내 물었다. 그리고 지난번처럼 세면대 앞에 서서 불을 댕겼다. 길게 연기를 뿜은 그녀는 거울 속 자신을 향해 냉소적인 미소를 던졌다.

"팀을 만들 때도 그런 식으로 뽑아 올렸다고, 외주임원이나 사내 PD들이랑… 그런데 이번 국장님은 그걸 안 받아줘서 선배님이 재석 선배한테 밀리셨다고…."

유미의 말을 빌리자면 방송국 내 PD들 사이에서만 퍼진 소문이 아니라 온 직원들의 입에 오르내리고 있는 실정인 것 같다고 했다.

"내가 그랬단 말이지?"

지하주차장으로 내려온 진선은 신경질적으로 문을 열고 승용차에 올랐다. 분에 겨워 눈시울을 붉히던 진선은 이내 눈물을 물리친 뒤 화장을 고쳤다. 그리고 시동을 걸었다.

사람 사는 특유의 냄새도 소리도 너무나 미미한. 그리고 왠지 모르게 그것이 당연시되어 있는 듯한 골목. 진선은 어느 집 문을 두드릴지 고민하며 골목을 서성이고 있었다. 때마침 지난번 그녀를 지켜봤던 경우 아버지가 대문을 열고 나왔다. 물론 진선은 그 사실을 모르고 있었다.

"안녕하세요, 선생님."

막막하던 차에 잘됐다는 생각이 든 진선이 살갑게 인사를 건넸다.

"…."

"저는 방송국에서 나왔는데요."

경우 아버지가 멀뚱히 쳐다보기만 하자 진선은 지갑에서 명함을 꺼내려했다.

"PD 양반 아니요?"

"알고 계시네요?"

경우 아버지는 가볍게 고개를 끄덕였다.

"혹시 시간 괜찮으시면 인터뷰 좀 부탁드려도 될까요?"

"개발 때문에?"

경우 아버지는 정말로 그것 때문이냐는 눈치였고, 진선 또한 지레 뜨끔한 바람에 두 사람 사이에는 아주 잠시 정적이 흘렀다.

"네, 맞아요."

"들어오슈."

경우 아버지는 닫으려던 대문을 다시 열고 앞장섰다. 진선은 경우 아버지를 따라 거실로 들어왔다.

"뭐 놓고 갔어?"

경우 어머니가 부엌에서 나왔다.

"누구?"

진선을 발견하고 한 번 더 물었다.

"전에 민수 엄마가 그랬잖아. 방송국에서 우리 동네 찍어 간다고."

경우 어머니는 별 관심은 없으나 기억은 난다는 낯빛이었다.

"안녕하세요?"

진선이 인사를 했다.

"아, 네."

"앉으슈."

진선은 경우 아버지가 가리키는 자리에 몸을 내렸다.

"마실 게 있나?"

"찾아볼게."

"아뇨, 그러실 필요 없습니다."

경우 어머니는 진선의 만류를 뒤로하고 다시 부엌으로 사라졌다. 진선은 앞서 해봤던 대로 최대한 담백한 눈길로 거실을 훑었다. 역시나 장성한 자녀의 사진이 없었다.

"인터뷰인지 뭔지 해야 하는 거 아뇨?"

"아, 해야죠."

진선은 경우 아버지가 조금 전 골목에서 자신을 미심쩍어해서 그렇게 물어온 게 아니라, 본래 말투가 무뚝뚝한 편일 거라는 생각을 해보았다.

"듣기로는 많이 다녀가셨다던데?"

"몇 집 들렀습니다."

"그런데도 부족한 거요?"

"기왕이면 많이 하는 게 좋으니까요."

"무슨 내용이요?"

"간단하게 말씀드리자면, 개발로 인해 이곳을 떠나야만 하는 주민들의 애환(哀歡) 같은 걸 화면에 담아내는 겁니다."

경우 어머니가 탄산음료 두 잔을 컵에 따라 쟁반에 받쳐 들고 왔다. 뚜껑을 열어놓고 묵혀 놓았던 듯 김이 제법 빠진 상태였다.

"드세요."

"감사합니다."

"여기 사람들의 애환이라?"

경우 어머니로 인해 대화가 잠깐 끊긴 사이 경우 아버지의 기세가 그전보다 확연히 가라앉았음이 진선에게 전해졌다.

"애환 같은 걸 촬영하고 싶다?"

"이를테면…."

묵직하면서 비꼬는 듯한 경우 아버지의 의문에 진선은 적당한 대꾸가 떠오르지 않았다.

"모르긴 해도 이 골목 사람들은 애환이라는 게 없을 거요."

"무슨 말씀이신지?"

"영 모르는 것 같지는 않던데…?"

경우 아버지가 흘리듯 넌지시 물었다.

"어째서 그리 생각하시는지?"

반만 문 미끼 같은 되물음이 나갔다.

"영분이네 자주 들락거리지 않았소?"

이런 식으로 대화가 흘러가는 걸 보니 예사롭지 않았던 첫 느낌이 틀리지 않았다. 또한 지금처럼 먼저 물어와 주는 바라면 오히려 진선으로서는 원하는 것에 다가가기가 쉬워진 격이었다.

무엇을 듣고 말하고 싶어 하는지 서로의 패를 확인한 경우 아버지와 진선은 눈빛으로 서로의 의사에 동의를 표했다. 반면, 경우 어머니는 살짝 당황한 눈매를 해서는 진선을 바라보았다.

"아버님은 뭔가 알고 계시는군요?"

"여기 사람들, 특히 이 골목 사람들은 애환이란 게 없소. 한(恨)민 남았지."

이번에도 응답이 어려운 말을 늘어놓는 경우 아버지였다.

경우 아버지의 이야기를 듣는 동안 진선은 사진에 대한 의문을 조금이나마 풀 수 있었다. 그리고 한편으로는 의외이기도 했다. 물론 지희가 경우 아버지처럼 직접적으로 당시의 이야기를 들려준 것은 아니었다. 하지만 진선이 느끼기에 그녀는 경우 아버지의 이야기와는 정반대의 인식을 가지고 있는 듯 보였다. 하긴, 팔이 안으로 굽는 건 당연한 이치이니 이해가 가지 않는 건 아니었다. 응당 경우 아버지도 마찬가지였으리라.

'아직 한쪽으로 치우쳐선 안 돼. 중심을 잡고 있어야 돼. 그래야지만 진실에 다가갈 수 있어. 내가 원하는 건 결국 진실이야.'

진선은 그렇게 스스로를 독려했다.

"영특하긴 한데, 조금 모난 구석이 있는 아이였어."

"그래서 아이들이 따돌렸나요?"

치우치지 않으려는 데서부터 나온 의문은 직설적이었다.

"따돌려? 뭐, 그런 적도 있었겠지."

진선은 경우 아버지가 어렵지 않게 인정을 해버리고 나니 오히려 준비하던 질문들이 머릿속에서 뒤엉켜 버리기도 했다.

"그때 우리 큰 애가 열세 살이었나, 네 살이었나?"

경우 아버지는 창가를 내다보며 이야기를 덧붙였다.

20여 년 전, 동네 아이들은 야산 밑에 모여 놀고 있었다. 남자아이들은 산에서 나뭇가지를 꺾어와 칼싸움을 했고, 여자아이들은 근처 바위에 쪼르르 앉아 깔깔거리며 떠들고 있었다. 영분도 여자아이들 틈에 끼여 있었다.

"민수야."

"경우 형."

"영분이 여기 있어?"

"음, 누나 저기 있는데."

경우는 화가 잔뜩 난 얼굴로 바위 쪽으로 성큼성큼 걸어갔다. 남자아이들은 경우의 예사롭지 않은 기세를 알아채고 따라서 바위 밑으로 왔다.

"야!"

경우의 외침에 여자아이들이 일제히 시선을 가져왔다.

"김영분! 이리 내려와!"

"나?"

"내려오라고!"

"왜 그러는데?"

"안 내려오면 내가 올라간다?"

영분은 무슨 영문이지 모르겠다는 얼굴로 바위에서 내려왔다.

"네가 애란이한테 시켰지?"

"시키다니?"

"애란이한테 엄마 돈 훔치라고 했잖아?"

"내가 애란이 언니한테?"

"이게 어디서 발뺌이야? 다 알고 왔으니까 사실대로 말해!"

순간 동네 아이들의 시선이 일제히 영분에게로 꽂혔다.

"난 훔치라고 안 했어. 언니가 훔치고 싶어서 훔친 거야."

"이게."

경우가 영분의 멱살을 거칠게 움켜잡았다.

"왜 이래? 놔!"

영분이 뿌리쳐보려고 했지만 덩치가 훨씬 큰 경우의 힘을 당해내지 못했다.

"한 번만 더 거짓말로 애란이 꼬시면 죽을 줄 알아. 알았어?"

말을 마친 경우가 영분을 확 밀쳤다.

"악!"

영분은 속절없이 뒤로 나자빠졌다.

"사기꾼 같은 게."

경우는 그대로 돌아서서 왔던 길로 돌아갔다. 동네 아이들은 넘어진 영분을 멀뚱한 눈으로 쳐다봤다.

"…."

선뜻 일으켜주지 못하는. 아니 창피한 당사자에게는 손을 내밀기 싫은 눈치들이었다.

"아니야! 아니라고!"

영분은 흙바닥에 발을 구르며 악을 토했다.

이야기를 마친 경우 아버지는 허탈하면서도 씁쓸한, 경우 어머니는 지금도 그 일에 대해 불쾌한 감정을 얼굴에 드러냈다.

"아직 어린애들이었으니까."

"그럼 자녀분들은 지금…?"

불안한 물음이 저절로 늘어졌다.

"둘 다 죽었소."

"네?"

전혀 예상치 못했던 대답은 아니었으나 막상 부모로부터 직접,

그것도 두 자녀가 유명을 달리했다는 사실을 전해 들은 진선은 충격을 받지 않을 수 없었다.

"최악의 여름이었지."

경우와 애란은 자신들의 집 옥상난간에 나란히 올라 서 있었다. 남매는 아슬아슬한 난간 위에 올라섰음에도 불구하고 일말의 두려움도 밖으로 표출하지 않았다. 유유히 공중에 떠있는 듯, 마치 무언가에 홀린 것마냥 편안한 표정을 얼굴에 내걸고 있었다.

"이제 괜찮아질 거야."

"응."

덤덤하게 말을 주고받은 남매는 꼿꼿이 선채로 앞으로 넘어갔다. 그날 저녁 집으로 온 경우 부모가 초인종을 눌러 보았지만 인기척이 없었다.

"아직도 안 들어왔나?"

열쇠로 대문을 열고 마당으로 들어서던 경우 부모는 세상에서 가장 끔찍한 장면이 두 눈에 박혔다.

"… 애들아?"

행여 장난이었더라도 아주 매서운 벌을 불렀을 연출이었다.

"도대체 무슨 일이야? 왜 이러고…?"

마당에는 경우와 애란이 피를 흘리며 쓰러져 있었고, 두 아이는 같은 방향으로 고개가 틀려 있었다.

"정경우! 정애란! 얼른 일어나지 못해?"

"아—! 아—!"

자식을 앞세운 부모의 절규가 골목에 울려 퍼졌다.

진선은 경우의 집 대문을 나섰다. 그녀의 얼굴에는 두려움과 의혹의 경계가 빚은 감성이 넘실거렸다.

"정말로 연관이 있는 건 아니겠지?"

경우 아버지로부터 이야기를 전해 듣고 나서인지 삭막한 골목의 전경이 온전히 받아들여지는 기분이었다.

"다른 집 애들도 마찬가지요. 영분이가 그렇게 되고 난 후에는 성인이 되기 전에 사살을 하거나 사고로 죽었소."

진선은 경우 아버지가 들려주었던 이야기들을 토대로 생각을 정리해보았다.

'공을 주우러 뛰쳐나가다가 트럭에 깔린 아이, 특별한 증후 없이 급작스레 목을 맨 아이들, 그리고 도구를 이용해 자해를 일삼은 아이들. … 너무나도 상식 밖이야. 한 골목에서 아이들이 그런 식으로 죽어 나간 것도 그렇고, 그걸 영분이와 연관지어 생각하는 여기 사람들도. 만약 정말로 그렇게 믿고 있다면 이 사람들 모두가 제정신이 아니거나. 혹은 실제로 이 모든 비극이 영분이와 관계가 있다는 거겠지?'

하지만 결론은 물음으로 맺을 수밖에 없었다.

'애 아빠는 오래전에 집을 나간 데다 왕래하는 핏줄도 없다고 하니, 혼자 남은 거나 마찬가지군.'

자식을 앞세운 상처를 끄집어 낸 다음이라서일까. 지희의 가족 관계를 물었을 때 경우 아버지는 하찮은 이야기를 꺼내듯 큰 아이는 영분이 아기일 때 잃어버렸고, 남편은 이후 본 적이 거의 없다고 대답했다.

생각을 일단락지은 진선은 어느덧 지희의 집 앞으로 와 있었다.

"그래서 없었구나."

진선은 초인종으로 손을 가져가다 이내 주머니로 복귀시켰다. 아직은 지희와 마주할 때가 아니라고 여겼다.

진선은 이른 새벽까지 뒤척이다 겨우 잠이 들어 있었다. 그런데 온몸을 휘감는 한기 때문에 눈이 떠졌다. 냉기는 스멀스멀 기어 올라오는 느낌이 아닌 한순간 얼리는 느낌이었다.

"갑자기 왜 이렇게 춥지?"

이때 화장대 거울에는 옆으로 누운 진선의 등 뒤로 여자의 형체가 바짝 붙어 있는 모습이 비쳤다. 형체 역시 비스듬히 몸을 기울인 상태였다.

진선은 유독 한기가 강하게 전해지는 등 쪽으로 고개를 돌려보려고 했다. 그런데 여자의 형체가 고개를 돌리지 못하도록 진선의 턱을 움켜잡았다.

"으으ㅡ."

얼음처럼 차갑기는 했지만 분명 사람의 손임을 알 수 있었다. 그래서 진선은 더욱 공포감에 휩싸였고, 온몸이 굳어버렸는지도 모른다. 어떻게든 대항할 방법은 소리를 지르는 것 외에는 없었다.

'아ㅡ. 아ㅡ.'

하지만 목구멍 아래에서만 울려댈 뿐이었다.

스르르. 형체의 눅눅한, 기분 나쁜 검은 머리카락이 눈앞으로 떨어지고 있는 모습이 보였다. 진선은 이제 울음이 터질 지경이었다. 움직임을 보이던 형체는 진선의 어깨 너머로 머리를 들이미는가 싶더니, 이내 자신의 뺨을 진선의 뺨에 갖다 댔다. 얼음 표면이 따로 없었다.

"꺄ㅡ!"

잠에서 깬 진선은 눈물에 침까지 흘리고 있었다.

"헉. 헉."

거친 숨은 기세를 누그러뜨리는 데 꽤나 시간을 요구했다.

'왠지… 낯이 익었는데.'

60

진선은 지희의 집을 찾았다.

"요즘 제가 이상해요. 알고 계셨죠?"

"사진은 봤어요?"

진선과 지희 두 사람 모두 단도직입적으로 서로에게 물었다.

"어머님은 뭔가 알고 있죠? 그렇죠?"

"뭘 말이에요?"

"사진도 그렇고, 저한테 벌어지고 있는 일도 그렇고. 뭔가 알고 계시죠?"

"무슨 말인지 모르겠군요."

"정말, 영분이의 저주가 맞나요?"

"왜 그렇게 생각하죠?"

죽은 딸아이의 저주가 아니냐고 묻는데도 지희는 침착하게 되물었다.

"저도 들었어요. 영분이에 관해서."

"그래요?"

하지만 이번에는 눈빛이 흔들렸다. 영분에 관해 무슨 이야기를 어떻게 들었는지 궁금해하는 눈치였다.

"뭐라고 하던가요? 우리 애에 관해서."

생각의 여과가 필요했던 진선은 곧장 입을 열지 않았다.

"내가 얘기해줘요?"

지금까지의 차분한 지희답지 않게 서두르는 감이 전해졌다.

영분은 애란을 기다리고 있었다.

"찾았어. 가자."

집에서 나온 애란이 영분을 잡아끌었다.

"혼나는 거 아냐?"

"겁먹을 거 없어. 길만 잘 알려주면 네 것도 하나 사준다니까."

"정말 괜찮을까?"

"금방 다녀오면 돼."

영분은 애란의 손에 이끌려 골목을 나섰다.

번화가의 노점상을 찾은 애란은 이미테이션 보석 및 액세서리가 펼쳐진 좌판에서 눈을 떼지 못하고 있었다. 좌판의 주인으로 추정되는 날려 보이는 사내는 애란이 재미있다는 눈치였다.

"이쪽은 만 원이 넘는 물건들인데, 너 돈은 있어?"

노점주인이 물었다.

"있어요."

애란은 액세서리에 시선을 고정한 채 답했다.

"정말이야?"

"봐요."

애란은 주머니를 뒤져 지폐와 동전을 꺼내 세었다.

"1만, 5천, 6백. 맞죠?"

"니들 어디서 왔냐?"

노점주인은 아주 흥미롭다는 눈길을 쏘았다.

"동네에서 40분도 넘게 걸어왔어요."

"그럼 이쪽 2만 원짜리에서 골라. 멀리서 왔으니까 만 5천 원만 받고 줄게. 남는 돈으로 버스를 타든지 떡볶이를 사먹든지 하고."

"진짜예요?"

애란이 환해졌다.

"골라."

애란은 한껏 기분이 부풀어 올라 액세서리들을 살펴봤다. 이에 반해 영분은 아까부터 입을 꾹 다문 채 애란을 지켜보기만 했다.

진선은 혼란스러웠다.

"일일이 열거할 순 없지만 알아보니 자주 그런 식이었던 거 같아요. 한 번은 학교 친구가 짝사랑하는 친구에게 편지까지 써놓고 고백을 못하고 있었을 때 영분이가 체육시간 틈에 살짝 편지를 넣어준 적이 있었는데, 그때도 도둑으로 몰릴 뻔했거든요. 반 아이 하나가 돈을 잃어버렸다고 했다나 봐요. 하필이면 체육시간이 끝나고 알아차린 거죠."

점잖게 분을 삭이는 지희. 그래서 진선은 추임새도 넣지 못했다.

"어떤 게 진실이든 사소한 일들이었어요."

앞서 정황들만 놓고 본다면 지희의 말이 틀리진 않았다.

"그런데 영분이가 잘못된 건 절대로 사소한 일이 아니에요."

진선은 경우 아버지로부터 영분이 어떻게 세상을 떠났는지 전해 들었던 터라 공감이 가지 않는 건 아니었다.

"난 뭘 해야 하지?"

진선이 조용히 웅얼거렸다.

"전 어떻게 해야 하죠?"

이번엔 목에 힘을 주었다. 막연한 두려움이 음성을 떨리게 만들었다.

"몰라요."

야속하게도 메마른 대답. 감성에 젖었던 지희는 어느새 건조해져 있었다.

"어머님."

"…."

지희가 모른다고 딱 잘라 말을 해버리면 진선으로서는 막막할 수밖에 없었다. 어디서부터, 어떻게, 왜 시작이 되었는지, 그녀를 통해서가 아니면 실마리조차 잡을 수 없을 것 같았기 때문이다.

'이 아줌마. 왠지 기분 나빠.'

진선은 따뜻한 물을 받아 놓은 욕조에 몸을 담그고 있었다. 마음 같아서는 이 욕조 물에 영분과 관련된 모든 것들을 씻어내고 싶었다. 일이 이런 식으로 꼬일 줄이야. 요즘 같은 세상에 한 서린 악령이라도 존재한다는 건가. 만약 그렇다면 자신은 억세게 운이 없게도 단지 엮인 죄 아닌 죄를 저지른 셈이었다.

가재지구 재개발건 다큐멘터리는 관심도 없었을 뿐더러 맡고 싶지도 않았다. 좌천까지는 아니더라도 PD로서 데미지를 입고 물러나 있는 상황에서 어쩔 수 없이 떠맡게 된 프로그램이었다. 그런데 그런 프로그램을 진행하다 이런 골치 아픈 일에 휘말리게 되다니. 진선은 시간을 되돌릴 수만 있다면 어떠한 핑계를 대서든 이번 프로그램을 고사하고 싶은 심정이었다.

'왜 일이 이 지경인지 생각해 보라고? 내가 뭘 어쨌다고? 무슨

의도로 그딴 말을 하는 건데? … 짜증 나, 진짜.'

시작부터 삐걱댔던 일이 결국 걷잡을 수 없을 정도로 어긋나고 있다는 기분이 든 진선은 진심으로 속상하고 답답했다.

이때 물 표면으로 사람의 등이 비친 모습이 보였다.

"어?"

놀란 진선이 고개를 들어 천장을 올려다 보니 믿고 싶지 않을 정도로 섬뜩한 장면이 펼쳐져 있었다. 다름 아닌 깡마른 여자의 형체가 팔과 다리는 천장에 붙이고 머리카락은 길게 늘어뜨린 채 고개만 등 뒤로 돌리고 있었던 것.

"꺄악—!"

날카로운 비명소리를 신호탄으로 흘러내리는 핏방울.

진선이 겨우 정신을 가다듬었을 때에는 자신의 왼손이 오른손을 꽉 붙잡고 있는 행태였다.

"후—우. 후—우."

거친 숨을 몰아쉬는 그녀의 손톱에는 목의 살점이 엷게 뜯겨져 있었다.

'윤서?'

✳ ✳ ✳

진선은 미연을 기다렸다. 미연이 혼자인 때를 기회라 여겼다. 학교를 파하고 학원에 가기 전. 진선이 미워하고 진선을 싫어하는 무리들과 미연이 갈라지는 틈을 타 앞에 섰다. 사춘기를 코앞에 둔 소녀는 자존심을 어느 정도 내려놔야 했기에 상당한 용기가 필요했다. 그만큼 진선은 미연의 호의가 설레었고 아른거렸다.

"안녕?"

진선이 가까워지는 미연에게 인사했다.

"안녕."

미연도 저만치에서부터 진선이 서 있는 모습을 확인했었다.

"…."

미소를 띠고 있을 뿐. 정면으로 바짝 다가선 기세가 완연히 꺾여 있었다.

"할 말 있어?"

미연이 물었다.

"나 어떻게 생각해?"

진선이 입을 뗐다.

"뭘?"

"넌 나 싫어하지 않는 거지?"

"… 딱히 이유는 없으니까."

"나 그렇게 못된 짓 한 적 없어. 걔들이 멋대로 떠들고 다니는 게 훨씬 더 많아."

"정말?"

"맹세해."

"알았어."

"그럼 나랑 친구할래?"

"친구하자고? …."

미연은 선뜻 응답을 내놓지 못했다.

"네가 걔들이랑 절교하기 힘들면 우리끼리만 친구하고 지내는 건 어때?"

"그냥 애들이랑 화해하고 다 같이 놀면 될 거 같은데?"

잠깐 생각하다 움츠린 대답을 내놓는 미연이었다.

"안 될 거 같아."

진선의 응답이 곧장 날아들었다.

"내가 얘기해볼게."

"끝까지 나랑 친구할 거 아니면 안 하는 게 좋을걸. 괜히 찍히지 말고."

입술을 옴짝달싹하던 미연은 결국 아무 말도 없었다.

"아니다. 갈게."

진선이 미연을 지나쳐 몇 발자국을 떼었을 때 미연이 입을 열었다.

"왜 친구들한테 말하지 말라고 한 건데?"

진선이 돌아봤다.

"대답해봐."

* * *

진선은 기획실로 가는 길에 유미를 만났다.

"선배님, 목에?"

유미는 진선의 목에 붙어 있는 반창고를 가리켰다.

"이거? 강아지가 할퀴었어."

"강아지 키우세요?"

"아니, 친구네 갔다가."

"강아지가 엄청 사나운가 봐요?"

"저기, 박 PD."

"네?"

진선에게는 항상 이름으로 불려왔던 터라 유미는 다소 어색한 기색을 내비쳤다.

"나 지금 바로 평택으로 갈까 하는데, 우 선배한테 말 좀 잘해줘."

"조금 있으면 오실 텐데 보고 가시는 게?"

"요즘 내 상태가 영 아웃이라 그래. 얼굴 보면 보나마나 꼬치꼬치 캐묻다가 볼 장 다 보게 할 게 빤하잖아? 원체 걱정이 많은 양반이라 말이지."

"하긴."

유미는 수긍의 고갯짓을 했다.

"부탁 좀 할게."

1년 가까이 함께 일을 해왔지만 오늘 같은 진선은 처음이었다. 그녀는 일적인 측면 외에 남을 돕는 것에 꽤나 인색했다. 그러나 남에게 부탁하는 일에는 더더욱 박했다. 그런 진선이 '부탁'이라는 말을 건네고 있다니? 차라리 "귀찮은 연락 오지 않게 우 선배한테 미리 말해놔" 하는 식의 명령조였다면 어색하지 않을지 몰랐다.

"알았어요. 다녀오세요."

"고마워."

"뭘요? 제가 철벽수비 해내겠습니다."

어색했던 것도 잠시. 유미는 신선한 진선의 태도가 마음에 들었다. 표정과 음성에 생기가 도는 그녀였다.

"박 PD."

돌아서려던 진선이 유미를 불렀다.

"네, 선배님."

"박 PD는 왜 PD가 된 거야?"

"저요?"

"응."

유미는 전형적인 면접용 질문에 어리둥절했다. 느닷없이 지금 진선 자신의 앞에 서 있는 본질을 묻다니? 그러면서 한편으론 단박에 이유를 떠올리지 못하는 본인의 처지가 안타깝기도 했다.

PD가 되기 전에는 꿈이 많았었는데. 막상 PD가 되고 나니 꿈은 고사하고 무엇을 이루려는 건지 알지도 못한 채 조직 내에서 주요한 인원이 아닌, 마냥 휩쓸려가고 있는 기분이었다. 그래서 빡빡하게 여기까지 달려온 스스로에게 미안한 마음이 들기도 했던 것 같다.

"왜 대답이 느려? 그냥 된 거야? 경쟁자들 물리치고 합격해서?"

"그런가 봐요."

허망하게도 선뜻 대답이 튕겨져 나갔다.

"그럴 리가 없잖아?"

"잘 모르겠어요."

이번엔 뜸을 들이다 답했다.

"잠깐 잊은 걸 거야. 나도 그랬거든."

"…"

"수고해."

"다녀오세요."

유미는 복도를 걸어가는 진선의 뒷모습을 볼 수 없을 때까지 응시했다.

"좀 재수 없긴 한데."

송 기사는 사진의 강렬한 이끌림에 따라나서기로 마음을 먹었다. 진선으로부터 지희의 이야기를 전해 듣고 나니 내키지도 않고, 두려움도 꿈틀댔지만 끝내 호기심을 떨쳐낼 수 없었다.

"제가 주제파악 못하고 막무가내라고 생각하시는 건 아니죠? 아니다. 그렇게 생각할 수밖에 없을지도 모르겠네요."

송 기사가 운전 중인 진선에게 말했다. 두 사람은 지희의 집으로 향하는 중이었다.

"의외라는 생각밖에 안 했는데."

정면에 시선을 주고 있는 진선이 답했다.

송 기사는 업계 내에서 굵직한 경력뿐만 아니라 일을 처리하는 스타일도 시원한 축에 속했다. 때문에 관례를 무시하고 자신을 따라붙는 데는 나름의 이유가 있다고 치부하는 진선이었다.

"PD님 설명을 듣고 나서는 궁금하기도 하고 안쓰럽기도 해서 그날 이후 잠을 설치고 있다니까요."

"잠까지 설쳤어요?"

"찜찜해서라도 알아낼 건 알아낸 뒤에 벗어나고 싶은 심정이랄까."

"음…."

무슨 말인지 공감이 갔다.

"그런 사진은 정말 처음 보거든요. 사진 속의 당사자를 만날 수 없다면 이야기를 들려줄 사람이라도 만나보고 싶어요."

"송 기사님은 그 어머니의 말을 전부 믿진 않는 건가요?"

동네에 가까워졌을 즈음 진선이 물었다.

"그렇게 보였나요?"

"아니에요?"

"꼭 그런 건 아닌데, 어떤 면에선 죄짓는 기분이 들기도 하네요."

송 기사는 사진을 접한 이후 그 속의 아이들이 무언가 알려주고 싶어 한다는 느낌을 받았다. 아니 도움을 청하고 있다고 굳게 믿었다. 하지만 이 부분은 진선에게 털어놓지 않았다. 괴랄한 집착도 아니고, 타인에게는 단순한 호기심에 이끌리는 정도로 비치고 싶었기 때문이다.

혹시 나중에 본인의 짐작대로 진실들이 밝혀진다면 그때는 현재의 속마음을 직관적인 능력이라며 너스레를 떨지도 몰랐다.

진선은 송 기사와 함께 지희 앞에 마주 앉아 있었다.

현관을 들어설 때야 진선의 동행을 확인한 지희는 내키지 않음에도 불구하고 두 사람을 돌려 세울 순 없었다. 진선도 예상하지 못한 바라고 하면 거짓말이었다. 보편적으로도 낯선 이가 불쑥 들이닥치는 일이 반가울 확률은 지극히 낮았다. 더군다나 무언가 꽁꽁싸매고 있을 것 같은 지희라면 더더욱 그러할 것이리라.

하지만 한편으로 냉정한 면모가 다분한 지희가 문전박대하지 않음은, 그녀 역시 얻고 싶은 것이 있는 게 아닐까, 하는 생각을 떠올려 보는 진선이었다.

"여기 송 기사님 도움으로 사진을 제대로 확인할 수 있었습니다. 그리고 어머니도 한번 보시는 게 맞을 것 같아서 찾아오게 된 거예요."

진선은 보정을 마치고 확대를 한 사진을 지희의 앞으로 내밀었다. 지희는 참상을 짧게 확인하곤 바닥에 내려놓았다.

"…."

정적이 세 사람이 있는 공간을 가득 메웠다.

"얘기는 들었습니다. 그런데 일방적이었던 게 맞나요?"

이내 침묵을 뚫어낸 건 송 기사였다.

'송 기사님?'

급작스러움에 진선의 입이 떨어지지 않았다. 다만 얼어붙기 직전의 시선이 송 기사의 얼굴로 꽂혔다.

"골목의 아이들이 좋지 않은 일에 휘말린 걸로 압니다."

'대체 왜 그래요? 답지 않게!'

외침이었음에도 불구하고 뇌리에서만 울렸다.

후회가 밀려들었다. 미리 언질이라도 주었다면 지희를 만나게 하는 짓을 저지르지 않았을 것인데, 단 두 마디가 자신마저 아주 무례한 인간으로 전락시켜 버린 기분이었다.

"원하는 게 뭐죠?"

지희가 가라앉은 음성을 보냈다.

"결국 다른 부모들도 비슷한 상황 아니겠습니까?"

"저기 송 기사님."

진선이 송 기사의 팔뚝에 손을 얹었다.

"틀린 말은 아니군요."

지희가 그렇게 말했을 때 진선은 아랫입술을 깨물었다. 그리고 두 사람의 눈치만 살폈다.

"이 정도일 줄은 몰랐어요. 덕분에 알게 됐군요."

지희가 말을 이었다.

"따님은 어떤 아이였습니까?"

'당신 정말 미쳤어? 취조하는 것도 아니고 뭐 하는 짓이야?'

오늘 참 입술이 멋대로 움직이지 않는 진선이었다.

"영분이는 여리고, 질투도 하고, 하지 말라는 건 덜 했고, 하라는 건 대부분 했던 아이였어요. 적어도 나한텐 그런 딸이었어요. 결국 평범한 아이였던 거죠. 이 사실은 누구라도 죽었다 깨어난들 반박할 수 없는 사실이에요."

"…"

송 기사는 진선에게로 슬쩍 시선을 옮겨올 뿐이었다.

"기사님 덕에 여러 생각을 할 수 있게 될 거 같아요. 실례가 아니라면 명함이라도 받을 수 있을까요?"

"아, 네. 언제든 도움이 필요하시면 연락주십시오."

송 기사가 명함 케이스에서 명함을 꺼내 지희에게 건넸다.

"기분 상하게 해드렸다면 정말 죄송합니다."

일을 다 벌려놓고서야 제정신이 돌아온 듯했다.

"나가서 봅시다."

진선이 아주 작게 송 기사에게 말했다.

"미안해요."

송 기사도 멋쩍은 표정을 그렸다.

반면, 명함을 확인하는 지희의 입주변이 씰룩거렸다. 환희를 억누르고 있는 모양새가 맞았다. 송 기사가 건넨 명함에는 스튜디오 주소와 전화번호 그리고 송 기사의 증명사진이 인쇄되어 있었다.

"오늘은 이만 가보는 게 좋을 것 같네요. 언짢게 해드려 죄송합니다."

진선이 사과했다. 그녀는 지희의 상처를 긁은 일이 못내 마음에 걸렸다. 실은 그것보다 필요 이상 그녀의 심기를 건드린 것 같아 불안한 마음이 펄떡거렸다. 진선 스스로 인정하긴 싫었지만 지희가 두려웠다. 그녀에게선 설명하기 어려운 눅진한 불쾌감이 풍겨왔기 때문이다. 그것도 만나면 만날수록 그 향이 짙어지는 느낌이었다. 그래서 기분이 아주 찜찜했다.

"아무렇지 않아졌어요."

입술을 연 지희는 입매를 옆으로 늘어뜨렸다.

"정말 그렇다면 다행이고요. 여러 가지로 피곤하실 텐데 푹 쉬세요."

"아뇨, 급한 일이 생겨 금방 나가봐야 할 거 같아요."

지희는 다시금 명함으로 시선을 내리며 답했다.

진선과 송 기사는 골목을 나서고 있었다.

"진짜 왜 그랬어요? 내 입장 곤란해질 거 뻔히 알면서."

진선이 윽박질렀다.

"에휴, 그르게나 말이에요."

송 기사는 찌푸린 미간을 손가락으로 긁적였다.

"어떤 딸이냐니? 설령 송 기사님이 짚이는 데가 있었다고 쳐도 이제 와서 무슨 소용이 있어요?"

"그래서 물어봤던 거예요."

"네?"

"시간이 한참 흘렀으니까. 똑같은 아픔을 겪었으니까. 이제는 진실을 꺼낼 수 있다고 생각했어요."

"그러니까 이제 와서 진실이 뭐가 중요하냐고요?"

"PD님도 왜 사진을 저한테 가져왔을까요? 알고 싶어서잖아요."

"…."

진선은 대꾸를 삼갔다. 송 기사와 유사한 이유였다. 증명할 수 없는 이끌림. 묘한 감정 이입. 그리고 자신을 감도는 기괴한 일들이 이 골목과 지희를 벗어날 수 없게 만들고 있다고 대답하긴 싫었다.

'저 여자를 자극하는 건 영 내키지 않는다고!'

진선과 함께 지희의 집을 방문하고 얼마 뒤, 송 기사는 스튜디오에서 일과를 마무리 중이었다.

"역시 연락은 없군."

문득 생각이 떠오른 김에 폴더 속 사진을 찾았다. 송 기사는 몸을 뒤로 한껏 재껴 의자에 파묻히다시피 해서는 모니터속의 사진을 살펴보았다.

"너무 자주 봐서 익숙해진 건가?"

지금에 와서는 다소 괴기스러운 것 외에 더 이상 특별할 것도, 숨겨진 메시지도 없는 듯 보였다. 사진은 그대로였지만 초반의 강렬함이 많이 무뎌진 탓이리라. 하지만 그 와중에도 이상하리만큼 눈을 떼기가 힘든 건 변함없었다.

"심령 사진이 따로 없군. 그런데 여기에 뭐가 있다는 거지? 이 아이가 열쇠인 건 확실한데."

송 기사의 눈동자에 영분의 얼굴이 선명하게 드리웠다. 그때 문을 치는 소리가 귀에 닿았다.

"무슨 소리지?"

콩. 콩. 소리는 암실로부터 들려왔다. 송 기사는 망설임 없이 몸을 일으켜 암실로 향했다. 암실로 들어온 그는 조도가 낮은 불그스름한 등을 켰다. 특별한 무엇도 없었다. 조도를 끝까지 높여 봤으나 마찬가지였다.

"피곤해서 그런가?"

아무도 없음을 확인한 송 기사가 불을 끄고 암실의 문을 닫았다. 그런데 닫힌 문틈 사이로 사람이 서 있는 형체가 모습을 드러냈다. 이를 확인하지 못한 송 기사는 잠을 쫓기 위해 화장실로 와서 세수를 했다. 그리고 나서 다시 컴퓨터 앞에 앉았다. 그때 또다시 암실로부터 소리가 들려왔다. 콩. 콩. 콩. 콩.

"응?"

송 기사가 고개를 돌려 암실 쪽을 응시하자 정확히 그 타이밍에 소리가 멈췄다. 오싹해진 송 기사는 재빨리 주변을 살폈다. 세트, 화장실, 창문, 현관. 하지만 아무도. 아무것도 없었다. 팟. 보호모드로 전환이 되어 있던 모니터 화면이 갑자기 환해졌다. 자연히 송 기사의 시선이 모니터로 이끌렸다.

"어어?"

송 기사의 눈이 휘둥그레졌다. 모니터 화면 속의 아이들이 영분이 아닌 송 기사를 일제히 노려보고 있었기 때문이다.

"이… 이거 왜 이래?"

순간적으로 확장된 송 기사의 동공에 지난번 진선의 침대에 누워 있던 형체와 비슷한 무언가가 맺혔다. 이번 형체는 일전과 비교하자면 다소 선명한 형태를 띠면서 품고 있는 색깔이 달랐는데, 고개가 과도하게 가로로 꺾이는 바람에 이마가 오른쪽 겨드랑이까지 내려온 모양새를 냈다.

'어? 어?'

기겁하기 직전인 송 기사의 울대는 얼어붙어 버린 상태였다.

그때 형체의 얼굴로 추정되는 부분에서 불쑥 눈알이 하나 나타나더니 시계바늘이 돌듯 얼굴의 가장자리를 따라 기어다녔다.

"아아악!"

비명이 몸 밖으로 뿜어져 나왔다.

진선이 운전을 하고 있을 때 휴대폰이 울렸다.

"여보세요?"

"선배님, 소식 들으셨어요?"

유미였다.

"왜? 또 내 소문났어?"

"아직 모르셨구나?"

"이번엔 뭔데?"

"송이태 기사님이 말이죠."

"아, 이번엔 송 기사님이야?"

진선의 비아냥거림은 유미를 향하는 것이 아니었다. 유미 또한 모르는바 아니었기에 차분히 말을 이으려했다.

"그러니까 기사님이….

하지만 쉽지가 않았다.

"전화까지 해서 웬 뜸이야? 뭔데 그래? … 정말이야? 언제? …."

뜻밖의 소식을 접한 진선은 그럴 바엔 오히려 저질 스캔들류의 소문이 났을 거라는 생각을 가졌다.

저녁. 진선은 문상 복장으로 장례식장 안에 들어섰다. 안면이 있는 스튜디오 직원들 및 송 기사의 지인들은 조문객석 한쪽 자리에 모여 있었다. 진선은 그들과 눈짓을 주고받고는 영정사진 앞으로 왔다.

"오셨어요?"

하얀 상복에 초췌한 얼굴. 송 기사의 아내는 누가 봐도 미망인의 몰골을 하고 있었다. 진선은 떠난 송 기사에게 예우를 갖춘 뒤 지인들이 있는 조문객석으로 합류했다.

"오전에 발견했다고요?"

"그렇대요."

"갑자기 어떻게…?"

진선은 본인만 아는 책임감이 깃든 물음을 흐렸다.

"과로라는 거 같던데. 요즘 일이 많긴 했거든요."

"…."

"눈을 뜨고 있었다던데?"

"눈이요?"

"감기지가 않아서 애를 먹었대요."

"한이지, 한. 에휴ㅡ. 이러니까 우리 같은 사람들은 보험이 필수라니까. 제대로 산재가 되기를 해? 뭐가 있어?"

"애도 셋이나 있잖아? 그러니 편히 눈이 감겼겠어?"

"과로가 맞아요?"

진선이 사뭇 비장한 얼굴로 옆의 사람에게 물었다.

"예?"

"과로 때문이냐고요?"

"그렇다고 들었는데?"

말끝을 올린 직원은 다른 동료들에게 동의를 구하는 눈길을 뿌렸다. 하지만 하나같이 입 밖으로 대답을 꺼내지 못하고 있는 것으로 짐작건대 사유가 확실치는 않은 모양이었다.

'그렇게 쌩쌩하던 사람이 갑자기? 혹시 내가 보여준 사진이랑

연관이 있는 건 아니겠지?'

속으로 그렇게 말했지만 경우 아버지를 만난 이후라 완전히 의혹을 뿌리치긴 어려웠다.

지잉—. 진선의 휴대폰이었다.

"여보세요?"

"고진선 씨 맞습니까?"

"그런데요."

다음날 오전, 진선은 경찰서를 찾았다. 마지막에 찍힌 발신번호의 주인이 자신이었다고 어제 설명을 들었다. 진선의 휴대폰에는 흔적이 없었다. 통화버튼이 너무 짧게 눌러진 탓이리라.

"협조해주셔서 감사합니다."

참고인 자격이라 오래 걸리진 않았다. 형사가 물어오는 사안에 관해서만 가감 없이 진술을 할 뿐이었기에.

만약 송 기사의 죽음과 관련되었을지 모를 기괴한 일들에 관해 털어놓았다면 대면시간이 늘어났을지도 몰랐다. 물론 그래봤자 아주 약간일 가능성이 농후했지만.

"수고하세요."

"살펴 가십시오."

"저기, 형사님."

돌아서던 진선이 불렀다.

"네."

형사가 시선을 들었다.

"혹시 현장에 사진 같은 건 없었나요?"

"그야, 작업실이니까 사진은 많았죠."

형사는 질문에 대한 대답의 의중이 어느 정도 맞는지 확인하는 눈치를 건넸다. 진선은 지희가 준 사진을 보여주려다 관두었다.

방송국 회의실. 회의 중임에도 진선은 좀처럼 집중을 하지 못했다.

"고 PD."

찬일이 불렀다.

"…."

"고 PD야—."

진선은 멍한 시선을 한 지점에 고정시키고만 있었다.

"얌마! 안 들려?"

결국 사나운 언성이 날아들었다.

"예?"

"회의 중에 대체 뭐하는 거야?"

"아, 네."

"제대로 좀 하자. 제대로! 응?"

"죄송합니다."

"준비는 잘되고 있지?"

"준비요?"

"아직 본 촬영 전이라며?"

"아, 네. 하고 있습니다."

"믿는다."

"걱정 마세요."

회의가 끝난 후 회의실에는 진선과 찬일만 남았다.

"아까 소리친 건 이해해라."

"아니에요."

"요즘 네 사정이 그렇잖아? 더 미운털 박힐까봐 그랬어."

"저도 알아요. 제가 미안한 일이죠."

"박 PD가 그러던데, 엄청 열심이라고?"

찬일은 진선의 분위기를 쇄신해주려 화두를 돌렸다.

"뭐…."

방향이 다소 틀어지긴 했지만 어긋난 말은 아니었다.

"중동이면 어떻고, 평택이면 어떠냐? 어차피 역량이 중요한 거 아냐?"

진선은 희미한 미소만 띠어 보였다.

"왜? 아냐?"

찬일은 그런 진선의 어깨를 툭 쳐주고는 회의실을 나갔다.

초인종 소리가 울렸다. 조금 뒤 경우 어머니의 목소리가 문 너머로 들려왔다.

"누구세요?"

"저예요. 지난번에 다녀갔던 방송국 PD."

경우 어머니가 문을 열고 나왔다.

"안녕하세요."

"어쩌죠? 우리 아저씨 지금 없는데?"

"어머님, 부탁이 있는데요."

"부탁이요?"

"병원에 있다던, 그 사람들을 만나보고 싶어요."

경우 어머니의 표정이 굳어졌다. 일그러진 편에 가까웠다. 그럼에도 진선은 추궁해야 한다고 생각했다. 정체를 알 수 없는 무언가가 본인에게마저 마수를 뻗치고 있음을 또렷이 감지했기 때문이다.

"말씀해주세요. 제가 꼭 만나봐야 할 것 같아서 그럽니다."

경우 어머니는 구겨진 얼굴로 마른 침만 삼켰다.

"어머님, 제발 말씀을…."

"전 정말 자세한 건 몰라요. 아저씨가 알아서 해왔어요."

경우 어머니가 담담한 투로 진선의 말을 가로막았다.

"그렇군요. 아버님은 언제쯤 들어오시나요?"

"병원을 알고 싶다 했소?"

경우 아버지의 음성이 진선의 등 뒤에서 날아들었다.

경우 아버지는 마당에서 현석의 부모, 하령어머니 등과 함께 대화를 나누고 있었다. 자못 심각한 분위기의 그들을 진선은 거실창문을 통해 지켜보았다.

"아무리 생각해도 안 내키는 짓이에요."

"나도, 좀 그래."

"자그마치 17년이에요. 나으려고 했으면 벌써 나았을 거예요. 굿이고 뭐고, 우리가 무슨 짓을 안 해봤어요?"

몇몇 부모들은 진선에게 자녀들을 보이자는 경우 아버지의 제안을 내켜하지 않았다. 긴 세월 동안 그들의 서글픈 희망은 절망으로 변모하기 일쑤였기에.

"별짓을 다 해봤으니까 한 번만 더 속는 셈 쳐보자는 거잖아? 어쩌면 저 PD라는 여자가 실마리를 찾아줄지 알아? 지금까지 보였던 의사나 무속인들과는 부류가 다른 사람이잖아? 방송을 만들든, 인맥을 통해 알아보든, 해보지 못한 것들을 기대할 수도 있는 거고."

"TV에 나간다고?"

어쩌면 내키지 않는 반응이 당연했다. 자신들의 불가사의한 비극을 전국에 떠벌여야 할지도 모를 일이니.

"이 지경까지 와서 그게 대수야?"

"…."

경우 아버지의 말에 부모들이 일제히 입을 닫았다. 마치 숨 막힐 듯 무거운 침묵 아래에 그들 모두가 짓눌린 듯했다.

"알았어요. 어차피 이제 방법도 없어요."

어려운 결정을 내리고 정적을 깨뜨린 이는 하령 어머니였다.

"그래. 이제는 무당이 아니라 사기꾼이더라도 남은 애들 병만 낫게 해준다면야 감사할 따름이지."

"아무렴, 병만 낫게 해준다면 뭘 더 바라겠어?"

이웃들이 동요를 했고, 결국 내켜 하지 않던 현석 아버지도 생각을 틀었다.

"알았어. 그렇게 해보자고."

"여보!"

하지만 현석 어머니는 여전히 탐탁지 않은 모양이었다. 그녀는 아들이 현재의 상태만이라도 유지하기를, 살아만 있기를 바라는 마음이 컸다.

"당신 마음은 알아. 나도 하루에 수십 번씩 기분이 바뀌곤 하니까. 하지만 이대로는 현석이도 괴로울 뿐이야. 그건 당신이 더 잘 알잖아?"

"그래도…."

남편의 말은 틀리지 않았다. 현석 어머니도 백분 공감을 했지만 그럼에도 불구하고 그녀가 마음을 돌리는 데에는 시간이 필요했다.

"알았어요. 해봐요."

한참 만에 마당으로 돌아온 현석 어머니가 힘겹게 허락을 내놓았다.

"미안합니다, 미안해."

경우 아버지는 현석의 부모에게 죄를 지은 얼굴을 했다.

"아냐. 경우네야…."

현석 아버지는 경우 아버지의 아이들을 떠올리며 도중에 말을 바꾸었다.

"우리가 그 심정을 모를 리 있겠어?"

"그래. 이해해주니 고마워."

가슴 시릴 수밖에 없었던 대화를 마친 경우 아버지가 거실로 들어왔다.

"보호자들이 허락했소."

"감사합니다."

한시도 가만히 있지 못하고 좁은 거실을 떠돌던 진선의 발이 멈췄다.

다음날, 진선은 경기도 소재의 정신병원을 찾았다.

현석의 부모와 동행을 하진 않았다. 가능하다면 단 둘이 대화를 나누어 보고 싶다며 진선이 양해를 구했었고, 불과 나흘 전 아들의 상태를 직접 눈으로 확인한 것도 이유였다.

"조현석 씨 면회를 왔는데요."

"성함이?"

"고진선이요."

"고진선 씨?"

"네."

"맞네요. 아까 연락받았어요."

직원은 스케줄 표에 붙은 메모를 체크한 뒤 말했다.

현석이 입원해 있는 정신병원 환자들의 경우, 통상 보호자가 아닌 사람이 면회를 하기 위해서는 보호자 동의를 구해야 했다.

"이것 좀 작성해주세요."

직원이 진선의 앞으로 면회신청서를 내밀었다.

절차를 모두 밟은 진선은 2층에 있는 면회실로 올라왔다.

'정말 돌겠네.'

막상 대면하기 직전에 이른 아침부터 몰아붙이던 추진력에 제동이 걸리려 했다. 조바심이 신상감으로 그리고 두려움으로 변해 있었다. 하지만 회피할 순 없었다. 물러섬은 절대로 해결책을 제시할 수 없음을 몸소 체험 중이었기에.

'누구도 아닌 날 위해서라도 얘기를 나눠봐야 해.'

속으로 다짐을 뱉고 나니 작으나마 의욕이 일었다.

면회실 정면에 커다랗고 하얀 철문이 있는데, 그 전경이 정신병동이라는 이미지와 아주 잘 맞아 떨어지는 느낌이었다.

면회실로 통하는 복도의 벤치에는 나이 지긋한 할머니 한 명과 중년 아주머니 한 명이 앉아 있었다. 애잔함이 가득 드리운 얼굴로 봐서 가족 중 누군가와의 면회를 기다리는 모양이었다. 진선은 의자에 앉지 않고 그들과 적당히 떨어진 자리에 서 있었다.

얼마 뒤 철문이 덜컹 열리며 건장한 남자 간호사가 나왔다.

"조현석 씨 면회자 분?"

"네."

진선이 기대고 있던 벽에서 등을 떼며 손을 들었다.

"이쪽으로 오세요."

간호사는 면회실로 진선을 안내했다.

"저기, 의사 양반. 우리 진우는?"

할머니가 무릎을 펴며 간호사에게 물었다.

"유진우 씨 보호자분이세요?"

"이, 맞어."

"진우 씨는 약 투약한 지가 얼마 안 돼서 조금 더 기다리셔야 할 것 같아요."

"이, 그렇구먼."

"들어가시죠."

간호사가 진선에게로 시선을 옮겨와 말했다.

진선은 간호사와 함께 면회실로 들어왔다. 면회실은 벽 사면 중에 두 면에 커다란 통유리가 설치되어 있었다. 유리 너머로는 치매 병동의 환자들이 TV를 시청하거나 혼자서 시간을 죽이고 있는 모습이 보였다.

"문 쪽에 앉으시면 됩니다."

간호사는 진선에게 출입문 가까운 의자를 권했다.

"친척이세요?"

현재 현석을 담당하는 간호사였기에 가족관계 정도는 대강 파악을 하고 있었다. 더불어 진선이 풍기는 냄새가 성직자나 무속인의 그것과는 확연히 이질적임을 감지해서인지 그렇게 물었다.

"아니에요, 친척은⋯."

간호사는 대답을 흘리는 면회자에게 더 이상 묻지 않았다.

"가끔 자해를 해서 그렇지, 사람을 해치거나 난폭하게 굴지는 않아요."

조용히 일러주는 간호사의 태도에는 현석을 위하는 마음이 묻어 있었다. 간호사의 의중을 미루어 짐작해봤을 때 현석은 이곳 정신병원에서 상대적으로 골치를 덜 썩이는 환자에 속하는 듯했다.

"자해할 때 특이점 같은 게 있나요?"

문득 물음이 떠올랐다.

"통통거리는 소리라고 해야 하나?"

간호사는 눈을 위로 치켜뜨며 고개를 기울이다 말을 이었다.

"아무튼 툭툭 치는 소리에 굉장히 예민하게 반응할 때가 잦았어요. 그래서 지금 현석 씨 방문 노크는 금지돼 있죠. 비슷하게 자극을 줄 수 있는 생활 소음도 현석 씨 주변에선 자제하고 있습니다."

'소리?'

진선은 신경이 곤두섰다. 두려움에 휩싸였던 밤이 떠올랐다.

삼시 후 다른 남자 간호사가 현석과 함께 진선이 있는 면회실로 들어왔다. 진선의 눈에 비친 현석은 남자치고는 체형이 상당히 왜소한 것 외에는 눈빛이나 표정, 몸짓 등 정상인과 별반 차이가 없어 보였다.

"여기 앉아."

간호사는 현석을 진선의 맞은편 자리에 앉혔다.

"마치면 최 선생님한테로 데리고 가면 돼."

그는 면회실을 나서며 진선을 안내했던 간호사에게 말했다.

"알았어."

간호사는 면회실 문 턱 너머에 있는 의자에 자리를 잡았다.

"현석 씨 맞죠?"

의례적인 인사보다 확인을 먼저 보내는 진선이었다.

"맞아요."

"안녕하세요?"

"안녕하세요."

보이는 대로 어투 또한 예상했던 이질적인 면이 전혀 없었다.

"저에 비하면 행복한 사람들이죠."

현석은 통유리 너머 치매 환자들에게 눈길을 주며 대뜸 말했다.

"네."

진선은 현석의 사정을 전해 듣고 이곳을 찾았기에 그의 말을 바로 이해했다.

"누구세요? 수녀님이나 무속인은 아니신 거 같은데?"

"전⋯."

굳이 집어서 물어보니 바로 대답이 나오지 않았다.

"어차피 상관없어요."

"⋯."

"이제 전 벗어나지 못할 테니까."

"벗어나지 못하다니? 그게 무슨 뜻이에요?"

진선은 그제야 입이 트여 성급한 감으로 물었다.

"절 모르고 오셨군요?"

"모르고 올 리는 없죠."

"그렇긴 하네요."

"김영분⋯."

순간 현석의 시선이 심하게 흐트러졌다. 흰자 위에 떠 있는 검은 동공이 온 사방으로 흩어지고 있었다.

"이 모든 것의 시작이죠?"

"당신이⋯."

"네?"

그야말로 거짓말 같은 순간이었다. 차분하고 정적이던 현석이 일순간 미친 듯 발작하는 모습이란, 자칫 보고 있는 사람이 정신을 잃을 지경이었다.

"같이 왔잖아! 이 소리 안 들려?"

평온했던 얼굴에 악독한 도깨비 가면을 씌운 것 같았다. 어쩌면 도깨비 얼굴에 가면을 쓰고 있었던 건지도.

"무슨 소리?"

난장판 중에도 순간 귀를 기울여보는 진선이었다. 내심 자신에게는 들리지 않았으면 하는 바람도 있었다.

"찾으러 다니는 소리 말이야! 왜 그랬어? 왜? 오지 마! 제발 저리 가! 저리 가라고!"

"왜 그래요? 조현석 씨?"

당황한 진선은 얼른 몸을 일으켜 뒤로 물러섰다.

"현석 씨! 진정해."

현석의 고힘 소리에 문벽 밖에 있던 간호사가 황급히 면회실 안으로 뛰어들어왔다. 그리고 현석을 꽉 붙들었다.

"미안해, 영분아. 잘못했어. 내가 잘못했다니까? 그런데 억울해. 난 억울하다고. 난 그냥 같이 있었던 것뿐인데…."

"현석 씨. 정신 차려!"

현석은 발광을 하며 자신의 손톱으로 목을 쥐어뜯었다. 짧게 깎여 있는 탓에 그야말로 손가락으로 살을 뜯는 행태였다.

"아아— 왜 나한테 이러는 거야? 도대체 왜? 왜? 왜냐고?"

절규는 자해와 함께 한껏 드세져만 갔다.

"진정해. 현석 씨!"

"왜?! 왜?!"

"뭐야?"

소란을 감지한 의사가 면회실로 들어왔다.

"저도 모르겠습니다. 갑자기…."

"붙잡아."

"네!"

간호사가 완력으로 현석의 움직임을 완전히 제압하자 의사는 침착하게 그의 둔부에 주사바늘을 꽂았다.

"크으—."

쥐어짜내는 신음 소리가 허물어지는 데는 몇십 초가 소요됐다.

"이제 괜찮습니다."

간호사가 구석에 웅크린 채 얼어붙어 버린 진선을 향해 말했다.

'뭐가 괜찮다는 거야? 젠장!'

병원 주차장으로 나온 진선은 차에 다다랐을 무렵, 그만 다리에 힘이 풀려 주저앉고 말았다.

현실은 예상했던 것보다 훨씬 더 잔인하고 끔찍했다. 단순히 현석이 광적인 증상을 보여서가 아니었다. 무섭고 당혹스럽기는 했지만 정신병원에 입원해 있는 환자인 점을 고려한다면 이해를 하지 못하는 것도 아니었다.

문제는 현석이 발작을 하며 토해내는 말들이나 눈에 보이는 행동들이 정도의 차이일 뿐. 얼마 전의 자신과 크게 다르지 않다는 것이었다. 영분의 이름을 부르짖으며 변명을 늘어놓던 현석의 얼굴에는 억울함이 그득했다.

그는 그 와중에도 정말로 자신이 왜 이 지경에 이르러 있는 것인지 궁금해하는 눈치였다. 그리고 손톱으로 목을 쥐어뜯었을 때 진선은 심장이 멈춰버린 것 같은 찡한 통증이 뇌리의 뿌리 끝까지 파고드는 느낌이었다.

"도대체 왜냐고? 왜?"

근래의 진선도 현석처럼 '왜?'라는 질문을 수없이 되뇌곤 했다. 다른 점이라면 진선은 영분을 향해 질문을 던진 건 아니라는 것이다. 이유를 알아내기 위해 단서를 쫓아 닿은 인물이 현석이다. 그런 현석이 자신과 꼭 닮은 모습으로 자해를 감행했을 때에는 마치 가까운 미래 본인의 모습을 마주하고 있는 것마냥 실제로 가슴이 내려앉은 공포를 맛봐야 했다. 진선의 눈에 그러한 모습은 차라리 죽어버리는 편이 낫다는 생각이 들 정도로 비참하고도 추했다.

"난 아무 상관도 없는데? 난 정말 그때 일과 아무 상관없잖아?"

말이라도 그렇게 내뱉고 나니 머리도 가슴도 어느 정도 진정이 되었다. 진선은 어렵게 다리에 힘을 주어 차에 몸을 실었다.

오피스텔로 돌아온 진선은 TV의 볼륨을 최대한으로 올려놓고 소파에 기대 있었다. 그녀는 불안감을 얼굴에 적나라케 뿌려놓고선 손톱을 물어뜯는 중이었다.

아무리 떠올리지 않으려 애를 써도 진정되지가 않았다. 진선의 머릿속은 온통 현석이 벌린 조각난 광경들로 흐트러져 있었다.

느닷없이 눈이 희번득해져 발광을 하던 현석. 이제는 어느 모습이 그의 원래 모습인지 구분이 가지도, 그리고 중요하지도 않게 되었다. 하긴, 진선의 입장에선 첫 대면을 할 때부터 현석은 미쳐 있었으니 어찌 보면 당연했다. 그러나 남들이 알아듣지 못할 말을 주절대며 자해하는 장면이 떠오를 때면 혐오감에 몸서리가 쳐졌다.

'안 돼. 난 억울해. 내가 왜? 난 그렇게 되기도 싫고, 이유도 없어.'

그래서 한시라도 빨리 이 터무니없는 굴레에서 벗어나야만 한다고 생각했다.

이때쯤 진선은 현재 본인의 주변에서 일어나고 있는 모든 괴기한 현상들이 저주로 인한 것이라 여겼다. 때론 이성이란 마비가 되었을 시 더욱 완고히 한 인간을 지배하기도 했으니.

띠리리리. 휴대폰이 울렸다. 하지만 진선은 받을 생각을 않았다. 잠시 후 인터폰이 울렸지만 역시나 반응을 삼갔다. 다시 휴대폰이, 그리고 인터폰도 계속해서 울렸다. 진선은 마치 청각을 상실한 마냥 손톱만 물어뜯어 댔고, 그로인해 오피스텔 안은 TV, 휴대폰, 인터폰이 만들어낸 소음들로 가득 찼다.

툭. 흐물거리던 엄지손톱 끄트머리가 떨어져 나왔다. 순간 진선은 모든 것을 멈추었다. 사고도 시선도 움직임도.

천천히 몸을 일으키곤 주위를 스윽 둘러보았다. TV는 켜져 있었고, 휴대폰과 인터폰은 여전히 울리고 있었다. 진선은 리모컨을 집어 TV를 껐다. 그러자 휴대폰과 인터폰도 일제히 울림을 멈추었다.

진선은 탁자 위에 놓아둔 문제의 사진을 뚫어져라 응시했다. 곧 눈빛도 표정도 안정이 된 그녀는 얕은 비웃음을 흘렸다.

'씨발. 어쩌라고?'

✳ ✳ ✳

진선과 미연은 함께하는 시간이 늘어갔다. 평일엔 학원에 가기 전 틈을 타 수다를 떨기도 했고, 주말엔 주로 진선의 집으로 미연이 놀러와 시간을 보냈다.

학교 내에서 노골적으로 붙어 다니지는 않았다. 몇 마디 주고받는 정도가 차츰 늘어가긴 했지만 무리들이 그것까지 터치를 하진 않았다. 시도는 있었던 듯했다. 어느 날부터 진선과 자주 말을 섞는 모습이 좋게 보이지 않았던 건지, 그래서 미연을 진선에게서 떼어놓으려 이런 저런 핑계거리를 꺼내봤지만 그때마다 미연은 친구들을 잘 구슬려 상황을 넘겼다.

하지만 등을 돌리지는 않는 무리들이었다. 나름의 이유라면 미연은 집안 형편도 좋은데다 공부도 잘하는 편이었으며 성격도 모난 구석이 없었다. 즉, 소녀들의 입장에선 막상 끊어내려고 보니 유쾌하기도 하고 매력이 있는 친구였다. 따라서 선명히 적(敵)을 지는 미연이 아니라면 적당히 관계를 유지하는 편이 낫다고 판단을 내렸던 것.

시간이 흘러가자 학년도 올라가고 반도 섞이게 되었다. 이때쯤 미연은 새로운 친구들을 제법 사귀며 전학 온 학교에 완전히 적응을 했다. 그러다 보니 자연히 진선도 미연과 가까워진 친구들과 어울릴 때가 늘어갔고, 그 전의 침울했던 이미지가 많이 희석돼 학교 내에서의 입지도 차츰 달라져갔다.

"주말에 우리 집 비는데, 같이 잘래?"

진선이 말했다.

"그래도 돼?"

미연이 되물었다.

"엄마가 너희 부모님만 허락하시면 그래도 된다고 했어."

"잘 수 있으면 재밌겠다. 나 오늘 집에 가서 물어볼게."

"성공하길 빌어."

"그럼 다른 애들한테도 물어볼까? 괜찮아?"

왠지 생기가 도는 미연이었다.

"그건 상관없는데. 누구 부르려고?"

"지혜랑 민정이?"

"같이 놀고 싶어?"

"걔들 있으면 더 재밌지 않을까?"

"뭐, 그러든지."

하지만 정작 미연은 부모님께 허락을 받지 못하는 바람에 진선을 포함한 세 친구만 진선의 집에서 밤을 보내게 되었다.

"짜증 나, 진짜."

미연이 투덜거렸다.

"통금 전까지 실컷 놀다가 가는 수밖에 더 있겠냐?"

"그럼 오후에는 미연이가 보고 싶은 비디오 보면서 통닭시켜 먹으면 되는 거지? 밤에는 예약 걸어놓은 거 받아와서 보고."

지혜와 민정이 놀리는 투로 말했다.

"…."

자리를 만든 진선은 속상해하는 미연과 재밌어 하는 친구들 사이에서 아쉬움이 짙어질 수밖에 없었다.

진선의 어머니가 집을 비우던 날 밤, 미연은 돌아갔고 집에는 진선과 두 친구들이 남았다. 세 명의 소녀는 의견을 모아 빌린 성인 등급 비디오에 몰입해 있었다. 그러다 스토리가 살짝 늘어지는 부분에서 말이 툭 튀어 나왔다.

"최미연 좀 어린 애 같지 않아?"

민정이었다.

"몰랐어? 걔가 그런 면이 있어. 뭔가 겉보기엔 범생이 같으면서, 뒤에선 안 그런 거 같기도 하고. 어른들 말 잘 듣는 척하면서도 속으론 욱하는 것 같기도 하고."

지혜가 보탰다.

"차라리 앞에서 제대로 말을 하고 까이면 몰라. 하긴, 그래서 인기가 있나? 선생들도 그렇고 애들도 좋아하긴 하잖아?"

"미연이가 뒤에서 뭐가 달라? 똑같은데. 공부 잘하고 성격도 좋으니까 인기가 있는 거지."

진선이 유쾌하지 않은 투로 말하자 분위기가 가라앉았다.

"아니, 우린 꼭 그런 뜻은 아니고."

민정은 입을 뿌루퉁 내밀며 지혜에게로 눈길을 가져갔다.

"네 이야기도 미연이한테 들은 게 있는데."

주눅은 들었지만 호응을 해주지 않는 진선이 마음에 들지 않는 지혜였다.

"뭘 들어?"

냉랭한 반응이 즉각적이었다.

"예전에…."

"지금은 미연이가 널 진짜로 좋아하는 거 같긴 한데."

날이 선 진선이 부담스러운 두 친구였다.

"말해봐. 궁금해서 그래."

진선이 금세 분위기를 바꿔 나긋하게 말했다.

"너, 옛날에 박수현이랑 사이가 안 좋아서 왕따 당할 때 미연이가 놀아줘서 왕따 면했다고."

"… 미연이가 그랬어? 꼭 그런 건 아닌데."

진선은 피어오르는 배신감을 억누르고 입을 뗐다.

다음날, 지혜와 민정은 예정을 했던 것보다는 일찍 진선의 집을 나섰다.

"야. 괜히 미연이 얘기를 꺼내서 분위기를 조져놔?"

지혜가 말했다.

"내가 뭘? 진선이 얘기 꺼낸 건 너거든? 게다가 미연이가 언제 왕따 탈출시켜 줬다고 했냐? 어쩌다 수현이한테 듣고 와서는 네가 미연이 추궁했잖아. 그래서 미연이가 옛날에 일이 좀 있었던 것 같고, 막상 사귀고 보니 진선이가 문제가 있어 애들이랑 못 어울린 건 아니라고 했잖아."

민정이 받아쳤다.

"아, 몰라. 씨! 쓸데없는 소릴 해가지고."

"나도 모르겠다."

"그런데 너 최미연하고 많이 친한 거 아니었어?"

길을 걷던 지혜가 물었다.

"뭐… 친하지. 애 괜찮고."

"맞아. 그렇긴 한데, 가끔씩 얄미울 때가 있긴 해. 그치?"

"은근히 잘난 체하는 느낌? 집도 잘살고 공부도 잘하니까."

"난 사실 수준이 쬐끔 높다, 이런 느낌? 맞지?"

"응! 딱 그런 느낌."

✳ ✳ ✳

다음날, 하령이 입원해 있는 서울 소재 정신병원을 찾은 진선은 아무도 없는 병실 한가운데 서 있었다. 침대와 침대 사이 선반 위에 여성용품들이 간혹 눈에 띄는 걸로 봐서 여자 환자 전용이면서 입원 환자가 꽉 차 있는 병실은 아님을 유추할 수 있었다.

"혹시 특정한 소리에 반응을 하나요?"

간호사가 하령을 데리러 가기 전 진선이 물었다.

"그랬었는데, 지금은 잘 들을 수가 없게 돼버려서."

간호사는 진선이 하령에 관해 어중간하게 알고 있다는 인상을 받았다. 본인이 근무한 몇 년 동안 부모 외에 하령과 면회를 가진 사람이 둘쯤 되었는데, 그들은 하령의 당시 상태에 관해 꿰뚫고 있는 분위기였다.

때문에 보호자의 동의를 구해 찾은 진선이 과거부터 현재의 하령을 모두 인지를 하고 방문을 했을 것이라 지레짐작을 했던 것.

"어째서죠? 무슨 일이 있었던 건가요?"

진선이 다시 물었다.

"예전에 젓가락으로 귀를 찔렀어요. 본인이 말이죠. 식사를 하다 우발적으로 일어난 일이라 달리 방도가 없었어요. 다행히 한쪽 귀는 청력을 완전히 상실하지 않았죠. 물론 듣는 게 불편할 수밖에 없는 탓에 상대방의 입 모양을 뚫어져라 보는 습관이 생기긴 했지만."

현장에 있었던 간호사는 은연중 자기방어에 초점을 맞췄다.

"아…."

하령 역시 특정 소리에 자극을 받았고, 완화된 근거도 결국 자해였다니, 진선의 인상이 저절로 구겨졌다.

"그럼, 데리고 올게요."

간호사는 찌푸린 얼굴을 뒤로 하고 병실을 나섰다.

"괜찮으니까 이리와."

간호사가 병실 입구에 서서 복도의 하령에게 손짓을 했다. 다가온 하령은 병실 안으로 슬쩍 눈길을 넣었다.

"다른 데로 가."

병실 가운데 서있는 진선을 발견한 그녀는 몸을 틀려했다.

"겁먹을 거 없어. 면회 오신 분이야."

간호사가 하령의 손목을 잡아끌자 진선은 입구에 모습을 드러낸 그녀의 모습을 볼 수 있었다.

하령은 한눈에 봐도 현석과 정반대의 상태인 듯했다. 맑고 하얀 피부에 적당히 살점이 붙어 있었지만 눈빛이 혼탁했고, 또한 흐느적거리는 몸짓이 자못 무기력해 보였다.

"박하령 씨?"

진선이 다가섰다. 하지만 간호사 뒤에 찰싹 달라붙어 경계를 보내는 하령이었다.

"안녕하세요."

인사를 건네며 거리를 좀 더 좁히자 아예 간호사의 등에다 얼굴을 묻어버렸다.

"괜찮다니까. 앞으로 나와도 돼."

간호사가 달래듯 등을 쓰다듬으며 말했다.

"언니, 갈 거야?"

하령이 간호사에게 물었다.

"멀리 안 가고, 요 앞에 있을 테니까 걱정 말고 여기 언니랑 얘기하고 있어. 그럼 조금 있다 데리러 올게. 알았지?"

"금방 올 거지?"

"당연하지. 언니하고 얘기 좀 하고 있어."

"… 알았어."

간호사는 진선에게 이제 되었다는 신호로 고개를 깊이 끄덕여보이곤 병실을 나갔다.

"하령 씨."

대꾸가 없는 하령은 간호사의 모습이 사라질 때까지 그녀에게서 눈을 떼지 못했다.

"하령 씨?"

"하령이라고 불러. 하령이."

방금 전까지 잔뜩 경계를 했던 하령이 너무나 발랄하게 말을 건네 왔다. 그에 더해 뚫어져라 얼굴을 쳐다보고 있는 그녀.

"…."

진선은 마땅한 반응이 떠오르지 않았다.

"그냥 하령이라고 부르라고."

"그래… 하령아."

정신을 챙긴 진선이 입을 뗐다.

"나랑 얘기하고 싶어?"

"우선 좀 앉을까?"

"저기 앉아. 난 여기 앉을 테니까."

두 사람은 각각 맞은편 침대에 앉았다. 진선은 낯선 이로부터 거리를 두고 싶어 하는 하령의 심리가 반영된 처세쯤으로 생각했다.

"근데 누구야?"

"아, 난 고진선이라고 해. 방송국에서 일하고 있고."

"그렇구나."

"하령이는 요즘 어때?"

"뭐가?"

"그냥… 어떤 거 같아?"

하령은 멀뚱한 눈을 만들었다. 나한테 왜 그런 어려운 질문을 하느냐며 반문하는 듯했다. 하지만 진선은 그녀가 딱히 할 말이 떠오르질 않아 멍해있는 것이 아님을 알았다. 어린아이같이 말하고 행동하는 조금 전의 모습을 대했음에도 그렇게 믿었다.

"어땠어?"

진선이 한 번 더 물었다.

하령의 상태에 따라 시간이 걸릴 수도 있겠지만 영분을 언급하는 물음은 미뤄둘 필요가 있다고 여겼다. 지난번 현석을 만났을 때의 경험이 한몫을 했다.

"…"

하령의 윗입술과 아랫입술이 살짝씩 닿았다가 떨어졌다. 대답을 망설이고 있음이었다.

하령의 입을 뚫어져라 응시하고 있는 진선은 어떤 대답이 튀어나올지 두려웠으나 꼭 들어야만 했다.

"나 갈래."

하지만 하령은 이내 대답을 회피하며 몸을 일으켰다.

"잠깐만 얘기 좀 해요."

진선은 하령의 팔을 붙잡았다.

"나 갈 거야."

하령은 진선을 뿌리치려 했다.

"잠깐만 앉아보라니까."

"갈 거야."

"김영분 알죠?"

"뭐?"

저항이 멈췄다.

"20년 전 친구 말이에요."

하령의 떨리는 시선과 비틀린 낯빛이 대신 말해 주었다. 영분을 똑똑히 기억하고 있음을.

"기억나요?"

하령은 진선의 손을 자신의 팔목에서 떼어 낸 다음 느릿한 움직임으로 침대에 걸터앉았다. 이때는 어린아이의 몸짓이 아니었다. 신중함이 깃든 어른의 몸짓이었다.

"하령 씨도 그때 이후로 아픈 거죠?"

진선은 하령이 차분한 상태를 보이자 시간을 끌 필요가 없다고 판단했다.

"어떻게?"

"내가 어떻게 알았냐고 묻는 거죠? 이거 어디서부터 이야기를 시작해야 할지….'

"어떡해. 들리기 시작했어."

"네?"

"미안해."

"저기요, 하령 씨!"

뜬금없이 미안하다고 말을 던지는 하령의 시선은 진선의 어깨너머로 향해 있었다. 진선은 보지 못했지만 가느다란 눈알이 서서히 부풀어지며 그녀의 어깨를 넘으려 하고 있었다.

"미안해."

'또? 시간이 없어.'

조급해질 수밖에 없었다. 하령이 현석과 같은 반응을 보일 게 불 보듯 뻔했기 때문이다.

"뭐가 미안한데? 그때 영분이한테 잘못한 거라도 있어? 사실은 해를 가한 거야? 응? 말해봐. 다 털어놔보라고."

"미안해, 영분아. 그런데 난 그냥 하자는 대로 따랐던 것뿐이야."

불안한 예상이 적중하고 있었다.

"정말로 무슨 일이 있었던 건데? 진짜를 말해보라고. 어서!"

하령의 텐션에 동화된 진선이 윽박질렀다.

"잠깐이라고 했어. 진짜야. 난 진짜 그런 줄 알았어."

"지금 영분이가 보이는 거야? 그런 거야?"

"믿어달라니까! 믿어줘."

"하령 씨!"

두 사람은 출구가 없는 어딘가로 향해 돌진하고 있는 것처럼 보였다. 실제로 하령뿐 아니라 진선도 반은 정신이 나가 있었다.

"뭐? 알고 있었어? 어떻게?"

하령의 분위기가 급작스레 서늘해졌다.

"영분이는 지금도 존재하는 거야? 엉?"

"그런데 네가 그렇게 만들었잖아?"

하령은 벌떡 일어나 손가락으로 진선을 가리켰다.

"정신 차려! 지고만 있지 말고 똑바로 정신을 차려보란 말이야!"

진선은 갑갑한 마음에 말을 쏟았다.

"네가 그렇게 만들었잖아? 네가! 네가— 아아—!"

하령은 고함을 치며 손톱을 세워 목을 쥐어뜯었다.

"하령 씨, 진정해요."

반쯤 넋을 놓고 있던 진선은 그제야 정신이 번쩍 들었다.

"하령아—!"

간호사 두 명이 황급히 병실로 달려 들어와 하령을 양쪽에서 붙들었다.

"괜찮아. 괜찮으니까 진정해. 응?"

"아— 아!"

하령은 얼굴에 자리한 모든 구멍에서 액체를 뿜어내며 울부짖었다. 진정 혐오스럽다, 진선은 딱 그 생각만을 했다.

진선은 하령과 대면함으로서 간과하고 있던 한 가지를 떠올릴 수 있었다. 어쩌면 공간적인 면에서 이 저주의 시발점이 되었을지 모를 폐가. 그녀는 지금 그곳으로 향하는 중이었다.

"지나치게 동기나 시점에만 치중했어."

폐가에 도착한 진선은 우선 그 앞에서 경관을 둘러보았다. 절반가량 무너진 담벼락에는 흉물스러운 낙서가 가득했고, 얼핏 보이는 앞마당에는 가지각색의 깨진 유리병들이 난무했다.

시선을 조금 멀리 던져 현관 안으로 넣어보니 버려진 여자 핸드백과 남자 지갑들이 널브러져 있는 모습이 보였다. 대다수 찢어진 점으로 예측건대 소매치기로 인해 버려졌을 가능성이 농후했다. 마침 자전거를 타고 근처를 지나던 봉석이 폐가 앞에 우두커니 서 있는 진선에게 말을 붙였다.

"이봐요."

폐가로 들어서기 전, 자신만 알고 있는 가슴 시린 고독함에 삼켜지는 기분이었는데, 진선은 말을 걸어준 봉석이 반가웠다.

"그 집 아는 사람이요?"

"… 딱히 아는 건 아니에요."

모호한 대답이 나갈 수밖에 없었다.

"그런데 왜 그러고 섰어? 혹시 여기다 새로 집 지을 사람이야?"

개발을 염두에 두고 묻는 말인 듯했다.

"아니에요."

"아니라고?"

"네."

"난 또."

봉석이 가던 길을 가려는데 진선이 불렀다.

"어르신."

"왜?"

"이 집, 어째서 여태껏 주인이 없는 거죠?"

"흉가니까."

"흉가요?"

봉석이 고개를 끄덕였다.

"그럼 본래 여기 살던 사람들한테 무슨 일이 있었나요?"

"살던 사람은 모르겠고, 사고가 있었지."

뭔가 생각을 떠올리다 대꾸하는 봉석이었다.

"혹시 20년 전에, 여자아이 일 말씀하시는 거예요?"

"대충 아는구먼. 벌써 20년이나 됐나?"

봉석은 폐가를 모른다고 했던 진선의 대답을 잊어버린 듯했다.

"그 이후로 이렇게 아무도 안 사는 거고요?"

"그렇더라고. 교회가 들어온다는 말도 있었고, 무슨 물류창고가 들어온다는 말도 있었는데. 어찌된 영문인지 당최 들어서지를 않더라고. 이 근처 공터가 모두 여기 흉가랑 묶여 있었던 걸로 아는데 아깝게 땅만 썩힌 꼴이 돼 버렸지."

봉석은 폐가에 관한 몇몇 가지를 일러 주었지만 정작 진선이 원하는 정보는 없었다.

"그나저나 색시는 뭐 하러 여기 서있나?"

"…."

진선은 속으로 그러게 말입니다, 라고 대꾸했다.

수십 년 전, 봉석은 동네에서 복덕방을 하던 친척의 소개로 현재 폐가인 파랑지붕 집의 정원사로 일을 하게 되었다. 월급을 받고 정기적으로 출근을 하는 식의 일자리는 아니었다. 자전거포를 운영했던 봉석은 필요할 때 파랑지붕 집으로 가서 일당을 받고 정원을 관리했다. 간헐적이긴 했지만 바쁜 시기에는 주말을 포함해 주중 5일을 파랑지붕 집을 찾은 적도 있었다. 생업과 병행하는 일이 버거울 때도 있었지만 보수가 많았기 때문에 다른 이에게 넘기는 일은 고려해본 적이 없었다.

"수도 막힌 것도 금세 고쳐주시고, 항상 수고가 많으십니다. 가까운 곳에 손재주가 좋은 분이 계시니 얼마나 든든한지 몰라요."

"말씀만이라도 감사합니다, 교수님."

파랑지붕 집의 주인인 남자는 40대 중후반쯤으로 보였는데, 직업이 대학교 법학 교수라고 했다. 그 시절 이처럼 거대하면서도 고급스러운 건축기법을 동원한 집을 소유한 인물인 걸로 미루어 짐작해봤을 때, 본인의 능력 외에도 대단한 집안의 재원이 자명했다. 적어도 동네 사람들은 그렇게 믿었다.

어쨌든 파랑지붕 집의 주인은 인근 주민들과 과거 살아왔던 환경이나 현재의 결이 확연히 다른 탓인지 왕래는 거의 없었다. 어쩔 수 없이 집 앞이나 어귀에서 마주치는 때가 아니면 서로 얼굴 스치는 일도 드물었다.

그에게는 슬하에 딸과 아들이 있었는데, 둘 다 이곳의 아이들이 다니는 학교가 아닌 곳으로 등교를 했다. 그래서 교수뿐만 아니라 그의 가족들마저 주민들과 교류가 없다시피 했던 것. 그나마 봉석이 파랑지붕 집의 정원과 그 외 자질구레한 수리를 맡고 있기 때문에 유일하게 교수의 가족들과 안면을 트고 지낸다고 할 수 있었다.

그런 어느 날. 교수와 그의 가족들이 이곳으로 이사를 온 지 9개월쯤 지났을 때였다. 봉석이 정원 나무들의 가지를 정리하기 위해 파랑지붕 집에 도착을 했는데, 집주인이 축 늘어진 아이 하나를 안아 들고 부랴부랴 차고지로 향하는 모습을 목격했다. 찰나의 상황이었지만 아이가 다쳐 바삐 병원으로 옮기는 모양새임을 알아챘다.

"오늘은 그냥 돌아가셔야겠어요."

정원으로 나온 가사 도우미가 봉석에게 말했다.

"무슨 일인가요?"

봉석은 시동을 켜고 급히 출발하는 소리가 들리는 차고지로 시선을 던져 물었다.

"그게, 애가 좀 다쳤어요."

"교수님 아이요?"

"아뇨, 놀러온 친구가 다친 모양이에요."

"아, 그렇군요."

말을 많이 섞어 보진 못했지만 예의 바른 아이들이었기에 다행이라는 의식이 곧장 따랐다.

"그럼 오늘은 그냥 가보겠습니다."

"연락을 드릴 거예요. 그때 오시면 될 거고."

"네, 수고하세요."

하지만 파랑지붕 집에서는 이후 연락이 없었다. 그리고 채 한 달도 되지 않아 교수의 가족들은 종적을 감추었다.

의구심에 봉석이 파랑지붕 집을 찾았을 때였다. 정리를 마무리하고 있던 가사도우미에게 얼핏 들은 바로는 둘째인 남자아이의 학교 친구가 집에서 함께 놀다 그만 옥상에서 떨어져 목숨을 잃은 것 같다는 것이었다. 그녀도 봉석과 마찬가지로 눈으로 확인한 건 그 친구라는 아이가 교수에 의해 병원으로 향한 모습이 전부였기에, 집 안에서 일하며 주워들은 이야기들로 추측하는 것뿐이라고 말미에 당부를 달았다.

"그냥 사고가 맞아요?"

봉석이 물었다. 문득 궁금해 그렇게 말이 나갔다.

"뭘 들었어요? 어떻게 됐는지는 모른다니까."

가사도우미가 순식간에 호전적으로 변했다. 본인도 흠칫 놀란 듯했다. 멍청하게 위험한 이야기를 주저리 떠들어 버리다니.

"입 조심해요. 행여나 교수님 귀에 들어갔다간 인생 쫑날 수가 있으니."

가사도우미는 눈매를 매섭게 만들더니 봉석의 눈앞으로 검지를 치켜 올려 흔들었다.

봉석의 수다 아닌 수다로 두려움을 떨쳐낸 진선은 앞마당으로 성큼 발을 들여놓았다. 밖에서 보았던 그대로 깨진 병조각들과 쓰레기들이 널브러져 있는 것 외에는 특별한 것이 없었다. 1층도 앞마당과 비슷했다. 온 방을 다 둘러보아도 특별히 눈에 띄는 것도 없었고, 별다른 기분도 들지 않았다.

2층으로 올라와보니 낡고 더러운 이불 두 장이 거실구석에 자리 잡고 있는 모습이 보였다. 올곧이 펴져 있는 모양새로 짐작건대 누군가 이따금씩 노숙을 하는 모양이었다. 하지만 그 외에는 앞서와 다를 것이 없었다.

이제 둘러볼 곳은 옥상만이 남았다. 진선은 옥상으로 올라가는 계단을 찾아보았지만 좀처럼 보이지가 않았다. 계단을 찾던 진선은 2층 연탄 아궁이가 있는 뒤편으로 왔다. 역시나 발견할 수 없었다.

진선이 돌아서서 왔던 길로 다시 나가려는데, 뒷마당의 전경이 눈에 들어왔다. 흔적만 남은 낡은 화단과 흙먼지들. 앞마당 못지않게 널찍한 것 말고는 특별한 게 없었다. 진선은 옥상으로 올라가보는 것을 포기하고 1층으로 내려갔다.

진선은 퇴근을 하는 길이었다. 지잉— 하고 휴대폰이 울리자 발신자 번호를 확인한 뒤 받았다.

"여보세요?"

"저 경우 아빠인데요."

"안녕하세요. … 네? … 언제?"

새벽, 잠에서 깬 하령이 몸을 일으켰다. 당직을 서고 있던 간호사 중 한 명이 복도로 나오는 하령을 발견하고 다가왔다.

"왜 안 자고?"

"언니, 화장실 가고 싶은데 혼자 가기 무서워."

"나랑 같이 가."

하령과 간호사는 함께 화장실로 왔다.

"여기 있을 테니까 볼일 보고 나와."

"알았어."

하령은 칸으로 들어갔고, 간호사는 세면대 거울에 자신을 비춰보고 있었다. 그런데 하령이 칸으로 들어간 지 얼마 지나지 않아 이상한 소리가 들려왔다.

"내가 그런 게 아냐. 난 그렇게까지 하려던 게 아니었어. 나는. 뭐? … 아니라니까. 전부 다 거짓말은 아니라고."

목이 잠겨 웅얼대는 하령의 음성이었다.

"무슨 일 있니?"

간호사는 하령이 들어간 칸 앞으로 왔다.

"억울해. 이제는 네가 더 나쁘잖아? … 그래! 내가 꼬셨다. 그래서 어쩌라고? … 해봐! 나도 이젠 널 저주할 테니까. 너도 똑같이 당하게 될 거라고."

이제는 독기가 그득 어린 목소리를 냈다.

"하령아, 왜 그래?"

탕탕탕.

"하령아―. 하령아―."

간호사는 하령의 이름을 외치며 문을 두드렸다.

"대체 무슨 일인데? 어서 문열어 봐, 하령아―."

"시끄러! 저리 꺼져!"

귀를 찢을 듯한 하령의 고함소리에 간호사는 정신이 아찔해졌다. 일순간 고요해진 화장실 안.

"괜찮아? 얼른 문 좀 열어봐, 응?"

"언니, 같이 할 거지? 혼자선 못 해."

칸막이 틈을 비집고 나오는 하령의 음성이 한층 얇아져 있었다.

"그래. 같이 할 테니까 문부터."

그때 칸막이 문이 벌컥 열리며 양손이 튀어나왔다. 간호사는 안면을 붙잡힌 채로 순식간에 안으로 끌려들어 갔다.

그리고 아침. 병동은 어수선했다.

"5층 인원은 금일 B동으로 넘어갈 거니까 개인도구 챙기세요."

의사와 간호사들이 환자들을 통제하고 있었다. 곧 경찰들이 병동으로 왔다.

"어딥니까?"

"저기."

의사는 데스크 쪽을 가리켰다.

"휴ー."

데스크 옆으로 온 경찰들은 인상을 잔뜩 찌푸렸다. 한 형사는 고개를 아예 돌려 버렸다. 본분을 망각했다기보다는 잠시 숨고르기가 필요했으리라.

"여기 환자가 맞습니까?"

"그렇습니다."

데스크 바닥에는 온몸에 주사바늘을 꽂고 있는 하령의 사체가 벽에 기대 앉아 있었다. 그중 약물이 들어 있는 주사기가 하나 있었는데, 액체 속에서 작은 눈알 하나가 껌뻑였다. 현장의 사람들은 그 광경을 목격할 수 없었다.

"당직 선 간호사들은 어디에 있습니까?"

"화장실에…."

화장실 칸막이에는 당직근무를 섰던 두 명의 간호사가 목이 부러진 채 변기에 포개어 엎어져 있었다.

같은 날 새벽 현석이 입원해 있는 정신병원. 병실창문 앞에 솟아 있는 현석의 오른손에는 몰래 챙겨놓은 포크가 들려 있었다.

"이제 미안하지 않아. 너도 지금보다 더 불행하게 만들어줄 거야. … 어떻게라니? 한 가지뿐이잖아? 죽어서도 널 더욱 미워하고 저주

110

할 테니. 반드시 두고두고 괴롭혀 줄 거야. 네 죗값 몇 배로 되돌…."

푸—욱! 푸식! 현석은 포크로 자신의 목을 마구 찔렀다. 복도 쪽으로 나있는 창문의 창살 너머에 위치한 거울. 그곳에 어느 샌가 나타난 부릅뜬 눈알이 이 모습을 똑똑히 지켜보았다.

진선은 경우의 집으로 와 있었다. 거실에는 동네 주민들 몇몇이 둘러 앉아 있었는데, 진선을 비롯해 모두가 침통한 얼굴이었다.

"다시 한번 죄송하다는 말밖에는…."

두려움과 죄책감이 가슴속에 요동쳤다.

"PD 선생이 아니어도 언젠가는 그리 됐을 일이요."

"어쩌면 이제야 편해졌는지도 모르지."

만약 기괴한 현상을 겪어보지 않은 진선이었다면 동네 주민들이 집단으로 미쳤다고 치부했을 것이다.

"애들이 무슨 죄를 얼마나 지었다고 그리도 험하게, 쯧."

"이제 동네를 떠나는 일만 남았구먼. 에휴—."

"슬슬 출발하지. 하령이랑 현석이 같은 병원에 마련해놨다더군."

경우 아버지가 말했다.

"성심병원이랬지?"

"그럴 거야."

"가자고."

진선도 동네 사람들을 따라 일어섰다.

진선은 장례식장에 들렀다가 돌아가는 길에 지희를 찾았다. 사실 이번처럼 큰일이 벌어지지 않았더라면 마주하지 않으리라 생각했었다.

"소식 들으셨어요?"

진선이 물었다.

"아이들 소식 말이죠?"

"네."

"소식은 몰라요. 다만, 느낄 수는 있어요."

지희는 아득한 눈을 했다. 그리고 말을 이었다.

"슬퍼요."

진선은 입을 떼지 않았다.

"이 골목 아이들이 불쌍해서 슬퍼요."

"… 네."

완벽한 진실이라고는 믿기 힘든 진선이었다.

"여기가 변하면 이제 덜 슬프겠죠?"

"아마도요."

"그저께 꿈에서 영분이를 만났어요."

"뭐라고 하던가요?"

진선의 신경이 꼿꼿이 섰다.

"울면서 고개만 절래절래 흔들었어요."

"그게 전부였다고요?"

"누군가 애 손을 잡고 있었어요."

"영분이 손을요?"

"PD님이요."

"저요?"

"마지막 둘에 대한 결정을 내리고, 이사 갈 집을 알아봐야겠어요."

지희는 거기까지만 말했다.

이후 진선은 어째서 영분이 자신의 손을 잡고 있었는지, 짚이는 부분은 없는지, 이제 어떻게 하면 좋을지, 급한 마음에 두서없이 질문을 던졌다. 하지만 아무런 대답도 없었다.

늘어지는 적막은 두 사람을 초췌하게 만들었고, 결국 마음을 정리한 진선은 지희에게서 받은 사진을 그녀의 앞으로 내밀었다. 사진을 받아든 지희는 눈시울을 붉혔다. 이내 솟구치는 눈물은 눈앞을 일렁이게 만들었고, 구불구불한 시선에는 다른 골목에 살던 아이들의 얼굴이 하나씩 지나갔다.

'여기까지만이라도 괜찮겠어? 엄마는 아직 지치지 않았는데….'

이때쯤 시간에는 미묘한 변화가 일었다. 영분의 흐릿하던 한쪽 눈이 선명해져 있었던 것. 그리고 또 하나. 하령과 현석의 동공이 영분이 서 있는 쪽으로 기울어져 있었다.

진선이 마지막으로 작별인사를 나누려 찾은 곳은 폐가였다. 혹 그녀가 다시 이곳을 찾더라도, 그때는 아마 폐가가 자리하고 있지 않을 것이었다.

"이제 그만 멈추고 싶은 거지?"

뚜렷한 근간은 없었다. 다만, 지희의 눈물이 그렇게 느낄 수 있게 만들어 주었다.

"읍."

지희를 떠올리는 것만으로 머릿속이 일렁거렸다. 속까지 메스꺼웠다. 어째서인지 지희를 만날수록 스멀스멀 불쾌한 무언가가 피어올랐다. 처음엔 연민의 정도 느꼈는데, 시간이 흐르고 그녀를 조금씩 알아갈수록 형용하기 어려운 불편함이 밀려들었다.

'영분이 일은 안됐지만 오만하고 재수 없는 아줌마였어. 비련한 척, 비정한 척 청승 떨면서 대놓고 사람 무시하고 말이야. … 아무렴 어때? 이제 볼일 없을 텐데. 어찌됐든 매듭을 지은 기분이라 홀가분해.'

점심시간. 진선이 미연의 반으로 찾아왔다.

"나 너한테 물어볼 게 있는데?"

진선은 며칠을 고민하다 사실을 확인하려 했다. 결심을 하기 전까진 여느 때와 다름없이 대했었다.

"뭔데?"

"너 다른 애들한테 내 얘기한 적 있어?"

"어떤 얘기?"

이때 미연은 진선이 심상치 않음을 알아차렸다.

"옛날 얘기."

"무슨 옛날 얘기?"

"박수현이랑 관련된 거."

"박수현? 그걸 누구한테 얘기를 해?"

"애들한테 말이야."

"내가 애들한테 너랑 수현이 얘기를 했다고?"

"했어?"

"…."

"안 했어?"

미연은 딱딱하게 변해가고 있는 진선이 무서웠다.

"얘기를 한 적은 있는 거 같은데, 지혜였나? 너 지혜한테 얘기 듣고…."

"했구나."

진선이 말을 잘랐다.

"응?"

"야! 나 갈게."

그리고 홱 돌아섰다.

"잠깐만."

미연이 진선의 어깨를 거칠게 잡아 돌렸다.

"무슨 말을 들었길래 이렇게 기분이 나빠? 나 지금 생각해봐도 이상한 얘기 한 적 없거든!"

"난 왕따고 네가 날 살려줬다며?"

"무슨 소리야? 그렇게 말한 적 없어."

"확실해?"

"너 진짜…."

이쯤엔 미연도 화가 치밀었다.

"확실하냐고?"

"넌 걔 말만 듣고 와서 지금 나한테 이러는 거야? 엉? 씨발."

미연의 처음 보는 모습에 움찔한 진선이었지만 멈출 수 없었다.

"내 얘기 했다면서? 알았으니까 간다고!"

진선은 돌아서 걸음을 재촉했다.

"어이가 없네, 씨발."

미연의 음성이 등에 꽂혔다.

그 일이 있은 후. 진선과 미연의 사이는 서먹해졌다. 잠깐이나마 서로가 서로에게 미안한 마음이 싹트기도 했다. 하지만 끝내 진정한 화해는 없었다.

시간이 흘러 중3 무렵이 되었을 때. 진선은 학교 뒤뜰을 지나다 불량한 친구들과 어울려 담배를 피우는 미연과 마주친 적이 있다.

일진으로 통하는 패거리는 단순한 비행을 넘어선 악랄한 짓을 스스럼없이 저지르고 다녔던 탓에 학우들에게 공포의 대상이 되기도 했다. 몇몇 아이들은 극도의 스트레스로 인해 우울증까지 앓기도 했지만, 근본적인 해결책은 누구도 제시하지 못했다.

그런 패거리에 이질감 없이 섞여 있는 미연의 모습. 진선은 외모뿐만 아니라 풍기는 기질이 확연히 달라진 절친했던 친구가 낯설고, 또 두려웠다.

"야!"

진선이 못 본 척 지나치려는데 미연이 불렀다.

"야! 고진선."

미연이 방황을 하기 얼마 전까지만 하더라도 악의는 없이 서로가 스쳐갔었다.

"왜?"

가슴이 쿵쾅거렸지만 자존심으로 버텨냈다.

"이리 와봐."

미연이 키득거리자 옆에 있던 아이들도 따라 웃었다.

"왜?"

진선은 그 자리에 굳었다.

"와보라잖아, 쌍년아!"

개중에 누군가 앞으로 나섰다. 수현이었다.

그때를 기점으로 진선은 패거리의 타깃 중 하나가 되었다. 처음에는 돈을 빌려달라고 하다가 그 정도가 심해져 마치 검문하듯 내키는 대로 찾아와 지갑이나 가방, 심지어 사물함 등을 뒤져서 본인들이 필요한 것이 있으면 무엇이든 스스럼없이 집어갔다.

"뒤지고 싶냐? 체육복 담당이 사물함을 잠가놓으면 어떡해?"

"그러고 보니 나도 생각났어. 지난번에 교과서를 못 꺼내가서 중간고사를 망쳤다니까. 대학 못 가면 네가 책임질래? 쌍!"

"2만 원만 바치면 눈감아줄 테니 내일까지 가져와라."

"에이, 2만 원으로 누구 코에 붙여? 사람이 몇 명인데."

"어이! 꼬! 사물함에 또 자물쇠 채워놨다간 죽을 줄 알아. 알겠냐?"

"참! 체육복에서 냄새 나도 재미없을 줄 알아. 이 잡년아."

무리들에 둘러싸인 진선은 단 한 마디 대꾸도 내뱉지 못했다.

어느 날은 비슷한 부류의 다른 학교 남자친구들과 어울려 놀다 진선을 불러낸 적이 있다. 미연이 다니는 학교 앞에서 패거리를 기나리던 남사아이 중 한 명이 미연과 진선이 얘기하는 걸 본적이 있는데, 소개를 받고 싶다고 했기 때문이다.

"그 찐따가 맘에 든다고? 취향 독특하네?"

"내 취향에 관심 꺼라."

"정말 불러? 보고 싶어 죽겠냐?"

미연이 빈정거리며 말했다.

"그만 떽떽거리고 불러내기나 해봐. 뒤는 내가 알아서 할 테니."

그렇게 불러나간 진선은 전혀 마음에 없는 남자아이와 강제로 데이트를 해야 했고, 보름 가까이 치근덕거림을 견뎌낸 끝에 다행히 다시는 얼굴을 보지 않아도 되었다. 마음에 쏙 드는 다른 여자가 생겼다고 했다. 꽤나 연상이라고 하던데, 어쨌든 그 여인은 적당히 상대를 해줬나 보다.

"최미연 때문에 정말 미치겠어."

진선과 같이 패거리의 주요 타깃인 윤서는 까무잡잡한 피부에 키도 큰 편이었기에 결코 만만하게 보일 인상은 아니었다. 하지만 어울리지 않게 심성이 무척이나 여린 편이었고, 또한 온순했다. 뿐만 아니라 또래에 묻혀 있으면 행동거지나 말투 등이 어린 경향이 짙은 친구였다. 그래서 어느 정도 시간이 지나면 대개는 윤서를 스스럼없이 대했다. 심한 장난도 많이 당했고, 돈도 제법 떼이곤 했다. 하지만 윤서는 스스로를 다독여 화가 날 상황들을 어찌어찌 넘기며 생활하고 있었다. 유치한 비열함에 그토록 큰 인내심을 발휘하지 않았다면 적어도 현재보다는 나은 학교생활을 누리고 있었을 것이 자명했다.

그런데 그런 윤서에게 커다란 시련이 닥치고 만다. 미연이 좋아하는 남자친구가 윤서를 마음에 들어 하는 바람에 더없이 고통스러운 나날을 보내고 있었던 것. 천하다 못해 괴랄하기 짝이 없는 괴롭힘은 순수한 영혼의 눈과 귀와 입을 틀어막아 어떠한 구원의 방법도 존재하지 않음을 세뇌시켰고, 그렇게 한 인간을 처절히 망가뜨리고 있었다.

어느 날 윤서는 어렵사리 진선에게 속내를 털어놨다. 성격이나 기질이 정반대에 가까운 진선과의 접점이라면 유독 일진들에게 괴롭힘을 당하고 있던 게 전부였던 터라 그 전엔 딱히 어울리지도, 친한 사이도 아니었다.

"죽이고 싶어, 최미연."

"…."

대꾸를 생략한 진선은 시선을 멀리 던졌다.

"죽었으면 좋겠어."

"그러게. 학교에서 모조리 사라지면 좋을 텐데."

짜증이 한껏 들어찬 얼굴로 진선이 대꾸했다. 윤서가 그런 진선을 멀뚱히 바라보았다.

"뭘 봐?"

갑갑하기만 한 상황에 기분이 좋지 않았던 진선이 톡 쏘았다. 내심 본인보다 못한 처지에서 허덕이는 윤서와 거리를 두고 싶었던 것 같다.

"너도 힘들지?"

윤서의 아늑한 시선은 동질감을 보내옴이었다.

"한심한 얘기나 지껄이자고 사람 불러냈냐?"

날카로워진 진선.

"아니, 난 그냥… 너랑 이런저런…."

"나랑 뭐?"

"너도 힘든 거 같고…."

"그렇게 미치겠으면 지금처럼 징징댈 시간에 저주라도 퍼붓지 그러냐?"

왜 그토록 짜증이 일었을까? 윤서가 세상을 떠나고 난 뒤 두어 번 정도 기억을 되짚어 봤던 진선이다.

"저주를 어떻게 내리는 건데?"

윤서가 되물었을 때 진선은 한심하기도 하고 측은하기도 했다.

"기도라도 하라고! '오토바이 얻어 타고 다니다 사고로 전신마비라도 돼라!' 아니면 '머리에 벽돌이라도 처맞고 뒈져라!'"

"…."

윤서는 얼굴을 잔뜩 찌푸렸다.

"어휴— 씨!"

그것이 윤서와의 마지막 대화였다.

진선과 이야기를 나눈 몇 달 뒤, 옥상으로 올라온 윤서는 뒤뜰에서 깔깔거리던 미연을 지켜보았다. 하지만 다짐과 달리 결국 준비한 벽돌을 손에 꼭 쥔 채 본인이 바닥으로 추락하고 말았다. 아이는 몸을 던지기 직전 아래쪽에 시선을 주며 한동안 웅얼거렸다. 마치 누군가와 대화를 나누듯 어조도 표정에도 변화가 일렁거렸다.

유서는 남기지 않았다. 다만 일기장이 역할을 대신했고, 미연의 패거리들이 워낙 설치고 다닌 덕분에 학교폭력으로 인한 사건으로 곧장 심층적인 수사가 진행되었다. 그 결과 미연과 패거리들은 교

내에서 자취를 감추었고, 그덕에 뒤죽박죽 형편없었던 진선의 일상에도 평화가 찾아왔다.

✳ ✳ ✳

20여 년 전 폐가. 아이들은 옥상이 내려다보이는 야산 중턱으로 올라와 있었다. 그들은 숨을 죽인 채 영분이 몸을 숨긴 고무통을 주시하고 있었다.

조금 뒤 영분이 조심스레 고무통의 뚜껑을 들어 시선을 사방으로 흩트렸다. 그런 다음 몸을 꺼냈다. 고무통에서 나온 영분은 사뿐한 걸음으로 가장자리 턱에 붙었다. 고개를 쭉 빼어 아래를 살피는 품이 친구들을 찾는 눈치였다.

"다들 어디 갔어? 창수 오빠— 나 아직 옥상에 있어."

그렇게 시간이 조금 흐르자 영분이 소리치기 시작했다.

"현석이 오빠— 나 이제 내려갈래. 애들아—."

서서히 해가 기울어 가며 어둠이 내려앉으려 했다.

불안하고 초조했던 영분은 몇 번이고 올라섰던 난간 앞을 기웃거리다 이내 물러서곤 했다.

"쟤 울려고 해, 맞지?"

"그러게. 바보같이."

아이들은 이 모습을 지켜보며 키득거렸다.

"음? 얘기 하는 거 같은데? 밑에 누가 왔나?"

아이의 말대로 영분은 아래쪽 어딘가에 시선을 주고 있었다. 그러면서 고개를 끄덕이기도 하고 젓기도 하는 모양새를 냈다.

"… 오빠나 친구들 좀 불러줄래? … 맞아. 나랑 놀던 애들. … 혼자선 못 내려가. … 뭐? … 무슨 소리야? … 아닌데. … 아니라니

120

까. 이상한 말만 하지 말고 좀 도와줘. ……."

이윽고 아이들의 숨이 일제히 멎어버렸다. 난간을 서성이던 영분의 모습이 일순간 사라졌기 때문이다. 고개를 앞으로 뺀 채 고꾸라지던 영분은 2층의 턱 측면에 안면을 찢기고는 뒷마당으로 추락해 버렸다.

"형! 어떡해?"

"큰일났어. 죽은 거 아냐?"

아이들은 크게 동요했지만 섣불리 움직임을 보이지 못했다. 눈을 질끈 감아버린 아이도 있었고, 어안이 벙벙한 상태로 영분이 사라진 지점을 응시하고 있는 아이도 있었다.

"모두 잘 들어. 우린 모르는 거야. 영분이랑 놀았지만 혼자 사라진 거라고. 알아들어?"

개중에 나이가 제일 많은 남자아이가 말했다. 아이들은 차례로 고개를 끄덕였다.

부드럽게 번지는 희뿌연 담배연기가 지희의 날카로운 시선과 간간이 충돌했다. 연신 안개를 뿜고 있는 우혁의 면색은 어쩌다 마주친 지희의 시선이 지긋지긋한 모양새였다.

"오늘도 사실대로 말 안 할 거지?"

지희가 쏘아붙였다.

"지난번 연락처도 그렇고, 주소까지 어떻게 알아냈어? 미행이라도 하고 있었던 거야?"

우혁이 되물었다.

"이제 집도 장만하고 형편도 나아지려고 하는데, 당신 때문에 이게 무슨 날벼락이야."

닫힌 방문 너머로 눈을 옮긴 지희는 말끝머리에 음성을 낮췄다. 그녀가 시선을 넘기고 있는 마루 한쪽에는 영분이 두 손으로 귀를 막고 고개를 숙이고 있었다. 그런 영분의 앞에는 삼겹살이 가운데 자리한 밥상이 놓여 있었다.

"또 내 탓이야?"

우혁도 소리를 죽였다.

"그럼 누구 탓이야?"

짜내는 음성들이라 한층 날카롭게 교차했다.

"그래, 우리 집이 불행한 건 언제나 나 때문이었지."

자책하는 말이지만 지희를 노려보는 눈매는 한없이 매서웠다.

"…."

눈꺼풀이 파르르 떨리고 있는 지희는 입을 꾹 다물었다.

"넌 아무 짓도 안 했지? 그런 거지?"

포기인 듯 재촉인 듯 우혁이 중얼거렸다.

"쓸데없는 소리 집어치우고 똑바로 말 안 해?"

지희의 음성이 급작스레 치솟았다. 우혁의 적반하장 태도가 역겨워 도무지 참을 수가 없었다.

"소리 낮춰라, 엉?"

담배를 끼고 있는 우혁의 손가락이 지희의 미간을 찌를 듯 바짝 다가섰다.

"매번 이런 식이잖아? 거짓말 하고, 다른 말로 상황만 벗어나려고 하고."

우혁이 두려워서가 아니었다. 영분을 의식하지 않을 수 없었던 지희가 차분한 태세를 취했다.

"당신 그 왔다 갔다 하는 태도가 얼마나 사람을 피 말리는지 알고는 있어? 어느 땐 정말 미쳐버리겠다고. 오랜만에 고기 구워먹자고 실실거린 게 조금 전이야. 그러다가 밥 먹는 중간에 이게 대체 뭐하는 짓이야? 너나 나는 그렇다 치고 애는 어쩔 거야? 애 엄마라는 게 생각이 조금이라도 있으면 밥이라도 다 먹고 얘기를 꺼내는 게 맞는 거 아냐?"

잠깐 그런 지희를 주시하다 우혁이 말했다.

"지랄하네. 똥 묻은 놈이 겨 묻은 놈 나무라는 것도 아니고. 영분이 걱정을 하는 인간이 그 짓을 하고 돌아다녀?"

지희는 비웃음을 흘리며 받아쳤다.

"너 미쳤어? 진짜 돌았냐고?"

우혁의 손이 머리 위로 올라갔다가 빠르게 낙하했다. 기분 나쁜 살갗이 마주치는 소리와 함께 지희의 고개가 획 돌아갔다.

"그때 왜 영선이가 너랑 가기 싫어했는지 알아?"

"뭐?"

'영선'이라는 단어가 지희의 통증을 앗아갔다. 대신 더할 수 없는 불안감을 끼얹었다.

"내가 모를 줄 알았어? 퇴근하다 본 것만 몇 번이야."

"뭘 봤다는 거야?"

"영분이 낳고 얼마 안 돼서 네가 영선이한테 얼마나 모질게 했는지…. 그때 일일이 말을 안 했던 건 힘들어서 그러나 보다, 산후우울증인가 뭔가가 와서 그런가 보다, 하고 넘긴 거야. 그래서 영선이 데리고 슈퍼도 한 번씩 다녀오고 동네도 돌고 했던 거라고."

"…."

지희의 입술이 옴짝달싹 했지만 대꾸는 끝내 입술을 떠나지 못했다.

그땐 어째서 그토록 귀찮았던 걸까. 짜증이 일었던 걸까. 결국 참지 못했던 걸까. 고작 네 살 된 아이의 투정일 뿐이었는데. 흔한 칭얼거림이었는데.

하지만 돌이켜 봐도 숨 쉴 틈이 필요했다. 잠깐이면 되었을 것이다. 속내를 나눌 대화가 길지 않아도 상관없었다. 물속에서 숨이 차오를 때 잠시만 수면 위로 얼굴을 내밀 수 있다면 버티기가 수월한 것 마냥, 지희는 대화와 공감이 절실했다.

지희는 갓난아기인 영분을 돌보며 영선에게까지 사랑을 쏟기가 무척이나 힘들었다. 친정의 홀아버지에게 부탁을 할 수도 없는 노릇이었고, 시가 쪽은 농사일을 거들러 시골로 부르지 않는 것만 해도 다행한 사정이었다.

형제들이라고 별반 다르진 않았다. 전국으로 뿔뿔이 흩어진 건 말할 것도 없고, 형편도 비슷해 도무지 손을 벌릴 상황이 아니었다.

"오늘 야근이야."

우혁이 신발을 신으며 말을 던졌다. 막 동이 트려고 할 때였다.

"주말에도 출근했잖아? 그런데 야근까지 해야 돼?"

"회사 확장도 그렇고 요즘 아주 중요한 시기야. 이럴 때 눈에 들지 못할망정 눈 밖에 날 순 없잖아?"

"그렇긴 한데."

"다 우리 앞날을 위한 기반이라고 생각해. 애들 잘 보고."

우혁은 실핏줄이 터진 눈을 질끈 감았다가 떴다.

"알았어요. 다녀와요."

이렇듯 남편은 한창 회사에 본인을 갈아 넣어야 할 시기였기에 좀처럼 기댈 수 있는 존재가 아닌, 오히려 눈치를 봐야 하는 지경이었다. 이러한 연유로 제대로 된 조리가 불가능한 상황이었던 터라 육체의 피곤함은 늘상 고통으로 이어졌다. 그리고 수반하는 으스러짐은 정상적인 사고를 무너뜨렸다.

"이거 먹기 싫어."

며칠째 끼니마다 된장국을 먹었던 영선이었다.

"다음에 계란프라이 해줄 테니까 지금은 그냥 먹어."

영분에게 젖을 물리고 있던 지희는 영선 쪽으로 시선을 주지 않고 말했다.

손목부터 발목까지 어디 하나 성한 데가 없는 것이 확실했다. 무거운 쌀가마니를 드는 것도 아닌데, 4킬로그램 남짓한 아기를 앉아서 안고 있을 뿐인데 위아래 치아가 붙었다 떨어졌다 할 정도로 온몸이 시리고 쑤셨다.

"지금 먹고 싶어."

영선은 심보가 틀어졌다. 딴엔 몇 번이나 참고 넘겼을 것이리라.

"다음에 해준다니까. 어서 먹어."

"된장국 싫어. 지금 해줘."

"영선아—."

한계수치가 초라할지언정 인내심이 이미 한계에 다다랐다.

"안 먹어."

"먹으라고 했다."

영선은 엉덩이를 돌려 밥상을 등지고 앉았다.

"먹지 마! 배고프다고 울고 불며 빌어도 안 줄 테니까 알아서 해!"

지희가 폭발한 후 영선은 만 하루를 꼬박 굶어야 했다.

"방이 이게 뭐야? 넌 진짜 버르장머리를 고쳐야 돼."

언젠가부터 조금만 제자리에 있지 않으면 소리를 질렀고, 영선의 동선이 마음에 들지 않을 때면 장난감을 모조리 집어던진 다음 정리를 하도록 시켰다.

"소리 줄이고 뒤로 물러나서 똑바른 자세로 앉아 봐. 알겠어? 그리고 너 몸에서 냄새나는 건 아니? 그것만 보고 냄새 안 나게 깨끗하게 씻어. 저녁 먹기 전에 검사 맡고. 제대로 안 씻으면 밥 없을 줄 알아. 알았어?"

이렇듯 지희의 기준으로 지금 세상에서 마음대로 주무를 수 있는 건 영선뿐이었다. 물론 마냥 딸을 괴롭히겠다는 마음가짐은 아니었다. 자식을 향한 사랑이 모조리 변질되었다고는 스스로 생각지 않았다. 다만, 다소 엄하게 가르칠 필요가 있다고 인식했고 그것이 한편으로 영선을 위한 것이라고 믿었다.

허나 안일한 결론에서 헤어 나오지 못한 채 감성이 굳어져 가는 어머니인 그녀는 연약한 아이에게 잔혹한 집행자에 불과했다. 안타깝게도 우혁은 이러한 세태를 수박 겉핥기식으로만 인지할 뿐이었다. 야근에, 새벽줄근에… 집에서는 잠만 자고 일터로 향했던 터라 지희나 영선과 대화를 나눌 기회가 전무하다시피 했기 때문이다.

영분이 한 살, 영선이 네 살일 무렵 지희네 가족은 처음으로 온 식구가 놀이공원으로 나들이를 갔다.

"영선아, 어때? 재밌어?"

참으로 오랜만이었다. 이렇듯 한마음으로 즐거움을 만끽하고 있는 때가.

"진짜 진짜 좋아."

입장 직후부터 흥분에 사로잡힌 영선은 이마에 땀이 송골송골했다.

"당신도 영분이 나한테 주고 타고 싶은 거 있음 타."

우혁이 말했다.

"아냐. 난 구경하는 게 좋아. 당신이 놀이기구 잘 타잖아요?"

"그러지 말고. 오늘은 영분이 내가 볼 테니까 영선이랑 같이 탈수 있는 거 타봐."

연애 시절 이처럼 달달했던 남편이었기에 진정으로 사랑했었다. 그리고 성실한 면모까지 엿보였기에 결혼을 결심했었다. 이 남자를 놓치면 정말이지 후회할 것 같았다.

'살다 보면 좋은 날이 또다시 오는 거구나.'

지금은 비록 고되고 외롭지만 남편도 서서히 직장 내 입지를 다져갈 것이었다. 또한 어린 두 딸도 시간이 지나고 나면 어느새 훌쩍 커 있을 테니, 더 이상 스스로를 혐오하는 멍청한 짓은 그만두어야겠다고 다짐을 하게 되는 지희였다.

축제를 알리는 경쾌한 음악소리와 사람들의 행복한 웃음소리가 뒤엉킨 놀이공원에서 지희는 메마른 채 얼어붙어만 가던 자신을 녹여가고 있었다. 뿐만 아니라 서투르나마 영분을 고이 안고 있는 남편의 모습은 전에 없던 안정감을 가져다주었다. 시들어가던 가슴을 힘껏 움켜쥐게 할 수 있는 계기라는 것은 때때로 거창하지 않기에 소중한 것인지 몰랐다.

"솜사탕 먹어도 돼?"

놀이공원을 한창 재미있게 둘러보던 중 영선의 눈앞으로 또래가 솜사탕을 맛있게 홀짝이며 지나갔다.

"회전목마 근처라 여기서 조금 먼데."

우혁이 고개를 빼 멀찍이 시선을 던졌다.

"당신은 영분이랑 여기 앉아 있어요. 우리끼리 다녀올게."

지희가 말했다.

"엄마 말고 아빠랑 가면 안 돼?"

영선은 지희의 눈치를 살폈다.

"아빠는 영분이랑 벤치에서 좀 쉬고 있고, 엄마랑 다녀오자."

지희가 웃으며 손을 잡아끌려 했다. 하지만 자석의 같은 극 마냥 영선은 밀려나더니 우혁에게 찰싹 달라붙었다.

"아빠랑 가고 싶어."

영선은 확고한 기색을 보내왔다.

"왜 그래? 여기까지 와서 말 안 들을 거야?"

지희의 인상이 구겨졌다. 누적된 일상은 단번에 그 색채를 잃지 않았다.

"힝—."

이에 영선은 우혁의 뒤로 숨다시피 했다.

"알았어. 아빠랑 가자."

우혁이 영분을 안고 있는 팔을 지희에게로 뻗으며 말했다.

도착한 솜사탕가게 앞에는 길게 줄이 늘어서 있었다. 하지만 기다리는 시간은 지루하지 않았다. 차례가 멀었을 땐 선율이 어여쁜 음악에 맞춰 돌아가는 목마를 구경하면 되었고, 차례가 가까워 졌을 땐 솜사탕기계에서 설탕실이 뿜어져 나오는 모습만 지켜보고 있어도 웃음이 번졌다.

드디어 영선의 차례. 우혁은 솜사탕이 만들어지기 전에 값을 지불한 뒤 아까부터 가고 싶었던 화장실을 다녀오기로 마음먹었다. 마침 회전목마 근처에 화장실이 있었다.

"솜사탕 먹으면서 여기 그대로 있어야 돼. 꼼짝 말고. 알았지?"

입에 들어가는 솜사탕을 들고 있는 딸을 남자화장실 안으로 데리고 들어가기가 부담스러워 밖에서 기다리라고 했다. 솜사탕 가게 옆에서 움직이지 않고 먹으면서 기다린다면 딱히 문제가 되지 않을 것이라 여겼다. 솜사탕이 완성되고 다시 지희에게 영선을 맡긴 뒤 되돌아오는 일은 매우 번거롭게 느껴졌다.

"알았어."

우혁이 볼일을 보고 나왔지만 어찌된 영문인지 영선은 그 자리에 서 있지 않았다.

"영선아—."

이후 주변을 중심으로 백방으로 찾아다녔지만 결국 영선을 찾지 못했다. 뿐만 아니라 놀이공원 측에 알려 방송을 시행했음에도 폐장시간까지 결국 만날 수 없었다.

'나랑 갔으면 일어나지 않을 일이었어. … 영선이가 날 싫어하지 않았다면 잃어버릴 일이 없었던 거야. … 내가 더 참고, 애한테 못할 짓을 안 했더라면 문제가 없었던 건데. … 미안해. 영선아. 엄마가 무서웠지? 엄마가 왜 너한테 그랬을까? 네가 문제가 아니었는데. … 이제 그만 용서해주고 돌아오면 안 될까? 제발. … 다신 그런 일 없을 거야. 맹세해. 지금 당장 무사히 돌아와주기만 하면 죽을 때까지 아무것도 바라지 않을게.'

엄마이기에 이런 유의 자책을 끊어내지 못했다. 지희는 극도의 불안감에 몰릴 수밖에 없었다. 그래서 정신 나간 사람처럼 매달렸던 거고, 미친 채로 최선을 다했던 건 정신적·육체적 한계를 넘어서기 위했던 건지도 모른다.

실제로 몇 번은 순간적으로 의식이 끊기는 경험으로 잠들었다가 한참 후에 깨어나기도 했다. 단순히 잠이 들었다면 별 문제가 되지 않았겠지만 한 살 배기인 영분을 곁에 두고 깜깜한 어둠속으로 치닫는 반복은 위험하기 짝이 없었다.

제 아무리 울고 몸부림을 쳐봐도 엄마는 눈을 뜨지 않았다. 목이 다 쉬고 탈수증세가 와도 바로 옆의 엄마는 두텁게 벽을 드리우고만 있었다.

"벌써 몇 번째야? 이렇게 불안해서야 살 수가 있나."

퇴근을 한 우혁은 탈진 직전이었던 영분을 챙긴 뒤 거칠게 지희를 깨웠다.

"이러다 당신이나 영분이도 일 나겠어. 아무리 그래도 살아는 가야 할 거 아냐? 영선이 돌아왔을 때 우리가 멀쩡하지 않으면 그간 속앓이랑 노력이 무슨 소용이겠냐고?"

"···."

처음에는 미안하고 안타까운 마음이 컸다. 하지만 주변을 놓아버리는 일들이 비일비재해지자 애잔했던 감정이 윤기를 잃어가기 시작했다.

"내 말 듣고 있냐고?"

"··· 영분이는?"

껌뻑이던 지희의 눈이 축축해졌다.

"영분이 걱정은 돼?"

우혁이 비꼬았다.

"무슨 말을 그렇게 해?"

일렁이는 정면을 걷어내고 지희가 눈을 치켜떴다.

"너도 그렇지만 이러다 영분이까지 병 생겨."

그도 그럴 것이 영분을 들쳐 업고 들른 경찰서만 셀 수가 없었다. 서울 관할이든 충청도 관할이든 발이 닿을 수 있는 곳이라면 전단지를 들고 무작정 찾아갔다. 특히 여름에는 이글거림 속에, 겨울에는 따가운 한파가 살갗을 쪼았지만 지희와 영분은 그 안으로 뛰어들지 않을 수 없었다. 온몸이 땀띠로 뒤덮일 때도, 머리가 어지러울 정도로 기침을 해대는 한이 있더라도 집을 나서야만 했다.

"···."

지희는 쌕쌕 숨소리를 내며 누워있는 영분을 멀뚱히 쳐다봤다. 그 모습을 지켜보던 우혁은 밖으로 나가 담배를 물었다.

우혁도 그간 얼마나 자책을 했는지 모른다. 결국 마지막에 영선과 함께 했던 이는 다름 아닌 본인이었다.

'내가 원흉이고 내가 죄인이지. 그게 뭐라고 조금만 참았으면 아무 일도 안 일어나는 거였는데···. 내가 병신이야, 내가.'

속이 썩어문드러져 나는 악취가 몸 전체에서 흘러나오는 기분도 만끽했었고, 집을 나서 출근을 하면 실제로 그 냄새가 주변 사람들을 힘들게 만들기도 했었다.

"지금 너한테 이런 말하기 진짜 미안한데, 그래도 난 네 친구니까 해줘야 할 거 같아서."

회사를 소개해 준 고향 친구 상현이 머뭇거렸다. 그가 보내오는 불편함은 배려와 크기가 비례함을 우혁은 알아차렸다.

"얘기해. 괜찮으니까."

"그게, 최근이나 갑작스러운 건 아니고."

우혁은 망설이는 상대에게 개의치 말고 이야기를 꺼내보라는 표정을 떠올려보였다.

"몇 달 전부터 냄새가, 사람들이 좀 힘들 때가 있다고."

"… 나한테서?"

우혁이 말끝을 올렸고 상현이 고개를 끄덕였다. 순간 번뜩 정신이 드는 우혁이었다. 민망한 마음이 컸고, 동료들에게 미안한 마음이 다음이었다. 틈만 나면 술, 담배 그리고 안타까움과 스스로를 향한 증오에 파묻혀 찌든 삶이 어느새 2년을 향해 달려가고 있었다.

정상적인 가정생활이 불가능했던 상황이었기에 구석구석 베어버린 눅진함. 그 때문에 입고 있는 옷에서마저 불쾌한 냄새가 진동했지만, 선명하게 의식을 하기가 힘든 환경이었다.

"점심시간에 목욕탕이라도 다녀올게."

"밥도 먹고 좀 쉬어야지. 오늘도 연장일 게 빤한데."

가장 가까운 목욕탕이라 해도 거리가 있었다. 그리고 실질적인 점심시간은 30분 정도였다.

"아냐, 다녀올게."

"아이 참. 내가 괜한 말을 한 거 같기도 하고…. 그렇다고 뒤에서 말이 자꾸 나오는데 계속 모른 척할 수도 없어서…. 미안."

상현은 진심으로 안쓰러운 낯빛을 했다. 변함이 없다. 어렸을 적부터 심성이 고운 친구였다.

"아냐. 알려줘서 고마워."

그때 고향에서 함께 자란 재은이 두 사람을 발견하고 다가왔다.

"오빠들 뭐해?"

"야, 너라도 귀띔을 좀 해주지."

우혁이 머리를 긁적이며 말했다.

"뭘?"

"나한테서 냄새 나는 거. 우리 백 차장이 중간에서 한참 곤란했잖아."

우혁은 상현에게 시선을 주며 멋쩍은 미소를 띠었다.

"난 괜찮았는데."

"다른 사람들은 많이 불편해했다는데. 내가 생각해봐도 분명 힘들었을 거야. 에휴, 냄새."

우혁이 팔을 들어 냄새를 맡는 시늉을 했다.

"아냐, 난 괜찮았어. 오빠."

"그랬어?"

"땀 흘리면서 일하는 회산데 뭐. 난 신경 안 썼어. 진짜야."

재은이 정색에 가까운 반응을 보이니 되레 수줍은 우혁이었다.

"아. 그래. … 뭐, 고맙다."

"그 말 오랜만에 들어본다."

"응?"

"기억 안 나? 오빠 군대 갈 때 밤에 우리 집까지 찾아와서 편지 써달라고 해서 써준다니까 고맙다고 했잖아."

"그랬었나?"

"발뺌하기야?"

"그게 아니라."

"너 우혁이한테는 편지도 써줬냐?"

상현이 끼어들었다.

"오빠는 써달라는 말 안 하고 군대 갔잖아?"

"이럴 줄 알았으면 나도 써달라고 할걸. 그때 네 사진이라도 받아놨으면 고참들한테 덜 맞았을지도 모르는데."

"그러게. 부탁을 하지 그랬냐?"

재은과 상현이 말을 주고받는 동안 우혁은 생각에 잠겼다.

"뭐야? 내가 편지 써준 거 아직도 기억 안 나?"

재은이 물었다.

"… 기억나."

옛 생각에서 깨어났다.

지희가 재은을 처음 대면했던 때는 가족모임을 가졌던 날이다. 우혁과의 연애시절부터 알고 지냈던 상현과 그의 가족들과의 모임은 결혼 후에도 쭉 이어지고 있었다. 두 친구는 늘 그래왔던 것처럼 따스한 봄의 고향을 각박하고 거친 타지생활에 빗대며 술잔을 기울이는 중이었다.

"내 발로 나오긴 했지만, 항상 뭔가 허전하고 외롭단 말이지. 넌 안 그래?"

우혁은 말미에 한숨을 푹 내쉬었다.

"나는 좀 덜한 게 사실이야. 중학교 마치고 시골마을 떠나서 여기저기 다녀서 그런지 여기가 본래 살던 곳 같아. 물론 어릴 때가 그립고 추억이긴 한데, 너처럼 향수병에 힘들어했던 기억은 별로 없어. 그리고 네가 외로울 게 뭐가 있어? 지희랑 영선이가 있는데."

부인들도 대화 주제는 빤했다.

"요즘 옷도 자기 맘에 드는 거 아니면 안 입으려고 한다니까요."

지희는 TV에 빠져 있는 아이들 쪽으로 시선을 주며 말했다.

"그럴 때 된 거 맞아."

"정말요? 이제 세 살인데? 난 안 그랬던 거 같은데."

"퍽이나 안 그랬겠다."

지희보다 몇 살 위인 상현의 부인은 나이 차이만큼 먼저 아기 둘을 낳고 기르고 있었기 때문에 시기상 육아에 관한 얘기가 주류일 수밖에 없었다.

이야기가 무르익어 갈 때쯤 상현의 집 초인종이 울렸다.

"내가 나갈게."

상현은 기다리던 이가 도착한 듯 몸을 일으켰다.

"누구 오기로 했어요?"

지희가 상현의 부인에게 물었다.

"재은 씨라고, 애들 아빠 아는 동생이 들르기로 했거든."

상현의 부인은 안면 정도는 있다는 반응이었다. 조금 뒤 재은이 마루로 올라왔다.

"제수씨, 이쪽은 어릴 적 고향 동생이에요. 몇 달 전에 우리 회사로 오게 됐고요."

상현이 재은을 소개했다.

"안녕하세요. 지희 씨 얘기 많이 들었어요. 전 상현 오빠랑 우혁 오빠랑 어릴 적 한동네에서 살았던 강재은이에요."

재은이 고개를 가볍게 숙였다.

"아, 네. 안녕하세요."

일어서던 지희도 인사를 했다.

우혁은 자동차부품 회사의 계장직을 맡고 있었다. 그 전까지는 주로 고향에서 농사를 지었다. 그러다 농한기가 찾아오면 간간이

공사장 인부로 경기도 일대를 떠돌았다.

"너 회사 다녀볼 생각 없냐?"

어느 날, 상현으로부터 연락이 왔다. 상현은 같은 동네에서 나고 자란 친구였는데, 그는 부모님이 원하는 고등학교로 진학하기 위해 중학교 졸업과 동시에 군(郡)으로 이사를 갔다. 하지만 명절 때면 조부모가 계시는 고향 시골로 와야 했기에 성인이 된 이후에도 얼굴도 종종 봤고, 연락도 끊어진 적이 없었다.

"당연히 다니고 싶긴 한데, 내가 다니고 싶다고 되는 거야?"

회사에 자리를 잡고 있던 상현의 소개로 우혁은 생애 처음 정식으로 취업을 할 수 있게 되었다.

일자리를 얻은 우혁은 본가를 떠나 자취를 시작했다. 그리고 누구 못지않게 성실히 업무에 임했다. 잔업·철야·관리·라인 등 어떠한 작업도 파트도 마다 않고 자원을 했다. 우혁이 그토록 열심이었던 이유는 자신을 믿어준 상현의 입장을 생각해서이기도 했고, 전에는 느껴보지 못했던 열정도 들끓었기 때문이다. 함께 일하는 선후배들과 회사를 성장시켜 보고 싶은 꿈과 애정이 어느 때보다 부풀어 올랐던 시기였다. 더불어 준하는 작용으로 동료들에게도 인정을 받게 되자 그 성취감이 이루 말할 수 없을 정도로 달콤했다.

우혁에게 회사는 원동력이었고, 자존감을 일깨워주는 소중한 곳이었다. 그리고 그런 삶의 일부분이 또 다른 삶을 연결시켜 주기까지 했는데, 다름 아닌 거래처 직원이었던 지희였다. 그녀는 업무상 현장을 자주 방문했기에 우혁과 마주칠 일들이 빈번했다.

"지난 달 16일, 22일 수량이랑 품목 체크하고 불출한 거 계장님 맞으시죠? 여기 도장 본인 거 맞잖아요, 그죠?"

지희가 명세서를 두 장 내밀었다.

"제 도장이 맞네요. 왜요? 문제 있었나요?"

"계산서랑 오차가 좀 있어서요."

"그럴 리가요? 틀린 적이 없는데."

우혁이 명세서를 양도받아 확인을 했다.

"일을 좀 줄이세요. 혼자 다 하시려고 하니까 과부하가 걸리죠."

"제가 실수를 했군요. 다음부턴 이런 일 없도록 하겠습니다."

우혁은 명세서에 시선을 준 채 말했다.

"하기야 이렇게 열심이니까 진급하시는 거겠지만."

지희가 손뼉을 마주치는 제스처를 취하며 말을 이었다.

"축하해요, 대리님."

"아, 감사합니다. 일은 엉뚱하게 해놓고 축하를 받는군요."

우혁이 머쓱한 미소를 띠었다.

"그러니까 좀 조절을 하시라고요."

자신감이 넘치지만 선을 지키는 남자. 수수한 듯 똑똑하며 당돌한 여자는 서로를 끌어당기기에 충분히 매력이 있었다. 청춘남녀의 사랑은 불타올랐고, 결혼식을 올리기 전 영선을 가지게 되었다.

우혁의 회사는 그를 포함한 직원들의 헌신에 힘입어 나날이 성장을 해갔다. 그러한 연유로 규모의 확장이 불가피하게 되었는데, 회장은 그간의 채용 방식대로 직원 소개를 우선순위에 두었다. 운영을 해본 결과가 지금까지 성과가 좋았으니 방식을 변경할 필요성을 느끼지 못했던 것이다.

"너 버들나무 집 재은이 알지?"

상현이 우혁에게 물었다.

"어, 알지."

답이 금방 튕겨나갔다.

"내일 면접 보러 온다."

"우리 회사에? 너 걔랑 연락하고 지냈어?"

무심한 척했던 조금 전과 분위기가 바뀐 우혁이었다.

"그런 건 아닌데. 지난번 본가에 갔다가 어른들한테 재은이 얘기를 들어서."

"음, 어른들은 아직 한 동네 사시니까."

"아버지랑 통화하다가 말을 꺼낸 적이 있거든. 회장님이 쓸 만한 인력 있으면 데려와보라고 했다고. 아무래도 너를 염두에 두신 거 같긴 한데, 지금 내 주변에 마땅한 사람이 있어야지? 그렇다고 못 들은 척하기는 뭐하고."

"그래서 재은이를 소개시킨 거고?"

"객지 나온 사람들이 대부분 그렇잖아? 회사사람 외엔 고향 인맥이 전분데 어쩌겠어? 혹시나 하는 마음으로 우리 어른들한테 넌지시 흘려본 거지. 그랬더니 마침 재은이 소식을 아시더란 말이야. 결혼할 사람이 있었는데 엇나가는 바람에 직장도 그만두고 두어 달 전부터 집에서 쉬고 있다며."

"관두기까지 한 걸 보면 같은 직장이었나 보네?"

"그럴 수도. 아무튼 재은이도 새로운 환경에서 회사생활 시작하고 싶었던 참에 잘됐다며 반기더란 말이지. 통화해보니 여전한 거 같더라고. 잘 웃고 활기차고."

"유쾌하고 발랄하긴 했지."

우혁은 옛 기억을 더듬듯 그윽한 시선을 만들었다.

재은은 우혁이 군복무 시절 편지를 주고받을 정도로 성인이 되어서도 허물없이 지내는 편이었다. 그러다 우혁이 전역을 몇 달 앞두었을 때 다른 지방의 공단으로 취업을 하는 바람에 어영부영 연락이 끊기게 되었다.

'한쪽 보조개가 쏙 들어가는 게 예뻤는데.'

이제야 겨우 일상의 색채를 되찾아가고 있었다. 온전히 생활로 돌아온 것은 아니었다. 몇십 년 후엔 몰라도 아직은 불가능했다. 영선을 잃은 지 4년. 어쨌든 영분이네는 각자의 자리로 돌아가 힘을 내고 있었다.

경찰서를 방문하고 전단지를 돌리는 일도 예전처럼 모든 에너지를 소모시키지 않는 방법을 택했다. 결국은 그렇게 흘러갔다. 시간은 약이라더니, 처절했던 비극에게도 아주 조금씩 무뎌져가는 시기가 도래했다. 어차피 결과가 바뀌지 않을 바에는 영분이네에게는 다행한 일이었다.

영분이가 여섯 살 되기 직전, 영분이네는 진선이 취재를 나온 동네로 이사를 왔다. 하령의 집에서 셋방으로 시작을 했지만 2년도 되지 않아 본인들의 집을 마련해 거처를 옮겼다.

그만큼 우혁은 직장생활을 성실히 이행했고, 지희는 야무지게 살림을 살아 목돈을 만들었으며 영분 또한 잔병치레 없이 건강하고 또래에 비해 영특한 덕에 부모의 근심을 덜어줌으로서 서로의 역할을 제법 잘 해내가고 있던 중이었다.

하지만 '고난'이란 놈이 이윽고 다시 한번 영분이네를 덮치고 말았다.

"어제 철야라고 했는데요?"

지희의 말마따나 우혁은 철야 후 아침에 잠깐 눈을 붙이고 곧장 회사에서 일과를 시작한다고 알려 왔었다.

"지난달 큰 거래처 하나가 떨어져 나가는 통에 잔업이랑 야근이 없을 거라고 하던데? 그래서 오랜만에 시간이 난다고 신랑이랑 애들 데리고 극장도 다녀오고…."

"…?"

"요즘은 부서가 다르니까 잘 모를 수도 있을 거야…."

지희는 상현의 부인과 통화 중 우혁의 일정이 자신이 알던 것과 다른 걸 발견했다. 본래 목적은 예비 학부모였던 지희가 상현의 부인에게 궁금한 사항들을 물어보려고 했는데, 서로 근황을 주고받던 이야기 가운데 톱니가 어긋난 일이 불쑥 튀어올랐던 것.

"며칠 전에는 회식을 한다고 새벽에 들어왔었는데⋯."

촉을 세워 시간을 돌려보았다. 아주 촘촘하게.

저 멀리서 우혁의 뒤태가 다가오다가 옆을 지나쳤다. 그때 불쾌한 기분이 엄습했다. 냄새도, 웃음도, 말투도, 행태까지 감추고 싶은 감성 덕분에 선을 넘고 있는 남편이 바로 눈앞에 나타났다.

'여자 생겼구나.'

의문은 의심으로 그리고 확신에서 다시 격노로 변모하는 과정에 거치적거림이 없었다. 단번에 결론을 낼 수 있을 정도로 강렬한 느낌이 뇌와 가슴을 강타했기 때문이다.

지희는 양손의 손톱을 물어뜯으며 방을 빙글빙글 돌았다. 이런 유의 격한 감정은 지금껏 경험해보지 못했다. 당장 무엇을 하고 싶은지는 확실했다. 하지만 방법은 강구를 해야 할 것 같았다. 요동치는 분노가 이성을 완전히 으깨 버리지는 못한 덕분이었다.

"다음 주에도 야근이나 철야 있어요?"

퇴근한 우혁에게 물었다.

"연말까지 바쁠 거 같아."

"연말까지나?"

"그렇게 될 거 같아. 영분이는 오늘 잘 놀았고?"

"음. 씻고 와요. 밥 차릴 테니까."

혹시나 했던 의혹이 짙어지는 데에는 몇 마디 대화면 충분했다. 상현을 끌어들여볼까도 했다. 가장 심플하고 빠른 수단이었으니. 하지만 미루어두기로 마음먹었다. 두 눈으로 확인이 되지 않은 사항이면 추궁과 변명이 뒤엉키는 지저분한 사태가 도래할 테니. 한편으로 직접 확인을 했을 때 만에 하나 자신이 오해를 하고 있던 것이라면—진심으로 그러길 바라지만 가능성이 미비하다고 확신했음에도—추후 민망한 상황을 회피할 수가 있을 것이었다.

지희는 우혁이 야근을 한다는 날까지 기다렸다. 그 전에 한 번 철야가 있었지만, 현실적으로 야심한 밤에 어린 영분을 홀로 두고 우혁의 뒤를 밟을 수는 없는 노릇이었다. 그래서 늦은 저녁까지로 시간을 정해놓고 때를 기다렸던 것.

"내일 야근이야."

출근 전 우혁이 말했다.

"… 알겠어요. 수고해요."

드디어 시도해볼 수 있는 기회가 생겼다. 지희는 영분이 다녔던 공부방의 주인 아주머니 겸 선생님에게 적당히 사정을 둘러대고 영분을 밤까지 맡기기로 했다.

"고맙습니다. 또 죄송하고요."

"아니에요. 저도 이웃인데. 걱정 말고 어머니 병간호 잘하고 오세요."

"정말 감사합니다."

믿을 만한 사람이 딸을 돌봐주기로 했으니 이제 준비는 거의 다 된 것이나 다름없었다.

그렇게 맞이한 오늘.

"선생님 말씀 잘 듣고 기다리면 밤에 데리러 올 거야, 알았지?"

지희는 영분을 공부방 주인에게 부탁한 뒤 우혁의 회사로 향했다. 그녀의 가방에는 새 필름을 장착한 카메라가 들어있었다.

시간은 흘러 늦은 오후. 퇴근을 하는 직원들이 삼삼오오 정문을 나서고 있었다. 지희는 먼발치의 가로수 뒤에 몸을 밀착시켜 그곳을 응시하는 중이었다. 언젠가 한 번은 스쳤던 것 같은 직원들도 종종 눈에 들어왔다.

그러다 상현이 문을 통과하는 모습이 보였고, 조금 뒤 우혁의 모습이 나타났다. 남편은 같은 부서의 직원으로 추정되는 몇 명과 인사를 나눈 뒤 바지주머니에 손을 찔러 넣고 어딘가로 향했다. 거리를 둔 채 우혁을 미행을 하기 시작한 지희의 이마와 목에 땀이 흘러내렸다. 날씨는 선선한 편임을 감안했을 때 심리적인 요인이 절대적으로 작용함이 자명했다.

10분 정도 흘렀을까. 큰 길을 걸어가던 우혁이 좁은 골목으로 몸을 넣었다. 왕복 6차선을 두고 사라진 남편이었기에 위험을 무릅쓰고 도로를 가로질렀다. 행여나 놓칠까 걸음과 시선을 재촉해 주변을 수색했다.

다행히 막창을 주력으로 하는 노포에 우혁이 앉아 있는 모습이 보였다. 아직까지 혼자였다. 자리 잡은 장소의 성격상 누군가 합류할 가능성이 농후했다. 만약 자신의 시야만 믿고 주변을 어슬렁거리다가는 현장을 놓칠지도 몰랐다. 표적으로 확신하는 재은은 지희의 얼굴을 알고 있었다.

그래서 지희는 식당 근처의 2층 다방으로 올라왔다. 노포가 잘 보이는 창가에 자리를 잡고 앉았다. 건성으로 주문한 커피가 지희의 앞에 놓였을 때, 누군가 우혁의 앞자리에 앉았다. 짐작대로 재은이었다.

예상했던 상황이 이토록 불쾌하고 받아들이기가 힘들 줄이야. 하지만 마음을 다잡고 관찰을 해야 했다. 필요 시 사진도 남겨야 했다. 남편의 적극적인 몸짓이 눈에 들어왔다. 그것만 해도 얼굴 안의 표정이 상상이 갔다.

'즐거운 거구나. … 개새끼.'

달달하게 만들었지만 쓰디쓴 커피를 모조리 들이킨 후 카메라를 꺼내들었다. 하지만 거리가 멀어 피사체가 흐리멍덩했다.

'구닥다리 카메라 같으니라고!'

형편상 고급 카메라는 엄두를 낼 수 없었다. 피가 거꾸로 솟다 못해 터지기 직전이던 시간이 얼마나 흘렀을까. 우혁과 재은이 자리를 정리하고 일어나려 했다. 지희도 얼른 자리를 떠나 1층으로 내려왔다. 계단 턱에서 빠끔히 얼굴을 내밀어 두 사람의 동태를 확인하려는데, 택시를 잡으려는 움직임이 포착되었다. 이에 지희의 마음은 급해졌다. 영화에서처럼 곧장 뒤따르는 택시를 잡아 추격전을 벌이는 일은 현실에서 불가능할 것 같았다. 판단은 빨라야 했다. 행동도 신속해야 했다. 어물쩍거렸다간 그간의 수고가 물거품이 될 수도 있었다.

"여보!"

지희가 소리치며 우혁과 재은에게로 다가갔다.

"여기 웬일이야?"

당황한 기색이 옅은 것이 너무나 괘씸했다.

"안녕하세요?"

재은도 우혁과 별반 차이가 없는 색조였다.

"두 사람 지금 뭐 하는 거야?"

본래 긴급한 상황에선 정형적인 말이 의지와 상관없이 발사되기 마련이었다.

"우리? … 저녁 먹고, 이제 집에 가려던 참인데."

"맞아요. 제가 좀 취해서 오빠가 택시 잡아주려고 했던 거예요."

홍기가 도는 두 얼굴이 아주 얄미웠다.

"야근이라며? 그런데 둘만 여기 나와서 술을 마시는 거라고?"

지희가 뾰쪽한 시선을 두 사람에게 번갈아 보냈다.

"야근은 취소된 거고, 저녁 한 끼 한 건 그냥 얘기 좀 한다고."

"무슨 얘기?"

"별거 아니고 고향 친구들 이야기였어요. 얼마 전에 동창회를 했었거든요. 우린 한 동네에서 쭉 커서 근처 학년들은 다 같이 모임도 하고 그래요."

재은이 대답했다.

"그럼 상현 오빠는 왜 여기 없는 거야?"

"상현이는 오늘 집에 일찍 들어가야 한다면서 퇴근하고 바로 갔는데."

"본래 상현 오빠도 약속이 잡혀 있던 거고?"

"맞아요."

번갈아가며 대꾸를 하는 모습이 거슬렸다.

"거짓말은 안 통해. 당장이라도 오빠나 회사에 알아볼 수도 있어."

"그렇게 해."

상황이 이 지경인데. 사실이라면 되레 역정을 낼 법했지만 침착하게 받아치는 우혁의 태도가 더욱 수상했다.

"정말 확인한다?"

지희가 재은에게로 시선을 가져왔다.

"알아서 하라고."

입을 뗀 건 우혁이었다.

"…"

이때쯤 재은은 자신의 양팔을 가슴 아래 두른 채였다.

"두 사람 다 따라와요."

이대로는 결론을 낼 수 없었던 지희는 우혁, 재은과 함께 근처 공중전화로 왔다. 그리고 회사와 상현의 사정을 확인했다. 결과는 통탄스럽게도 우혁의 정황을 뒷받침해주었다.

물론 지희의 입장에서는 완벽한 퍼즐이라곤 할 수 없었다. 그날 부서 전체 야근이 예정되어 있던 건 사실이나, 당일 쳐내야 할 물량이 변경되는 바람에 부분 야근으로 바뀌었던 것. 그래서 지원자를 받아 시행했는데, 우혁은 전과 다르게 자원을 하지 않았다. 상현도 재은과의 저녁자리를 지나가는 말로 귀띔했던 건 사실인 듯했다.

"들은 것 같긴 한데. 정신이 없어서 흘렸지만… 그나저나 전화까지 하고, 무슨 일이라도…?"

세 사람이 지희 하나를 속이려 작정했다면 방법이 없는 것이 맞지만 상현 쪽의 반응은 받아들이기에 수월한 것이 사실이었다.

"그래도 믿음이 안 가."

하지만 부부 사이의 금은 이미 다시금 맞닿을 수 없는 수준으로 갈라져 버리고 말았다.

"이제 네가 징그러워. 무섭기도 하고."

결국 우려하던 상황이 벌어지고 말았다. 수십 번, 수백 번을 똑같은 추궁과 변명으로 충돌하던 두 사람은 합의점과 완전히 멀어지고 있었다. 짧은 시간이라곤 할 수 없었다. 1년에 가까운 세월 동안 활화산이 따로 없었으니.

"징그럽다고? 감히 그딴 말을 입에 올려?"

지희는 혐오감을 우혁에게 가감 없이 쏘았다.

"그만하자."

"그년이 그렇게 좋아? 영분이까지 버릴 만큼?"

"난 영분이가 아니라 당신이랑 헤어지고 싶은 거야."

"그게 무슨 미친 소리야? 넌 네가 지금 무슨 소릴 지껄이고 있는지 알고는 있어?"

"헤어지자. 못 살겠어."

우혁은 집을 나갔다.

　지희는 우혁과 헤어진 후 전부터 앓아오던 조울증 증세가 악화
되었다. 그에 따른 가장 눈에 띄는 부작용은 다름 아닌 영분에 대한
기이한 집착이었다. 지희가 딸을 끔찍이 아낀 건 사실이다. 그러나
어느 땐 불쑥 억울함과 허망함이 뒤엉킨 기분에 휩싸여 영분을 철
저히 방관하기도 했다.

　"이제 엄마는 우리 영분이밖에 없어. 이제 내 곁에 있는 사랑은
너밖에 없단다. … 그런데 너 아빠를 아주 많이 닮았구나. … 난 네
아빠가 싫어. 여자에 환장해서 날 버린 배신자거든. 다 버리고 갔
어. 너도, 집도. … 너무 보고 싶어. 미칠 정도로. 대체 왜 이러는 건
지? … 너도 아빠가 보고 싶니? 미운데 보고 싶지? … 너한테만 하
는 말인데, 사실 엄마는 아빠가 좋아. 그것도 엄청. … 아냐! 미워.
싫어. 미친놈이야. … 그런데 네가 없으면 죽을 때까지 얼굴도 볼
수 없겠지? … 영분아. 엄마 곁에 꼭 붙어 있어. 알았지? … 그런데
너 아빠를 많이 닮았어. 커갈수록 더. … 나쁜 놈."

부드럽게 머리를 쓰다듬다 이내 영분의 턱을 붙잡고 이리저리 돌리기에 이르렀다.

"엄마, 무서워."

"시끄러! 넌 그놈의 씨앗이니까 내 얘길 잠자코 들어야 해. 그건 네 운명이야. 알아들어?"

이처럼 지희는 그 예전의 영선에게 그랬던 것처럼 영분에게 울분을 쏟을 때가 잦아졌다. 하지만 그 와중에도 타인을 의식했던 그녀는 오롯이 둘만 남겨지는 집이 아닌 공간이라면 어디서든 하나뿐인 딸을 위하는 어머니의 모습을 유지했다.

영분은 이웃들에게 비춰져야 할 평범한 엄마의 겉모습 덕분에 한편으로 숨통을 트기도 했다. 집 밖으로 최대한 나돌고 집으로 돌아오면 술이 됐든, 증오에 온 에너지를 쏟아부었든, 막돼먹은 배우가 지쳐있기 일쑤였기 때문이다.

"지금 밥 없으니까 굶든지 말든지 네 마음대로 해."

의도대로 기가 빠져 있어 다행이었다.

"알았어."

영분은 주린 배를 잡고 방으로 가려했다.

"라면이라도 먹으려면 서랍에 아빠가 돈 주고 간 거 있으니까 꺼내가."

"알았어."

서랍에서 돈을 꺼내 지희를 지나쳤다.

"야!"

지희가 부르자 영분이 돌아봤다.

"또 쓸데없이 불량식품 사먹으면 혼날 줄 알아."

"알았어."

"진짜 가만 안 둬."

"알았어."

윤기 없는 대답만 보내는 영분이었다.

그러던 어느 날, 늦은 시간에도 영분은 집으로 돌아오지 않았다.

'여태껏 어딜 싸돌아다니고 있는 거야? 걱정 되게.'

지희는 동네 이곳저곳을 찾아다니다가 하령을 만났다.

"파랑지붕 집에 놀러 갔었어요."

"파랑지붕 집?"

"야산 밑에, 사람 안 사는 집 있잖아요?"

'놀 데가 없는 것도 아니고 집으로 들어오든지 하지. 이 시간까지 뭐 하는 거야?'

지희의 안면이 형편없이 일그러졌다. 하령은 한 발짝 물러섰다.

"영분아—."

심경이 복잡했다. 영분이 걱정되기도 하고, 귀찮기도 해서 화가 났다. 그런 시간이 조금 흐르자 불안한 마음이 싹텄고, 정점에 다다랐을 땐 남편과의 접점이 사라질지도 몰라 애가 탔다.

'제발 아무 일이 없어야 할 텐데. 애한테 일이 생겼다간 완전히 끝이야.'

웅덩이로 모여드는 물마냥 다양하게 흘러가던 지희의 의식은 결국 한 자리에 고였다.

"영분아—."

지희는 파랑지붕 집으로 향하는 동안 영분의 이름을 외쳤다.

지희는 처참히 세상을 등진 딸을 보낸 뒤 할 일이 있었다. 지병도 아닌 급작스런 사고사였기 때문에 어쨌든 영분이 남긴 자취를 되밟아보지 않을 수 없었다. 그러다 딸이 처해 있던 상황을 조금씩 알아 가게 되었다.

"평소 친구들이랑 어떻게 어울리고 뭐하고 다니는지 몰랐다는 게 말이 돼? 네가 하는 일이 뭐야? 영분이 잘 키우라고 집도 주고 다달이 돈도 줬잖아!"

우혁은 장례를 치르는 내내, 그리고 끝나고 나서도 원망만 쏟아 붙일 뿐이었다. 힘겨웠던 지희의 생활에 관해서는 핀잔만을 던졌고, 본인에게로 향하는 자책은 그보다 훨씬 미약했기에 일방적일 수밖에 없었다.

'이게 다 누구 때문인데 내 탓으로 돌려? 그래. 결국 넌 그런 인간이었던 거야. 멍청하게 미련이 남아서 영분이마저 잃었어. 저런 밑바닥까지 추한 남자가 뭐가 아쉽다고. 내가 등신년이지.'

속내와는 달리 어수룩한 얼굴로 눈만 끔뻑였다.

"귀먹었어? … 야! 진짜 정신 줄 놨냐고?"

'이 죽일 놈.'

지희는 뭐라고 중얼거리는 중이었다. 손에는 연필 한 자루와 두꺼운 전화번호부가 들려 있고, 마찬가지로 수만 개의 숫자를 담고 있는 책이 그녀 앞에 두 권 놓여있었다. 바삐 쫓던 시선이 멈췄다.

"전화보살."

드디어 알아들을 수 있는 말이 튀어나왔다. 지희는 찾던 단어에 동그라미를 친 뒤 그 옆으로 늘어져 있는 주소를 확인했다. 그리고 간단히 외출 준비를 마치고 집을 나섰다.

"제 얘기 좀 들어주세요."

지희가 문지방을 넘어서며 말했다.

"문 닫고 앉아 봐."

점쟁이 집을 찾은 손님이 대뜸 이야기를 먼저 풀어놓겠다고 덤

비니 호기심이 이는 천화보살이었다. 오십 전후로 보이는 그녀는 후덕한 체격과는 다소 이질적인 갸름하고 날카로운 얼굴과 눈매의 소유자였다.

"전 두 딸을 잃었어요. 그래서 아주 괴로웠거든요. 그래서 점점 미쳐가는 거 같기도 하고요. 그래서 견디기 힘들어서 찾아왔어요."

"병원을 가는 게 나을 거 같은데?"

전화보살은 지희를 돌려보낼 의지가 없어 보였다.

"혹시나 그럴까 봐 온 거예요."

"말해봐."

"행여나 아무것도 못하고 정신줄 놓을까 봐 견디기 힘들거든요. 바보가 되거나 정신병원에 잡혀가면 복수를 할 수 없게 되니까요."

"해코지를 당했다고?"

"나도, 내 딸들도 당한 거나 다름없어요."

"넉넉하지? 시간."

"네."

"한번 풀어놔봐. 천천히. 오늘은 여기서 접을 테니까."

담담하게 상담을 이어가는 천화보살의 모습은 언뜻 환자를 대하는 의사 같기도 했다.

"끝까지 들어주세요. 부탁이니까."

"뭐 마실래?"

지희는 비극의 처음과 끝을 모조리 고하겠다는 마음가짐으로 이곳을 찾은 것이었다. 그래야지만 천화보살이 도움을 줄 것 같았기 때문이다. 지희가 행하려는 것은 그 누구라도 선뜻 손길을 내밀기 힘든 잔인한 일이었다.

하늘에 어둠이 찾아든 지는 오래였다. 지희와 천화보살은 그 자리 그대로 앉아 차를 두어 잔 넘긴 상태였다.

"용케 찾아왔군."

지희의 상처를 모두 귀에 담은 천화보살이 기특하다는 듯 말했다.

"얼굴도 기억이 잘 안 나는 친척한테서 들은 적이 있거든요."

"인연이군."

"제발 도와주세요. 전 진심이에요. 업보가 따르더라도 반드시 해야 해요."

짧지 않은 시간 무색무취의 분위기를 풍기던 지희가 간곡하게 부탁을 했다.

"아까부터 찾아보긴 했는데. 도무지 되돌아갈 길이 보이질 않는구먼."

천화보살이 지희의 얼굴을 향해 큼지막하게 동그라미를 그리며 말했다.

"맞아요. 없어요."

"뭐든 할 거지?"

"물론이죠."

"응당 대가가 따를 거라는 것도 염두에 둔 거고?"

"어떤 대가를 치러야 하는 거죠?"

"그건, 임자가 따로 있어. 내 소관이라고 할 수 없어서 말이지. 왜? 막상 값을 치르려니 자신이 없어서 그래?"

"그런 건 아니에요."

"제아무리 비싸봤자 죽기밖에 더 하겠어?"

천화보살이 말미에 야릇한 미소를 보냈다. 그녀는 이미 지희가 내놓을 답을 알고 있는 눈치였다.

"그럼 할게요, 뭐든."

천화보살은 괴황지(槐黃紙)에 경면주사(鏡面朱砂)로 무언가를 써내려갔다. 지희는 읽을 수도 예상할 수도 없었다. 보통 부적에 자리하는 그것과도 비슷한 모습을 하고 있지 않았다.

"가지고 알려주는 곳으로 가봐."

꽤 빽빽하게 붉은색의 암호를 입힌 괴황지를 내미는 천화보살. 받아들고 주의를 기울이니 마치 음성기호와 도형들을 혼합한 형태를 띠고 있었다.

천화보살을 만난 다음날. 지희는 천화보살이 그려준 약도를 손에 들고 출발했다. 도착한 곳은 천안의 위례산. 예상했던 것에 비하면 깊고 험한 산중에 자리한 암자는 아니었다.

'여기가 맞는 거 같은데.'

법당으로 쓰일 것 같은 목조건물은 세로로 길게 늘어진 느낌이라 안정감은 떨어졌다. 그리고 검붉은 지붕에 화려한 무늬로 둘러쳐진 처마. 벽면에는 무서운 얼굴을 하고 있는 탱화 속 장군들의 외관이 인상 깊었다.

그 옆 색채의 조화가 얌전한 처마에 지붕이 연두색 기와로 만들어졌으며 널찍한 미닫이 문과 몇몇 창문이 자리한 건물은 생활을 위한 곳임을 짐작할 수 있었다.

"계세요—?"

늦여름임에도 문은 모두 닫혀 있었다. 정막은 덤이었다. 하지만 이후 목소리를 내지 않았다. 마당으로 들어선 지희는 고개만 움직여 주변을 시선에 담을 뿐 그 자리에 그대로 한참을 서 있었다.

"누구?"

뒤편에서 산새소리를 밀어내고 음성이 날아들었다.

"진강법사님이시죠?"

돌아본 곳에는 천화보살과 꼭 닮은 곰 같은 사내가 있었다.

"처음 뵙는데?"

진강법사는 어깨에 메고 있던 가방을 절구통 안에 내려놓았다.

"가지고 왔어요."

지희는 천화보살이 적어준 괴황지를 꺼내 그에게 건넸다. 받아 드는 모양새는 아주 자연스러웠다. 누구냐고 물었을 때 이미 요구함이었으리라. 진강법사는 해독을 하듯 잠시 괴황지를 들여다보더니 시선을 들어 지희를 바라보았다.

"각오는?"

"네."

"봤는데도?"

진강법사는 자신과 주변을 가리키며 말끝을 올렸다.

"네."

"들어와."

지희는 진강법사를 따라 들어갔다.

진강법사는 지희에게 어떠한 질문도 던지지 않았다. 다만 주술에 의한 저주의 성립과정과 방법을 차분히 열거했다. 천화보살의 괴황지에 모든 내용이 담겨 있을 것이라곤 생각지 않았다. 모르긴 해도 진강법사에게는 천화보살의 소개로 찾는 이들의 사연은 중요하지 않은 듯했다.

그녀가 연(緣)을 맺어주는 행위 자체로 자신의 앞에 선 사람들에게 원하는 것을 들어주면 그만인 룰이 있는 것 같았다. 즉, 천화보살의 흥미가, 어떤 경우엔 동정이, 결국은 결정이, 복수의 힘을 손에 넣는 첫 관문이었던 것.

"난 인형은 거의 안 써. 안 맞더라고. 시간은 아낄지 모르지만 힘이 너무 미약해. 그래서 훨씬 효과가 좋은 방법을 연구했지. 보통 힘든 일이 아니었어. 내 간곡한 정성과 기도를 결국 신령님이 들어

주신 거야. 머릿수가 몇백인지 세기도 힘들 정도였지. … 좋은 세상이잖아? 이 얼마나 아름다운 발전이야? 그래서 시대에 맞게 효율성을 극대화한 흑주술을 만들어 냈어. 큭큭. … 바로 사진이야. 저주를 내릴 상대의 사진만 있으면 자네가 마음먹은 대로 고통을 안겨줄 수 있다는 말이야. 요즘 흔하잖아? 사진."

진강법사는 한 템포 늦추며 지희의 반응을 살폈다.

"…."

대꾸도 표정도 없는 지희가 마음에 들었다. 과연 천화보살의 눈은 정확했다. 이런 태도야말로 중도포기 없이 끝장을 볼 종(種)이었다. 고로 재미있는 이야기를 들려주고 싶은 마음이 샘솟았다.

"살아 있는 짐승의 피와 사체를 태운 뒤 남은 뼈가 필요해. 받은 피로는 실을 담가뒀다가 꺼내서 저주를 행할 대상의 신체에 꿰맬 거야. 그리고 뼛조각들은 잘게 부숴서 그 대상이 몸을 뉘는 장소에 뿌리는 거지."

"바늘로 몸을 꿰맨다고요?"

지희가 물음을 떠올렸다.

"내 주술은 말이야, 좀 엉뚱해. 감염주술(感染呪術)이기도 하면서 유감주술(類感呪術)이기도 하단 말이지. 실은 둘 다 아니기도 하고."

흥미진진한 장난에 대해 이야기하는 아이마냥 진강법사의 얼굴에 미소가 번졌다.

"…."

"좀 전에 사진이라고 얘기했잖아. 짐승의 피에 절인 실로 저주 대상의 목이나 눈, 입 어느 곳이든 원하는 곳에 꿰매는 거지. 당연히 자네의 기도가 간절한 만큼의 고통을 안겨다줄 게야."

이제야 지희의 눈이 번쩍 뜨였다. 내가 선정한 이에게 고통을 선사할 수 있다니. 그것도 참으로 유용한 수단으로.

"그리고 그 미워하는 마음을 강력히 전달할 매개체가 바로 짐승의 뼈란 말이야. 주소를 알고 있으면 효과가 확실하겠지?"

"붉은 실로 사진을 꿰매고 짐승의 뼛가루를 그 인간들 집에다 뿌려 놓으면 저주를 퍼부을 수 있다는 거죠?"

"말했던 것처럼 자네의 의지 또한 중요하지. 정성 말이야. 원한을 꾹꾹 담아서 그 대상만을 떠올려. 붉은 실을 꿰맨 사진을 위패에 붙여서 저기 보이는 사당에 모셔놓으면 돼. 그리고 끝없이 주문을 외우면서 기도를 드리면 원하는 저주가 이루어질 게야."

진강법사는 방의 한쪽 벽면을 차지하고 있는 길쭉한 사당 모형을 가리켰다. 모형은 여느 사당의 외관을 하고 있었는데, 전체가 검붉은 색채를 띠고 있었다.

"사당이 필요하군요?"

"위패가 얼마나 필요한지는 모르겠지만 크기는 반만 하면 될 거야. 집에다 잘 모셔놓으면 돼."

"주문은?"

"극싸잇씬 모리돈."

"극싸잇씬 모리돈?"

"기도하는 내내 읊조리면 되는 거야."

지희는 입 모양으로 몇 번을 반복해봤다.

"또 한 가지. 내 주술의 힘을 유지하려면 틈틈이 이곳 법당을 찾아서 마찬가지로 기도를 드려야 해."

법당이 예상이 갔던 지희가 고개를 끄덕였다.

"설명은 어느 정도 마쳤으니 인사드리러 가볼까?"

"궁금한 게 하나 있어요."

진강법사가 몸을 일으키려 손바닥으로 바닥을 짚는데 지희가 입을 뗐다.

"뭔데?"

"대가는 어떻게 치르는 거죠?"

"참, 그 이야기를 안 했나? 자네 입장에서는 참으로 궁금할 사항일 텐데 말이지."

진강법사는 키득대는 웃음을 흘렸다.

"뭐죠?"

유쾌할 수 없는 지희가 쏘았다.

"그림자에 녹아날 거야."

"그림자요?"

"항상 붙어 다니게 되는 거지. 죽을 때까지."

"뭐가 녹아난다는 거죠?"

"빤하잖아. 자네가 이제부터 가까이 거느릴 영험한 기운이지."

"저도 저주에 걸린다는 말씀이군요."

"여기까지 와서 겁이 나?"

상대방의 대답은 이미 나와 있다는 것마냥, 진강법사는 천화보살과 꼭 닮은 야릇한 미소를 그렸다.

"아뇨, 궁금해서 여쭤본 것뿐이에요."

"자네 사연으로 짐작건대 짧지 않은 세월이 걸릴 거야. 하지만 어쨌든 끝은 맺을 터이니 이후에는 오롯이 나를 위해 몸과 마음을 다해 기도를 올려야 할 걸세. 그렇지 않았다가는 신령님이 노하셔서 자네가 어떤 끔찍한 일을 당하게 될지 몰라."

"눈 감기 전까지 저주를 내려야 한다는 거군요."

애초에 마음을 굳힌 지희에게 장애물은 없었다.

"모두 신령님 뜻이지. 하나 일러두자면 나는 직접 누군가에게 저주를 내릴 순 없다네. 다만 나와 신령님을 통해 저주의 힘을 얻은 자네 같은 사람들에게 영험한 기운을 뻗칠 수가 있는 게지. 언제 어디에 있든 말이지."

'그래서 그림자에 덧씌운다는 거였군.'

말도 되지 않는 힘을 얻는 대신 노리개로 전락해야 하는 신세라고 여기는 지희였다.

"주변에 사람은 없지?"

"어떤 사람이요?"

지희는 잠깐 생각하다 되물었다.

"이를테면 소중하게 생각하는 것들 말이야. 가족 때문에 한 번씩 사단이 난 경우가 있었거든."

"없어요."

"명심하는 게 좋을 게야. 흑주술은 마음이 흔들릴 때 가까이 하거나 소중한 것들에게 옮아가기 마련이거든."

"… 명심하죠."

"또 궁금한 건?"

"지금은 됐어요."

"일어나 볼까?"

지희는 진강법사와 함께 법당으로 들어왔다.

"무릎을 꿇고 손을 모아서 기도를 드리면 돼. 절은 자네 마음이 가는 대로 올리면 되는 것이고."

진강법사가 합장을 하며 시선을 주는 곳에는 미륵불상이 이쪽을 보며 환하게 웃고 있었다. 미륵불상은 온몸이 황금색채로 덮인 채 서 있었는데, 색채에 걸맞은 느낌으로 화려한 장신구를 목과 손목, 발목에 휘감고 있었다.

훗날 지희는 법당을 청소하다 알게 된 사실이 있었다. 그것은 미륵불상의 뒤통수에는 또 다른 얼굴이 조각되어 있었는데, 그 얼굴은 앞쪽의 인자한 표정과는 정반대로 눈과 입술이, 심지어 콧구멍까지 찢어질 듯 위로 치켜올라가 있더란 것이다.

"극싸잇씬 모리돈. 극싸잇씬 모리돈. 극싸잇씬 모리돈…."

미륵불상의 이면을 확인한 지희의 주문은 한층 또렷이 법당을 울렸다.

빳빳한 앨범을 넘겨보던 지희의 얼굴이 환해졌다. 히죽거리는 그녀의 시선이 닿아 있는 페이지에는 영분의 사고가 있기 몇 개월 전 동네에서 야유회를 갔을 때 찍은 단체 사진들이 있었다. 사진에는 진선이 살고 있는 골목 외에 블록은 다르지만 함께 어울려 놀았던 아이들이 담겨 있었고, 다음 장으로 넘겨 보니 어른들끼리 모여 찍은 사진도 존재했다.

"오래 살아서 같은 고통을 맛봐야지?"

그러다 문득 우혁과 재은이 떠오른 지희가 현상을 해놓고 화장대 깊은 곳에 처박아둔 사진을 찾았다. 불륜현장의 증거를 잡아보겠다고 집을 나선 그날의 기록.

'너무 흐린데. 하기야 이 인간들 주소를 모르잖아. … 최신 전화번호부에 찾아보면 있으려나? … 아냐. 정성이 흩어지면 이도저도 아닐 수 있어. 우선은 여기 애들을 모조리 죽이고 나서 생각하자.'

아직 시작 전이라 동네 아이들을 향한 저주가 언제 끝날지 가늠을 할 순 없었지만, 혹여 세월이 꽤나 흐른들 그 나름대로의 이점이 있을 것이라며 머릿속을 정리했다. 행복에 젖은 세월만큼 저주에 의한 고통을 극대화시켜줄 테니.

'오늘부터 시작이야. 지금부터.'

앨범에서 아이들의 단체 사진을 모두 꺼낸 지희가 계중에 가장 선명한 사진을 하나 골랐다. 그리고 자신의 집 곳곳에 고양이나 쥐들이 좋아할 만한 먹이들을 준비해 덫을 놓았다.

"극싸잇씬 모리돈. 극싸잇씬 모리돈. ⋯."

그녀는 사당을 들여놓은 방문을 굳게 닫은 채 아주 작은 소리로 주문을 외웠다. 입술 틈 사이로 쉬지 않고 음성이 새어 나왔지만 신경은 방문 너머에 쏠려 있었다. 그러다 마당이나 부엌, 옥상 등 덫을 놓아둔 어디에서든 기척이 감지되면 즉각 사냥감의 목을 자르러 방을 나섰다. 영분이 물을 받아놓고 얼굴을 문질렀을 세숫대야에 동물들의 피가 들어차기 시작했다. 그리고 사체를 태울 때는 향이 강한 청국장이나 장을 함께 끓이기도 했다.

"잘 안 들리네. 문을 열고 커튼을 쳐야겠어."

쥐는 그렇다 치더라도 덫에 걸린 고양이 신음 소리가 빈번히 담을 넘으면 누군가의 신경을 끌지도 몰랐다.

지희는 앞쪽에 서 있는 덕에 팔다리가 잘 드러나 있는 준규에게 붉은 실과 바늘을 들이대고 있었다. 그러면서 보통 사람이라면 없던 강박증이라도 생길 것처럼 쉴 새 없이 주문을 외웠다.

"효과가 있으려나?"

촘촘한 틈 사이로 한 마디가 새어나왔다. 단체 사진 속의 준규는 팔과 다리 몸통에 붉은 실이 길거나 짧게 꿰매져 있었다.

'우선 하나씩 시작해봐야겠지? 법사님이 집중이 정성이고, 정성의 농도가 기도의 깊이라고 했으니까.'

지희는 위패에 사진을 붙인 뒤 사당에 모셨다. 그리고 짙은 어둠이 드리울 때를 기다려 준비한 뼛가루를 준규의 집 담벼락 너머로 뿌렸다.

그렇게 지희가 어둠을 헤친 지 다섯 달 가량 흘렀을 무렵이었다.

준규는 학교에서 친구들과 함께 축구를 하고 있었다.

"아이 씨! 나갔잖아."

슈팅의 방향은 엉터리였지만 꽤 강하게 맞은 듯 공은 골대를 지나 학교 밖으로 날아가 버렸다. 골키퍼였던 준규는 투덜거리며 교문을 지나 차도로 나왔다. 그런데 저만치 굴러가는 축구공이 내리막을 타고 큰 도로로 향하는 모습이 보였다. 이에 마음이 급해진 준규가 필사적으로 뛰어 공을 낚아챘다.

그러나 아이는 이미 왕복 8차선 대로로 발을 들인 후였고, 짐을 한계치까지 싣고 있던 4.5톤 화물차는 브레이크를 잡았지만 준규를 바퀴 밑으로 삼키고 말았다. 찰나의 비명소리마저 도로의 표면과 타이어가 일으키는 마찰 소리에 잡아먹혀 버렸다.

이날 준규는 한쪽 팔과 다리가 거의 끊어지다시피 했을 정도로 짓이겨졌고, 하필이면 굴러가던 바퀴가 멈추는 순간 빨려 들어간 몸통에서는 끔찍한 모습을 한 내용물이 기어 나오고 있었다.

준규의 사고가 일어나기 전까지 다소 인내가 필요했지만, 이후에는 한 톨의 의심도 지니지 않는 지희였다. 혹 막상 일이 벌어지면 연민이나 슬픔이 들이닥치지는 않을까 걱정을 했던 때도 없지 않았다. 본인도 아이를 낳아본 엄마였으니.

헌데 다행스럽게도 지칠 필요가 없음이 증명되자 응어리진 마음이 한층 견고해지고 말았다. 원한은 악독함을 즐기게 만들었다. 이후 지희는 진강법사의 암자를 찾을 때면 며칠간, 길 때는 보름을 머물기도 하며 기도를 올렸다.

그렇게 암자를 들락거린 지 두 달쯤 됐을 무렵 집으로 돌아왔다. 위패에 붙은 사진에는 은수가 지난날의 준규와 비슷한 모양새로 붉은 실에 묶여 있었다.

"저녁 먹고 또 어딜 나가?"

은수가 대문을 나설 때 어머니의 성난 음성이 뒤따랐다.

"금방 다녀올게."

은수의 손에는 당시 유행하던 놀이카드가 들려 있었다. 아이는 같은 반 친구를 삼거리 슈퍼 앞에서 만나기로 약속했다. 슈퍼 앞 평상은 해가 완전히 지더라도 환한 편이었기에 최적의 장소였다. 은수는 학교에서부터 오후까지 도합 100장도 넘게 카드를 잃은 터라 단단히 약이 올라 있는 상태였다.

헌데 그것이 은수의 마지막이었다. 집을 나선 뒤 웃고, 먹고, 대답하는 아이를 본 사람은 아무도 없었다. 어스름이 지던 저녁, 약속장소로 향하던 은수는 복개천 공사장을 지나다 그만 7미터 깊이의 콘크리트 틈으로 빠지고 말았다. 게임에 이기기 위해 카드를 골라보다 그만 발을 헛디딘 것.

공사현장은 물품단가와 공사일정 등 협의했던 사항이 차질을 빚는 바람에 몇몇 구간에는 거푸집이 제거가 된 상태로 마감이 이루어지지 않았다. 그래서 얇고 굵은 철근들이 아무렇게 삐쭉삐쭉 튀어 나와 있었다.

'엄마….'

추락한 은수는 철근에 온몸을 긁혔는데, 출혈도 문제였지만 더 큰 낭패는 목을 깊이 찔리는 바람에 소리를 거의 낼 수 없는 상황에 이른 것이었다. 숨도 차츰 가빠왔다. 부러진 다리 또한 움직이질 않았고, 폐수의 악취는 속을 울렁거리게 만들었다. 하지만 의식이 있는 몇십 분 동안 누구도 아이에게 도움의 손길을 내밀지 않았다.

"죄책감에 시달리다 서서히 미쳐 죽게 만드는 저주는 없나요?"

지희가 진강법사에게 물었다.

"방법이 있긴 하지."

내키지 않는 기색을 비치는 그였다. 하지만 그래왔듯 어째서라
는 물음을 달진 않았다.

"어떻게?"

"자네가 딸이 되는 거지."

지희는 방법을 갈구하는 표정을 떠올렸다.

"둔갑을 위해선 인형을 써야 해. 딸아이 사진을 사지가 뻗은 인
형 얼굴에 입혀. 그런 다음 인형 목에 줄을 걸고 기도를 드려 봐."

"그걸로 딸을 흉내 낼 수 있다고요?"

"머리카락이나 손톱은 있을 리 만무하니 방도가 없잖은가?"

집으로 돌아온 지희는 사진 속 진호의 목에 실을 꿰맸다. 그리고
뼛가루를 아이의 집에 뿌리고, 방안에 틀어박혀 주문을 외웠다. 영
분의 머리끈에서 찾아낸 머리카락 몇 가닥을 인형에 넣었다.

사당에 위패를 모시던 첫 날. 골목을 들어서다 우연찮게 진호 어
머니와 마주쳤다. 생활패턴상 골목 사람들과 얼굴 마주할 일이 드
문 지희였지만 가벼운 인사 정도는 나누었다.

"어디 다녀오나 봐?"

진호 어머니가 물었다.

"진호는 잘 크지?

"요즘 공부를 안 해서 밉상이지, 뭐."

대답 후 왠지 마음이 아리는 진호 어머니였다. 티는 내지 않는
편이 낫다고 믿었다.

"어렸을 적부터 똑똑했잖아? 조금 지나면 알아서 잘하겠지."

지희가 말했다.

"똑똑하긴? 잘 챙겨 먹고 다니는 거 맞지?"

본래 마른 체형이 영분의 사고 후 더 말라비틀어지는 것처럼 비 쳤었는데, 오늘 마주하고 보니 평범한 일상을 보냈던 그 옛날보다 살이 오른 느낌이었다.

"나이가 드니까 좀 퍼지는 거 같아. 어쨌든 고마워. 안부 물어줘서."

"고맙긴. 보기 좋아, 지금."

두 사람이 스친 몇 달 후, 진호는 새끼를 꼰 모양을 한 빨랫줄을 목에 칭칭 감은 채 2층 난간 위에 서 있었다. 그리고 난간의 짧은 기둥에 줄의 끝부분이 마찬가지로 칭칭 둘러매 있는 상태였다.

"지긋지긋한 소리. 이젠 끝이겠지?"

진호는 정면 허공에 몇 마디를 더 흘린 후 곧게 펴고 있는 몸을 앞으로 기울였다.

은진은 영분보다 나이가 한 살 많았고, 사는 골목도 달랐다. 하지만 동네 아이들이 그러하듯 친구의 친구와 또 그 형제자매 등과 어울리다 보니 자연스레 놀이의 일원이 되었다. 아이의 성향에 따라 다소 차이는 있었지만 함께 보내는 시간과 나이가 늘어감에 따라 언니나 오빠, 형이나 누나를 잘 따르는 경우가 보통이었다. 때문에 친구들 사이에선 확실히 영특한 티가 나는 영분이었지만, 언니와 오빠들 틈에선 햇병아리에 불과했다. 고작 아홉 살의 아이에게 1, 2년은 여러 면에서 상당한 차이일 수밖에 없었다.

"고무줄은 내가 가져왔으니까 영분이랑 하령이가 꼭지 잡아. 우리 지금 네 명이고 고무줄은 한 개니까 진숙이는 노래 부르면서 심판보고. 됐지?"

"알았어."

아이들은 은진이 부여한 각자의 역할에 돌입했다.

지금처럼 은진이 리더 역할을 하는 무리에 영분은 주로 섞여 있었는데, 또래의 다른 여자아이들 무리와 어울릴 때에도 은진이 있어야 함께 노는 경우가 잦았다. 그러지 않으면 나이가 많은 언니가 속한 쪽에 비해 발언권도 약했고, 놀이 규칙에서도 불이익을 당하는 때가 허다했기 때문이다.

"어제 네가 없어서 우리가 술래 훨씬 많이 했어."

진숙은 일러바치듯 은진에게 말했다. 동갑이지만 은진에 비할 바 없이 순하고 어수룩한 진숙이었다.

"현순이랑 놀았다고 했지?"

은진이 말끝을 올렸다.

"응, 언니. 자기들 마음대로였어."

분한 마음이 남았던 영분이 거들었다.

"걔들 지금 어디 있는지 알아?"

"아까 오면서 봤어."

"가자."

은진이 앞장섰고 아이들은 뒤를 따랐다.

헌데 이토록 듬직했던 언니가 자신에게 큰 상처를 안겨주게 될 줄은 영분은 몰랐다.

은진은 혜은과 단짝이었다. 혜은은 다른 동(洞)에 살았지만 초등학교에서 첫 짝꿍으로 만나 사이가 가까워졌다. 그리고 혜은에게는 한 살 어린 여동생 혜미가 있었는데, 비슷한 경우로 영분과 초등학교에서 1학년 때 같은 반이었던 인연으로 2학년이 된 지금까지 각별한 친구 사이로 지내고 있었다.

혜은은 동생과 잘 어울리는 영분을 예뻐해서 떡볶이를 사주거나 뽑기를 시켜주기도 했다. 바쁜 부모님을 대신해 동생을 보살펴야 할 부담을 영분이 덜어준 까닭이다. 비록 한 살 터울이긴 하나 동생과 하염없이 놀아줄 수는 없는 노릇이었다. 자신도 하고 싶은 것이 있었고, 해야 할 과제도 있었다. 그런 차에 똑똑하면서도 별 마찰 없이 사이좋게 지내는 영분이 혜미와 붙어서 시간을 보냈던 것.

"우리 집에서 혜미랑 같이 숙제할래?"

마지막 수업을 마치기 전 혜은이 영분의 반을 찾아왔다.

"그래도 돼?"

영분은 단번에 가고 싶은 눈치를 보냈다. 혜은의 집에는 평소 구경하기 힘든 인형들과 피아노가 있었다.

"우리 엄마가 통닭시켜놓을 거래."

"알았어."

"마치면 혜미 데리고 올게."

과연 기대했던 간식도 기다리고 있었다. 이처럼 혜미와 함께 숙제도 하고 노는 일은 몇 되지 않는 즐거운 일상 중 하나였다. 같은 초등학교를 다니긴 했지만 아이들이 속한 형편은 동마다 차이가 또렷한 편이었다. 그리고 전체적으로 가장 여유로운 편인 동네가 다름 아닌 혜은의 동네였다.

동네 아이들끼리 어울릴 때야 방도가 없었지만, 학교에 입학을 하고 두루 섞여 지내다 보면 차츰 차이가 인식될 수밖에 없었다. 물론 그렇다고 해서 당시의 아이들이 경계를 짓는 일은 극히 드물었다. 본인과 맞고 그렇지 않고의 차이로 친구가 되거나 무관심해지는 정도가 절대적이었다.

그런 어느 날 은진과 혜은이 오해로 인한 말다툼을 한 적이 있었는데, 공교롭게도 영분에게 커다란 불똥으로 튀고 말았다. 사이가 틀어진 은진은 혜은과 친하게 지내는 영분이 거슬리기 시작했다. 영분과 혜미가 친구 사이인 걸 모르는 바가 아니었음에도 샘솟는 시기 질투가 만만했던 영분을 타깃으로 정해버렸다.

"앞으로 영분이랑 먼저 놀고 있을 때 나 찾아오지 마."

은진이 동네 아이들에게 말했다.

"왜?"

한 아이가 물음을 달았다.

"걔 지금 학교에서 왔어, 안 왔어?"

은진이 되물었고, 아이들은 동그란 시선만 이리저리 굴릴 뿐이었다.

"영분이 학교 친구라는 애랑 놀고 있는데, 우리 무시하고 있었던 거 몰랐지?"

조막한 눈들이 은진에게로 쏠렸다.

"3동에 잘사는 집 애랑 어울리면서 우리 동네 흉보고 다녔대. 거지라고."

아이들은 입을 떼지 않았다. 다만 생각에 잠긴 얼굴들을 했다. 아직 어렸지만 자못 조심스러운 분위기였다.

"오늘 뭐 하고 놀래?"

은진이 물었지만 아이들은 내리 앉은 기분을 떨치지 못하고 있는 듯했다.

"술래잡기 할까?"

"그래. 술래잡기 하자."

은진이 다시 물었을 때 한 아이가 대답했다. 그렇게 아이들은 평소와 다름없이 어울려 놀다가 헤어졌다. 그런데 하나같이 잠이 들기 전 자신을 비웃었을 영분의 이미지가 묽고 연하게 그려졌다.

언젠가부터 동네에서 어울려 놀며 수다를 떨 수 있는 친구들이 지워져 가는 영분이었다. 핑계를 대가며 자신을 피하고, 만나서 얘기 나누는 자체를 주저하는 모습들이 아이들 사이에서 서로 닮아

가고 있었다.

억울하고 답답했던 영분이 용기를 내어 은진 앞에 섰다. 노골적으로 자신을 밀어낸 아이는 은진뿐이었기에 소문의 시작점을 어렵지 않게 찾아낼 수 있었다.

"그냥 네가 싫어."

은진의 한 마디가 뇌리를 헤집었다. 주저리 설명을 두르지 않은 심플한 대답은 심장마저 요동치게 만들었다.

"… 어째서?"

뾰족한 모양으로 가슴을 향하던 말을 겨우 토했다. 만약 찔렀다면 그 자리에 널브러져 동네가 떠나갈 듯 울음을 터뜨렸을지도 몰랐다. 아홉 살 영분은 그것밖에 할 수 있는 일이 없었으니.

"왜 이렇게 싫지?"

메마른 표정에 그늘이 졌다. 눅눅해진 느낌이 소름끼쳤다.

"이… 이유가 있을 거 아냐? 뭔데?"

약해지려던 자존심이 울대에 힘을 불어넣었다.

"야!"

은진이 눈망울을 사납게 만들었다.

"아니, 알아야… 바꾸…."

영분에게는 섬뜩한 귀신의 눈이 따로 없었다.

머리통이 뜨거워졌다. 두려움이 두통으로, 두통은 여린 마음을 조각냈다. 버텨봤으나 무너지는 건 순식간이었다. 수십 번을 고민하고 내키지 않는 한걸음 한걸음을 달래서 은진의 앞에 섰던 것인데, 도움 청할 곳을 사방으로 찾아보아도 막막하기만 할 뿐이었다.

어울렸던 무리에서 이탈한 영분은 같은 동네에 살고는 있었지만 블록이 좀 떨어져 있고, 은진과 딱히 사이가 원만하지 않던 현순의 친구들과 간간이 어울렸다.

물론 얼마 지나지 않아 은진이 퍼뜨린 소문이 현순의 귀에 들어가긴 했다. 그러나 현순이 주도해 따돌림을 하지는 않았기에 쭈뼛쭈뼛 얼굴도 내밀었고, 겉도나마 얘기도 나누고 시간을 보낼 수 있게 되었다.

지희에게 기대할 것이 없었던 영분에게는 시간을 보내는 일이 중요했다. 방과 후 혜미의 집을 찾는 것도 일주일에 이틀 정도지, 나머지 5일가량을 홀로 지내기는 무척이나 곤혹스러운 일이 아닐 수 없었다.

때문에 그나마 배척하지는 않았던 현순의 친구들과 어울리려 노력 아닌 노력을 기울여야 했다. 놀이에서 분통한 일을 당한다든지 궂은 심부름을 도맡아 해야 했던 건 어쩔 수가 없는 노릇이었다. 자신은 이가 맞지 않는 톱니 모양새로 무리에 섞이려 하고 있었기에 언제든 내쳐질 수 있다는 걸 모르는 바 아니었기 때문이다.

그런데 영분의 고충은 여기서 끝나지 않았다. 은진과 혜은이 화해를 한 일이 다시 한번 화근이었다.

"우리 동네에선 영분이랑 아무도 안 놀아."

은진의 말에 혜은은 궁금하다는 표정을 그렸다.

"거짓말도 많이 하고 도둑질도 하거든. 걔네 아빠랑 엄마는 잘 보이지도 않고 관심도 없는 거 같고."

"훔쳐?"

"동네슈퍼에서 어른들이 하는 얘기를 들었는데 한 번씩 걔가 왔다 가면 햄이랑 통조림이 없어졌다고 했어."

"혹시 잘못 알고 있는 건 아닐까?"

"확실해. 우리 동네 사람들은 다 알아."

"…"

혜은은 꽤나 충격을 받았다.

"혜미야, 이제 영분이랑 놀지 마. 알았지?"

보름 가까이 곪아가던 찜찜함이 이내 터졌다.

"왜?"

"걔 거짓말쟁이에 도둑놈이래."

그렇게 영분은 가장 친한 친구를 잃어버렸다. 그 무렵 영분을 따돌리는 일이 내심 편치 않았던 동네 아이들마저 현순의 무리들과 어울리는 영분의 모습이 드문드문 눈에 띄게 되자 등을 돌리기 시작했던 차였다. 심적으로 완벽히 외톨이가 되어가던 영분은 어느 순간부터는 하루하루가 처절할 따름이었다.

'내가 뭘 잘못했는데?'

씹어 삼키는 울음이 숨통을 옥죄었다.

느리나마 영분은 동네 아이들에게로 다가가고 있었다. 다행히 다시금 친구들과 어울릴 수 있는 계기가 마련되는 일이 생겼다. 다름 아닌 은진이 이사를 간 것이다.

온전히 누명이 벗겨진 건 아니었다. 하지만 주동자가 떠나버리자 영분을 밀어내던 아이들의 마음이 차츰 무뎌져 갔다.

행여 영분과 같이 있는 모습이라도 들킬까 조마했던 우려가 결국 거리를 넓혀가던 형국이었는데—이제는 영분의 말에 귀를 기울여도 괜찮다보니 심적 저지선이 허물어져갔던 것 같다.

"난 한 번도 도둑질한 적 없어. 맹세해."

"그래, 알았어."

최초로 영분에 관한 말을 만들었고, 후에 감시자 역할을 했던 은진의 반박을 접할 수 없으니 이제는 그 예전에 알고 지내던 영분으로 대하는 아이들도 있었다.

다만 편견을 모조리 떨친 아이들이 그렇지 않은 아이들보다 적

다는 것이 안타까운 사실이었지만, 한 번 흩날려버린 고약한 소문
은 아이들 마음 어딘가에 여전히 뿌리를 내리고 있었다. 주동자의
양심고백이 없는 한 그 뿌리가 썩어 문드러지려면 떠돌았던 1년
남짓의 시간보다 몇십 배 더 많이 흘려보내야만 할지도 몰랐다.
성인을 넘어 중년이 되어서야, 그것도 어떤 특별한 계기가 주어져
야만 떨쳐낼 수 있게 될지 몰랐다. 그만큼 치우쳐버린 견해를 시
간만으로 해결해야 한다면 참으로 끈덕지게 그 대가를 치러나가
야만 했다.

'다른 애들은 다 알 것 같은데. … 사진에 없나?'
지희는 단체 사진을 꼼꼼히 살펴보고 있었다. 어렴풋한 기억 탓
인지 거르고 걸러 보았음에도 찾고 있는 아이가 눈에 들어오지 않
았다. 당시엔 별 생각 없이 흘려 버렸었는데, 저주를 내릴 대상을
선별하는 과정에 이르자 불현듯 기억이 스쳤다.
아홉 살 영분의 그림 일기장을 살펴본 적이 있었다. 알림장 형
식과 비슷했는데, 담임선생님 외에 학부모가 아이에게 해주고 싶
은 말을 작성해야 했던 적이 있다. 그런데 어느 날의 일기를 보니
방앗간으로 추정되는 배경 앞에서 잔뜩 화난 얼굴을 하고 있는 여
자아이의 모습이 그려져 있었다. 그리고 아래 큼지막한 원고지 칸
에는 동네 언니가 무섭지만 다시 친하게 지내고 싶다는 내용이 적
혀 있었다. 당시에는 아이들의 흔한 다툼 정도로 치부했다. 게다
가 딸을 거의 방관하다시피했던 시기인지라 일말의 확인도 거치
지 않았다.
그런데 복수를 다짐하며 영분이 겪어온 흔적을 쫓다보니 심상치
않았을 그때 상황이 서글픈 감성으로 밀려들었다.
'정말 너한테 해준 게 없구나. 미안하고 또 미안해. 엄마를 용서

하지 않아도 좋아. 그래도 하나는 약속할게. 널 괴롭히고 아프게 했던 애들 전부 찾아내서 지옥으로 보내버릴 거야. 내가 반드시 불구덩이에 빠트려줄 테니까 넌 그렇게만 알고 있으면 돼. 엄마가 하는 일에 신경 쓸 거 없이 편하게 지내기만 하면 되는 거야. 알았지? … 엄마가 미안해, 딸.'

방앗간 상호를 기억하고 있었지만 전화번호부에서는 찾을 수가 없었다.

"안녕하세요."

지희는 은진의 행방을 알아보려 집을 나서던 중 민수와 마주쳤다.

"안녕. 민수 키 많이 컸네?"

민수는 영분보다 나이가 적은 남자아이였다. 누나가 없었던 민수는 어릴 적부터 영분을 잘 따랐고 영분도 그런 민수를 귀여워했었다.

"그런데 민수야."

딱히 밑질 게 없다고 여겼다. 운이 좋으면 작은 단서라도 얻을지 모른다는 생각이 들었다.

"혹시 옛날에 방앗간 누나 기억나?"

"은진이 누나요?"

"맞아, 이름이 은진이었던 것 같은데."

"누나 이사 갔는데요."

"그건 아줌마도 알고 있어. 물어보고 싶은 게 있는데, 영분이 누나랑 은진이 누나랑 사이좋게 지냈니? 아는 거 있어?"

"몰라요. 아니다. 안 친한 거 같은데."

아이는 사소한 무언가를 기억해보려는 얼굴을 했다.

"안 친해? 무슨 일 있었어?"

지희는 민수에게 잘 물어봤다는 느낌이 엄습했다.

"음— 영분이 누나랑 놀지 말라고 했던 적도 있고, 용돈도 빌려가서 다시 안 줬다고 했었나?"

민수는 유쾌하지 않은 표정을 떠올렸다.

"그랬구나."

지희는 뚱한 반응인 민수가 영분이 걸려 그러한 것이라 짐작했다. 어떤 마음에서인지 고맙기도 했다.

"영분이 누나 천당 간 거 맞죠?"

민수가 물었을 때 가슴이 저미는 지희였다.

"맞아. 천당 갔어. 누나가 민수 참 좋아했는데. 아무튼 알려줘서 고마워."

"네, 안녕히 계세요."

허리를 굽혀 인사를 하는 민수였다.

"의젓하게 인사도 잘 하고. 건강하게 잘 지내—."

지희는 민수가 뒤돌아 몇 걸음을 떼는 동안에도 손을 흔들었다.

'은진이, 네가 맞았구나.'

확신을 가질 수 있음에 마음이 다져진 그녀는 곧장 복덕방으로 향했다.

"진천방앗간은 왜?"

50대 중반의 복덕방 주인은 안경 안 눈살을 찌푸렸다.

"미숫가루 때문에요. 옛날에 여기 살다가 이사를 간 언니가 찾는데, 다른 데선 그 맛이 안 난다면서. 제가 동네에 사니까 좀 알아봐줄 수 있냐고 해서요."

"그 집이 미숫가루를 잘했었나?"

복덕방 주인은 아래턱을 만지작거리다 말을 이었다.

"수원 남창초등학교 앞이라고 했던 거 같아. 팔달문 근처 어디로 간다고 했는데. 아무튼 우리 동네에서 돈을 제법 벌었다지 뭐야. 그래서 건물도 3층짜리를 샀다고 들었어."

"수원으로 갔구나. 이름은요? 바꿨나요?"

"상호는 아저씨 고향 이름 그대로 쓸 거라고 듣긴 했어. 확실친 않아. 1년도 넘었으니 지금은 바꿨는지도 모르고."

"그 집 애들도 전학을 갔겠다, 그쵸?"

"물으나 마나지. 여기서 수원이 어딘데? 그리고 그 집 외동이여. 딸내미 하나야."

지희는 다음날 수원으로 왔다. 복덕방 주인이 일러준 남창초등학교와 팔달문 인근을 돌아다녀 보니 어렵지 않게 은진의 방앗간을 찾을 수 있었다. 3층짜리 건물의 1층에 '진천방앗간'이라는 상호가 박힌 간판이 걸려 있었던 것. 지희는 방앗간의 안쪽을 관찰했다. 방앗간 앞을 지나치는 행인들도 많았고, 쉼 없이 돌아가는 기계들의 소음이 이쪽으로 신경을 주기 어렵게 하는 상황이 나쁘지 않았다.

세 시간쯤 흘렀을까. 드디어 기다리던 은진이 모습을 드러낸 듯했다. 열두세 살쯤으로 보이는 여자아이가 방앗간으로 들어서고 있었다. 학원을 마치고 오는 길인 듯 한 손에는 음악교습소 가방이 들려 있었다. 지희는 걸음을 옮겨 방앗간 앞까지 왔다. 과연 예상대로 인사를 마친 아이는 다시 방앗간을 나와 건물 한쪽에 자리한 대문으로 향했다. 대문 안쪽에는 2층과 3층으로 통하는 계단이 쪼르르 놓여 있었다.

이때를 놓칠 리 없는 지희가 은진의 얼굴로 향해있는 렌즈의 카메라 셔터를 눌렀다. '찰칵.' 그리고는 자동으로 태엽이 감기는 것과 유사한 소리가 꼬리를 물었다.

은진은 친구들과 함께 술래잡기를 하고 있었다. 은진이 다니는 학교 운동장 삼면에는 여섯 층계로 이루어진 콘크리트 스탠드가 설치돼 있었다. 아이들은 이곳에서 전력으로 달린다거나 뛰어서 오르내리는 놀이를 빈번히 했었다. 때문에 종종 사고가 발생하기도 했지만 당시엔 애들이 뛰어놀다 다친 사안에 관해 주의만 시킬 뿐, 스탠드를 고친다거나 철거를 추진하지는 않을 때였다. 모르긴 해도 공간적인 측면, 즉 넘쳐나던 학교 아이들이 효율적으로 착석할 수 있는 장점이 부각되던 시기였기 때문일 것이리라.

그날 은진은 여느 때와 마찬가지로 스탠드를 질주하고 있었다. 마치 다람쥐마냥 가장 아래에서 가장 위까지 순식간에 오르내리며 술래를 이리저리 피해 다녔다.

"은진아! 괜찮아?"

아이들이 일제히 소리가 들리는 쪽으로 고개를 돌렸다. 시선이 모인 지점에는 운동장 흙바닥에 쓰러져 있는 은진이 있었다. 쭉 뻗은 스탠드를 따라 매섭게 질주하던 은진이 발을 헛디디는 바람에 다섯 번째 층계에서부터 맨 아래 바닥까지 굴러떨어지고만 것이다.

"어때? 일어설 수 있겠어?"

가장 가까이 있던 친구가 은진을 일으켜 주려 손을 뻗었다. 하지만 은진은 신음 소리만 낼뿐 손을 맞잡지 못했다.

"어? 많이 다친 거 같은데⋯."

다가온 친구들은 단번에 사태의 심각성을 인지할 수밖에 없었다. 거칠고 단단한 콘크리트 모서리에 찍혀 오른쪽 광대뼈가 형편없이 함몰되어 있었고, 바로 위의 눈동자는 시체의 그것마냥 심하게 돌출이 되어 금방이라도 튀어나올 것 같은 모양새를 냈다. 뿐만 아니라 왼쪽 무릎은 뼈가 드러날 정도로 살갗이 깊게 패여 있었고, 반대편 발목은 100도가량 바깥쪽으로 꺾여 있었다.

"빨리 양호 선생님 부르자."

어느새 운동장에 있던 아이들이 몰려 들었다. 하지만 몇몇을 제외하고는 은진의 처참한 몰골을 똑바로 볼 수 없어 눈을 질끈 감기도 하고 고개를 돌리는 아이들이 대부분이었다.

"거걱."

상당수의 치아가 부러진 바람에 입 안에 피가 잔뜩 고인 은진은 숨을 제대로 쉬기 위해 본능적으로 핏물을 입 밖으로 밀어냈다. 그리고 얼마 후 구급차가 학교에 도착을 했을 땐 은진의 머리와 얼굴은 피칠갑을 하고 있었고, 의식마저 잃은 상태였다.

은진이는 사고가 일어난 지 나흘 만에 의식을 찾았다. 코에 호스를 꽂고 있는데다 치아가 형편없이 상해 있는 통에 제대로 목소리를 낼 수는 없었다.

"환자 의식이 돌아왔어요."

당직을 서고 있던 간호사 중 한 명이 은진에게로 왔고, 다른 한 명은 담당의를 부르기 위해 병동을 나섰다. 병동의 복도에서 하염없이 기도를 드리고 있던 은진의 부모가 다급하게 움직이는 간호사를 발견하고 벌떡 일어섰다.

"은진이 깼어요. 지금 들어가지 마시고 선생님 오시면 같이 들어가셔야 돼요."

간호사는 간절한 눈을 하고 있는 은진의 부모에게 급하게 말을 던지고 달려갔다. 잠시 후 은진의 부모는 드디어 잠에서 깨어난 딸과 만날 수 있게 되었다. 의식을 찾지 못하고 있을 때에는 깨어만 나게 해달라고 기도를 드렸었는데. 기쁨은 잠시였다. 죽음 못지않은 재앙이 자신들을 뒤덮쳤기 때문이다.

"전신마비요? 설마 다시는 움직일 수 없다는 말인가요?"

떨리는 은진 아버지의 음성에 은진 어머니는 숨이 넘어가기 직전의 울음을 터뜨렸다.

"현재로서는 그렇다고밖에…."

잠깐 그런 두 사람을 지켜보던 의사가 말끝을 흐렸다.

"아무리 그래도 뛰어놀다 넘어진 것뿐인데…, 시간이 지나다 보면 좋아질 수도 있는 거 아닌가요?"

아직은 허물어 내려 앉을 수 없었던 은진 아버지가 물었다.

"물론입니다. 경과를 지켜보면서 필요한 치료들을 병행하다 보면 상태가 호전되는 경우도 존재했습니다."

"선생님! 어떤 치료라도 상관없어요. 얼마가 드는 것도 상관없고요. 우리 애가 좋아질 수만 있다면 뭐든지 가리지 말고 해주세요. 부탁드려요."

은진 어머니는 의사 발밑에 주저앉아 고개를 숙였다.

하지만 1개월은 1년으로, 1년은 10년에서 20년으로… 묵묵히 그리고 아주 천천히 나아가며 은진과 그의 가족들을 끝이 없는 상심의 바닥을 기어다니게 만들었다.

은진의 부모는 나이 쉰을 기점으로 급격히 노쇠하기 시작했다. 전에 비해 간병이 몇 배로 힘에 부쳐갔던 것이다. 그렇다고 마냥 사람을 쓸 수도 없는 노릇이었다. 장기간의 우환(憂患)은 가세(家勢) 또한 기울게 만들어 형편이 예전 같지가 못했다.

더구나 어느덧 30대인 딸은 망가진 외모는 차치하고, 여전히 자신의 용변조차 스스로 해결하지 못한 채 정면을 향해 눈만 껌뻑일 수 있었기에 절망, 자책, 원망 등 인간이 느낄 수 있는 모든 어두운 감정을 속으로 삭이는 일 외엔 다른 어떤 것도 할 수 없었다.

'지긋지긋해. 이건 사는 게 아냐. 차라리 죽여. 엄마 아빠 손으로 제발 날 죽여달라니까. … 당신들이 날 낳았으니 책임지고 해결을 하란 말이야!'

그렇게 은진과 그의 가족들은 숨이 붙은 채로 지옥에 갇혀 버렸다.

"죽든 살든 어느 쪽이든 상관없어. 내가 원하는 건 너희들이 괴로움에 몸부림치는 거니까."

은진은 지희가 저주를 내린 아이들 중 가장 긴 세월 동안, 그래서 가장 큰 고통 속에서 생을 보내게 된다.

영분의 가족이 하령의 집에 세를 들어 살기 시작하면서부터 동갑내기 두 아이는 친구가 되었다. 여섯 살 무렵 처음 만났으니 아이들 입장에선 인생의 첫 번째 친구일 가능성이 높았다.

"이거 뭐게?"

생일선물로 받은 커다란 주방도구 세트는 몸통보다도 컸다.

"우와, 예쁘다."

각종 그릇들과 물을 채운 뒤 누르면 거품이 보글보글 거리는 솥. 게다가 손잡이를 비틀면 빨갛게 빛나는 플라스틱이 올라오는 가스레인지에 수도꼭지에서 물이 나오는 싱크대까지. 최신 장난감은 영분의 눈을 휘둥그레지게 만들었다.

"같이 가지고 놀래?"

"좋아, 좋아."

하령은 나누어주는 것에 인색하지 않았다. 어린 마음에 마냥 형편이 비교되는 친구를 본의 아니게 무시하는 일상이 생겨날 법도 했는데, 그런 일은 없었다. 덕분에 두 친구는 성장을 하면서 사이가 한층 돈독해지기도 했다.

하령이 그처럼 성격이 유순했던 건 부모님의 영향이 컸다고 할 수 있었다. 하령의 부모님은 점잖으면서도 인심이 넉넉한 편으로, 그 전의 세입자들이나 주변 이웃들과도 분란 한번 없이 잘 지내오고 있었다.

하지만 푸릇한 우정에 균열이 가기 시작하는 계기가 두 아이들에게 성큼 다가섰다. 첫 번째라고 할 수 있는 계기는 영분네가 동네의 다른 집으로 이사를 가게 되면서부터였다.

"멀리 가는 거야?"

"조금."

블록으로 치면 서너 개 정도 떨어져 있었으니 어린아이들에게는 가까운 거리는 아니었다. 더군다나 벽 하나를 사이에 두고 지내왔던 영분과 하령이었으니 심리적으로 더욱 그러했으리라.

두 번째는 그 시기쯤 초등학교에 진학하게 되었다는 것이다. 여태껏 어울리던 동네 아이들을 벗어나 다양한 또래 친구들과 생활을 시작하게 되면서 서로의 자아가 선명해지기 시작했던 것 같다.

"옛날에 2반 박하령 집에서 살았어?"

영분이 열 살 무렵, 반의 친구 한 명이 물어온 적이 있다.

"옆집에 살았어. 근데 왜?"

"2학년 때 친구가 걔랑 짝꿍인데, 너랑 같이 살았다고 했다던데? 박하령이 주인이었어?"

"… 지금은 우리 집이 더 좋아."

"그렇구나."

며칠 전, 영분이 동네 골목에서 액세서리를 친구들에게 자랑을 한 적이 있었다. 헌데 그 액세서리는 하령이 가지고 싶어 했지만 가

격이 비싼 편이라 다음 생일선물로 점찍어뒀던 것이었다. 언젠가
부터 그랬다. 어릴 적엔 자주 자전거나 롤러스케이트 그리고 인형
과 인형 옷 등을 빌려서 놀던 영분이 이제는 하령 자신보다 더 비싸
고 좋은 것들을 가지기 시작했다.

그렇다고 영분이 하령이 가지고 있지 않은 물건들을 손도 대지
못하게 하거나 하지는 않았다. 다만 은근히 무안을 줄 때가 있다고
느꼈다. 더군다나 동네에서도 가까운 집에 사는 친구들과 점점 더
친해지는 것 같아 소외감이 밀려들 때도 없지 않았다. 이렇듯 영분
에 대한 얄미움이 싹트다 절정에 이르렀을 시기에 일이 벌어지고
말았다.

"오빠, 우리 영분이 좀 골려줄까?"

하령은 평소 영분을 딱히 달가워하지 않는 남자아이에게 말했다.

"어떻게?"

"같이 할 거지? 혼자선 못 해."

하령의 얘기를 들은 남자아이는 씨익 웃었다. 그리고 동네 아이
들을 모아 파랑지붕 집에서 숨바꼭질을 하자고 제안했다.

"몇 번 하다 보면 영분이가 마지막에 남을 때가 있을 거야."

그날 밤 하령은 파랑지붕 집 먼발치에서 영분을 찾는 지희의 외
침을 듣고 있다 집으로 향했다.

사고가 있은 후 시간이 흐른 폐가옥상, 창백한 영분은 추락할 당시 충격으로 인해 한쪽 눈의 형체가 형편없이 상해 있었다. 반면, 온전했던 다른 눈동자는 함께 놀던 아이들 중 일부 무리가 골목 어딘가로 사라지는 모습을 끝까지 주시하고 있었다. 그러면서 입술은 아주 바삐 움직였다.

"갚아줄게. 걱정 마. 엄마가 다 알아서 할 거야."

지희가 말했다.

***

윤서가 몸을 던진 날. 진선은 묵직해 보이는 손가방을 한 손에 들고 옥상으로 향하는 윤서와 복도에서 마주쳤다. 이때 진선은 알아차렸다. 윤서가 결론을 내려 한다는 걸. 또한 그것이 어떤 방향이든 결국 비극적이면서 서글픈 일일 수밖에 없다는 확신도 들었다.

하지만 윤서의 깊은 눈동자만 응시했을 뿐 아무 말도 건네지 않았다. 그리고 윤서가 모든 걸 포기하고 지나칠 때 옆으로 비켜섰다.

'죽■ 버려.'

속이 메슥메슥하고 구역질이 났지만 기분은 홀가분했다. 죽이든지 혹은 죽든지. 진선에게 윤서가 열어젖힐 비극은 어느 쪽이든 상관없었다. 자신에겐 탈출구가 드리울 것이었으니.

✷ ✷ ✷

출근을 한 진선이 자신의 자리에 몸을 앉혔다. 오랜만이었다. 반갑기도 했다. 이제야 소중한 일상을 찾은 느낌이 팽창했다. 그 전에도 업무 특성상 자리를 비울 때가 잦았지만 이번엔 꽤나 고된 여정이었던 기분이 진하게 감돌았다.

'돌봐주고 있었구나.'

반려식물인 필레아페페는 생기가 돌았다. 동그란 아기 잎이 늘어난 걸로 짐작건대 물주기뿐만 아니라 햇볕도 쬐어준 듯했다. 한참을 신경 써주지 못했다. 더구나 정신이 없어 부탁도 하지 못했었는데. 고마운 일이었다. 누군가가 머지않던 시기에 자리 잡았던, 주인의 언질이 없는 한 타인의 책상에 손을 대지 않는 풍토를 다행히 무시해 주었나 보다.

"오셨어요?"

페페마냥 싱그러운 음성이 날아들었다. 진선의 자릴 찾은 유미였다.

"고마워."

진선이 유미에게서 페페로 시선을 옮기며 말했다.

"기특하게 잘 자라더라고요. 그래서 저도 하나 장만했죠."

"잘했네."

진선은 은은한 미소를 띠어보였다.

"저… 시간 괜찮으시면 잠깐."

유미는 주위 시선을 의식하며 볼륨을 낮추었다. 단, 표정이나 몸짓이나 전해져 오는 분위기는 무겁지 않았다.

"가자."

진선은 보내는 물음 없이 의자에서 일어났다. 사무실을 벗어난 두 사람은 야외 휴게실로 나왔다.

"적당하네. 말해 봐."

근처에 몇몇 직원이 나름의 방식으로 시간을 보내는 중이었지만 괘념치 않았다. 유미는 여유를 풍기는 진선이라 미안함을 덜 수 있었던 것 같다. 그래서 에두를 필요가 없었는지도 모른다.

"헛소문이더라고요."

유미가 입을 뗐을 때 진선은 눈을 살짝 치켜뜨기만 했다.

"작년에 그만둔 작가가 앙심을 품고 우리 회사 직원들 소문을 퍼트리고 다녔다지 뭐예요."

"누구?"

진선은 간략하게 의문을 비쳤다. 유미의 입장에서 당사자의 반응이 매우 무석했다.

"저는 같이 일해본 적이 없어서 거의 모르는 사람이나 마찬가지인데. 여기 일할 때도 정신적으로 문제가 있었다더라고요. 일이 터지고 나니까 들리는 말이긴 하지만."

"어떻게 까발려진 거래?"

진선은 담배를 꺼내 손가락 사이에 끼웠다.

"차 PD님이 작정하고 증거를 수집해서 추궁을 했대요. 알고 보니 선배님처럼 엉뚱한 소문에 피해를 보고 있었더라고요."

"차 PD가 수고 많았겠군. 바빴을 텐데."

담배 끄트머리에 불꽃을 댕긴 뒤 숨을 들이마시는 진선이었다.

"고생하셨죠. 선배님들이…."

유미는 짐짓 진선의 눈치를 살폈다. 진선이 민망하고 힘겨워했을 때 온전히 믿어주지 못한 일이 마음에 걸렸기 때문이다.

"이름이랑 얼굴은 알고?"

진선이 물었다.

"송서정 작가라고. 현장 스케치 필름 찾아보면 금방이죠."

유미는 확인을 마친 모양이었다.

"음— 모르겠는데? 같이 일한 적이 있었나? 하기야 현장에서 부대낀 적이 있으니까 거짓말이라도 떠들고 다녔겠지?"

"아뇨, 아닐 수도 있어요. 대중 없이 무작위였다나? 이것도 떠도는 말이긴 한데, 과대망상증 환자일 가능성도 높다고. 아무튼 그래서 정신이 올바른 인간은 아니라고 결론이 난 거죠."

유미는 말미에 한심하다는 표정을 달았다.

"한번 찾아봐야겠어. 궁금하네."

"저랑 같이 가요."

"그래."

진선은 숨을 들이키곤 멀리 뱉었다.

핸드폰이 울렸다. 일전에 의뢰를 넣어놨던 흥신소였다.

진선은 지희의 생활이 문득 궁금했던 적이 있었다. 그래서 언젠가 지희에게 물은 적이 있었는데, 짐작대로 답을 내주진 않았다.

호기심을 거둬들이기엔 처해 있는 상황이 무척이나 갑갑했던 진선이었다. 까닭에 어쩌면 자신에게 도움이 될지도 모른다는 희망으로 흥신소를 찾았다. 물론 내키는 선택은 아니었다. 자신이 따라

붙는 한이 있더라도 본인의 선에서 해결을 하고 싶었다. 허나 본업이 있는지라 시간상 부담이 컸고, 더구나 선명히 얼굴이 노출되어 있는 점까지 고려하다 보니 비용을 들여 인력을 활용하는 편이 효율적이라는 판단이 섰다.

"이 주소에 거주하는 아주머니의 행방을 알고 싶어요."

진선이 흥신소 직원의 앞으로 메모지를 들이밀었다.

"종적을 감춘 지는 얼마나 됐죠?"

흥신소 직원이 물었다.

"아, 그게 아니라 동선을 알았으면 하는 거예요. 외출을 하는 곳 말이죠."

무언가로 꽁꽁 여며있는 지희였기에 처음 말이 그렇게 나갔나 보다.

"단순히 경로 파악만 필요하신 건가요?"

눈으로는 주소를 확인하며 입을 움직이는 흥신소 직원이었다.

"파악만 하면 되요."

진선은 잠깐 생각하다 대답했다.

"그렇다고 하면 장소 위주로 보고를 드려야 할 거 같은데. 바뀔 때마다 실시간으로 혹은 정한 시간에 하루 한 번. 그것도 아니면 어느 정도 패턴이 드러나면 그때 알려드리는 걸로 하면 되겠습니까? 당연히 비용의 차이가 있습니다만."

흥신소 직원은 '비용'이라는 단어를 꺼낼 때 손바닥을 펴 보인 채로 양팔을 벌렸다. 동작이 큰 느낌으로 다가오는 것이 상당한 차이가 있음이었다.

"패턴이요."

통화상으로 기초적인 선에서 견적을 뽑아본 진선이었다. 예상보다 만만치 않은 금액이 부담이 된 것도 맞지만, 일거수일투족을 흥신소를 통해 감시할 필요성은 느끼지 못한 것이 컸다.

"전화로 고지 드린 것처럼 착수비는 의뢰 성립 시점 기준이니, 선불이라고 아시면 됩니다. 추가활동비는 발생 시 추후 청구가 될 거고요."

"…."

진선은 살짝 치켜 뜬 눈으로 흥신소 직원을 응시했다. 고객의 심리가 편치 않음을 감지한 흥신소 직원은 해명인 듯 설명을 붙일 필요성을 느꼈다.

"몇 군데 알아보셨겠지만 후불제라고 떠드는 업체들 열이면 아홉 경험이 없는 신생일 겁니다. 계중에 일을 할 줄 아는 곳이라면 결국은 정보를 쥔 다음 가격 흥정을 유도할 거고 말이죠."

진선은 고개를 까딱거렸다.

"원천적으로 우리 일은 착수비가 낮게 측정되기가 어려운 편이니 의뢰하신 내용대로라면 크게 부담을 가지실 건 없을 걸로 보입니다. 다만 난이도는 현장에 인력이 투입되어 봐야 아는 거니까 장담은 드릴 수가 없는 사항이고요."

결국 부담을 대비하라는 말을 늘어놓고 있는 것이었다.

"미행이란 걸 하다 보면 예측하지 못한 돌발상황이 시간, 사람, 장소를 가리지 않고 나타나기 마련이라서요. 가령 회사로 출근을 하는 경우라면 장소나 시간의 범위가 좁혀질 가능성이 다분하니 난이도가 낮은 편으로 분류되겠죠."

여전히 진선으로부터 넘어오는 반응이 심심하자 흥신소 직원은 사족을 붙였다.

"금액은 알겠으니 작업을 시작하게 되면 알고 있어야 할 사항에 대해 설명해주시죠."

188

이후 시간이 흘렀을 때. 진선은 지희의 동선이 문제 해결의 핵심은 아니라는 판단을 내리고 있었다. 그 와중에 여러 가지 심적으로 부치는 일들로 인해 까맣게 잊고 있었는데, 흥신소에서 연락이 온 것이다.

"전화로 알려드릴까요? 아니면 직접 뵙고 말씀을 드릴까요? 제 생각엔 필요로 하실 것 같은 소스를 준비하긴 했는데 말입니다."

"내일 오후 2시 괜찮으신가요?"

"괜찮습니다."

다음날 진선은 약속장소에서 흥신소 사장을 만났다. 초면의 그는 길쭉한 몸매에 둥그스름한 인상이 직업과는 동떨어진 느낌을 주었다.

"행적을 시간순으로 정리를 해놓은 것과 지도입니다."

흥신소 사장은 서류봉투 하나를 건넸다.

"지도요?"

진선은 가장 먼저 의문이 드는 점을 짚었다.

"자선암이라고. 위례산에 있는 암자에 다니더라고요. 우리 직원이 표시를 해뒀습니다."

서류봉투에서 반듯하게 접힌 A3용지를 꺼내 펼쳤다. 양옆의 끝부분에 동그란 구멍이 줄지어 있는 종이는 꽤나 널찍했다. 지도는 평택 시외버스 터미널을 기점으로 위례산의 어느 지점까지 표시를 해두었다.

"혹시 필요할지 몰라서 권지희 씨의 경로를 참고해 표시를 해둔 거예요. 목적지는 어차피 암자입니다. 정확한 주소가 없기도 하고, 산중이라 차도 못 들어가는 곳이었어요. 그리고 중간에 따로 들르는 곳은 없었습니다."

"이건 행적을 정리한 거라고?"

고개를 끄덕인 진선이 서류봉투에서 나머지 종이를 꺼내 시선을 주었다.

"파출대행업체에서 간헐적으로 일을 받아 생계를 꾸려가고 있더군요. 암자를 찾는 것 외에 외출은 그게 전부라고 할 수 있었습니다. 물론 가까운 시장이나 슈퍼에서 장을 보기는 하던데, 딱히 의미 있는 교류를 한다거나 타인과 긴밀히 대화를 나눈다거나 하는 특이점은 발견하지 못했습니다."

"파출대행? 구체적으로 무슨 일을 하는 회사인가요?"

"일종의 인력업체인데, 주로 주부사원을 모집해서 일거리를 알선해 주는 곳이었어요. 권지희 씨 같은 경우는 정기적으로 출근을 하는 식이 아니라 건물 화장실 청소라든지 아니면 식당 설거지 일을 다니고 있었습니다. 한 번씩 펑크가 나는 곳에 지원을 가고 보수를 약간 더 챙기는 식이었죠."

흥신소 직원의 설명만 들었을 뿐인데도 지희의 일상이 머릿속에 파노라마처럼 펼쳐졌다. 자식을 앞세운 뒤 은둔생활을 이어가고 있는 여인의 삶은 암울한 빛깔이 짙게 배어 있을 수밖에 없었다.

직업특성상 수많은 인물을 인터뷰했고, 몇몇의 경우 그들의 인생에 흠뻑 젖어들었을 때도 있었다. 그래서 진선은 지희가 걷고 있는 길이 얼마나 고단하고 외로울지 이해가 갔다. 하지만 거기까지였다. 애처롭고 안타까운 마음이 희한하리만큼 들지 않았다. 그녀에게서는 앞서 만났던 사람들과 달리 가슴으로 와 닿는 감명이나 감격이 전무했다. 음침하고 불길해 하루라도 빨리 끊어내고 싶은 감성만 진선의 내면에서 몸집을 불려나갈 뿐이었다.

"암자라면 평범한 절이었나요?"

진선이 지도 위 도착점을 손가락으로 가리켰다.

"그게, 사람들이 쌀도 지고 오고, 돈도 내고, 절도 하고, 등도 달고, 기도도 올리는 걸로 봐서는 절인 건 맞는데⋯ 뭔가 비슷한 다른 냄새도 난다고 했어요."

흥신소 사장의 어조가 처음부터 끝까지 미세하게 늘어지는 듯했다. 지금까지의 명확하게 딱딱 떨어지는 분위기가 희석되는 느낌이었다.

"뭐랑 비슷하다고요?"

진선이 물었다.

"무속?"

흥신소 사장이 단어 끝을 올렸다.

"무당 같은?"

"그랬던가?"

두 사람은 짧은 의문을 번갈아 던졌다. 그러다 이내 본분을 자각해야 할 흥신소 사장이 말을 이었다.

"이 바닥 일을 하면서 전국팔도 안 가본 데가 없긴 한데, 애매한 곳이었어요. 남자 한 명이 상주하고 있는 것 같았는데, 승려가 아닐 수도⋯. 더러 속병이나 사정이 있는 사람들이 산속에 묻혀 지내는 경우가 있거든요. 아무튼 우리 쪽에서 통용되는 예사롭다는 기준은 아닌데도, 별거 없는 게 맞는 거 같기도 하고."

"무슨 말씀인지 모르겠네요."

"아주 묘한 절이었다는 거죠. 물론 자세히 알아봐 달라고 하시면 진행은 됩니다만, 이번 건은 완전히 다른 의뢰로 처리를 해드려야 하는 사항입니다. 인적이 드문 산속이라 잠복할 여건도 그렇고, 거리도 있고 하니 말이죠."

족제비 같은 흥신소 사장은 결국 비용 흥정을 유도하기 위해 밑밥을 깔았던 듯했다.

"생각 좀 해보고요."

어찌됐든 간에 성과는 있었다는 판단이 섰다. 업계 베테랑급이라고 자타가 공인하는 흥신소에서 별도로 마련을 해온 정보이니 확인해 볼 가치가 있을 것이라 믿었다.

흥신소 사장과 대면한 며칠 후 진선은 지도에 표시된 곳으로 향하고 있었다. 흑백도트 방식이라 선명하다고 할 순 없었지만 파란 사인펜 표시를 따라가니 길이 어렵지 않았다. 중간 중간 갈림길의 특징도 꼼꼼히 메모를 해두어 한결 수월했다.

"여긴 거 같은데."

'자선암(慈善庵)'이라는 한자가 새겨져 있는 늙은 나무 팻말이 초입 한쪽에 기울어져 있었다. 마당으로 들어서 본격적으로 외관을 눈에 담고 있자니 낯선 기이함이 스멀스멀 기어올라 왔다. 습기가 가득 밴 바닥을 기어다니는 민달팽이 수십 마리가 그러한 감성을 더욱 자극했다.

'확실히 오묘하긴 하군.'

일반적인 사찰의 분위기와는 사뭇 다른 것이, 뾰쭉 솟은 목조 건물과 붉은 빛깔이 선명한 기와가 이색적이었다. 그나마 옆의 단층 건물은 시골마을 어딘가에서 봤을 법한 모양새를 흉내 내고 있었기에 사람이 거주하는 게 가능할 것 같다는 느낌이 들게 만들었다.

"어떻게 오셨나요?"

진선이 주인을 부르려고 목소리를 내려는데, 측면에서 나지막한 음성이 날아들었다.

"안녕하세요."

얼떨결에 고개까지 숙여 인사를 했다. '옆으로 떡 벌어졌다'라는 표현이 잘 들어맞는 체격의 진강법사는 쪼뼛한 눈매지만 미소를 그린 얼굴을 하고 있었다.

"어떻게 오신 건지?"

다시 한번 물었다. 진강법사는 자신을 찾은 이의 유형을 신속하고 명확하게 구분할 필요가 있었으리라.

"음— 그게⋯."

진선의 머뭇거림이 결론을 내려줬다. 혹 천화보살을 통했다면 냉큼 표식을 내놓았을 것이다. 그녀는 절박하지 않은 인물을 보낸 적이 없었다.

"등산하시는 거군요?"

진선은 등에 가방을 매고 운동화를 신고 있었다.

"네? 아⋯."

단지 암자를 둘러보기 위해 이곳을 찾은 건 아니었다. 어차피 지희에 관해 물어봐야 한다면 어설프게 둘러댈 필요가 없다고 판단했다.

'그 사람들이라면 어떻게 캐냈을까? 나처럼 하지 않고서야 오랜 동안 이 주변을 맴돌며 관찰하는 수밖에 없었겠지?'

흥신소 사장이 시간과 수고에 따른 비용을 훨씬 적게 불렀다면 마주하지 않아도 됐을지 모를 곤혹스러움이었다. 물론 그들에게 의뢰를 했다고 해서 궁금증을 모조리 해소할 수 있다고 장담할 수도 없는 노릇이었다. 기대가 컸던 탓인지, 일을 맡겨 보니 흡족할 만한 정도의 결과는 얻지 못한 진선이었기 때문이다.

"뭐 좀 여쭤볼 게 있어서요."

"어떤?"

진강법사가 대화를 나누기 적당한 거리만큼 다가섰다. 공간을 좁힌 만큼 표정이 한층 친근해졌다.

"스님, 권지희 씨 아시죠?"

승복을 두르고 있는 진강법사의 얼굴이 미묘하나 순식간에 틈새를 벌렸다.

"글쎄요. 세속의 이름은 제가 거의 외우질 못해서 말입니다. 법명으로 물어보신다면야 알 수도 있을 것 같은데."

"약간 마르고 50대 중후반으로 보이는 여자 분인데, 머리는 이정도?"

진선은 자신의 어깨보다 조금 아래 지점의 팔뚝에다 손가락을 가져다 댔다.

"여기가 보기엔 이래도 다녀가시는 처사님이랑 보살님들이 꽤 계셔서 말입니다."

진강법사는 푸석한 웃음을 흘렸다.

"정말 모르시겠어요? 그… 20년 전에 어린 딸을 잃은…."

이런 식으로 지희의 상처를 언급하기가 싫었지만, 그녀를 전혀 특정하지 못하는 상대방이기에 도리가 없었다. 여기까지 와서 빈손으로 돌아간다면 두고두고 아쉬움을 남길 것이 뻔했다.

"죄송하지만 모르겠습니다. 도움을 드리지 못해 아쉽네요. 시원한 물은 한잔 내드릴 수 있는데 말입니다."

진강법사는 그 말을 남기고 돌아섰다.

"스님, 구경 좀 해도 될까요?"

멀어지고 있기에 목에 힘이 들어갔다.

"그러시죠."

대답은 다소 늦은 감으로 도착했다.

법당을 둘러봤지만 지희의 흔적을 찾을 수 없었다. 천장 아래 수많은 연등(蓮燈)에도, 한쪽에 모셔진 위패들 중에서도 지희와 관련된 어떠한 표식도 존재하지 않았다. 그렇다고 연두색을 얹고 있는 집채 내부를 둘러볼 엄두는 나지 않았다. 암자를 들락거리는 신자를 특정하지 못하겠다는 사내가 버티고 있었기 때문이다.

'지금 생각해 보니 처음부터 내가 누군지 확인하려던 눈치였어. 저 덩치가 뭐가 켕겨서 여자 하나를 그렇게까지 경계를 했던 거지?'

진선은 산을 내려가며 조금 전 상황을 더듬었다. 그녀의 의문대로 암자의 사내는 자신이 신경을 쓰는 범주가 아니라고 믿는 순간 기세를 누그러뜨렸다가 또다시 돌변했던 것 같다. 아주 미미했지만 불쾌감이 스쳤었다.

— 남자 한 명이 상주하고 있는 것 같았는데, 승려가 아닐 수도….

흥신소 사장의 언급을 접하지 못했다면 감지하기 힘들 수준이었다. 기껏해야 낯선 이의 방문을 조금 귀찮아하는 정도로 이해했을 것이었다.

'뭐 하는 사람이지? … 뭐 하던 인간일까?'

만약 지금의 의식까지 미쳤다면 지희를 모른다고 했을 때 그곳을 벗어났을 것이다.

"여보세요?"

진선이 전화를 받았다.

"영분이 엄마예요."

축 가라앉은 단단한 음성이었다. 단 한 마디 넘어왔을 뿐인데, 지희의 심경이 편치 않음을 직감할 수 있었다. 저질러 놓은 일이 있어 마음의 준비를 했었다. 암자에서 만났던 사내는 진정성과는 거리가 있는 이미지였기에.

'것 봐. 몰랐을 리가 없지.'

"PD님?"

"안녕하세요. 잘 지내시죠?"

"좀 뵙고 싶은데요."

"무슨 일로…?"

지극히 단순하게, 반사적으로 튀어나간 물음이었다.

"왜요? 바쁘신가요?"

귓가에 닿은 지희의 태세는 확고함을 풍겼다.

"제가 근래 일이 좀 많아져서요. 전화상으로 얘기하시면 안 될까요?"

가능한 번대어 보겠다는 심산이었다.

"시간 내서 만나시죠."

"그게, 요즘 시간이 잘…."

저돌적인 지희가 부담스러웠다. 쾌쾌한 죽음들이 드리운 골목, 더구나 지희의 집으로 발을 들였다가는 또다시 얽히게 될까 봐 찜찜했다.

"어째서 날 만나야 하는지는 얼굴을 보고 설명할게요. 요리조리 빠져나가려고만 들었다간 크게 후회할 겁니다. 분명히."

이내 협박이 날아들었다.

"저기요. 저도 이젠 거기까지 왔다 갔다 할 여유가 없어서 그런 거예요. 무작정 이러시면 어떡합니까?"

한때는 연민을 느끼고 도움을 주고자 했었던 지희의 겁박에 순간 울분이 치민 진선이었다.

"경비한테 고 PD님 얘기를 하고 올라갈까요?"

"뭐라고요?"

"지금 방송국 로비에요."

"여길 왔다고요?"

명함을 건넸으니 회사로 찾아오는 것쯤은 일도 아니었을 것이다.

"내려오시죠."

"… 알겠어요. 잠시만 기다려요."

한편으로 음침한 지희의 집으로 발을 디딜 필요가 없음을 위안 삼았다.

'유미랑 같이 나갈까? … 아니지. 북적대는 카페에서 만날 텐데 뭔 일이야 있겠어? 더구나 흥신소나 원혼 얘기가 나오면 나까지 정신이 나갔다고 생각할지 몰라.'

심적으로 채비를 마친 진선은 엘리베이터로 향했다.

로비에서는 사원증을 목에 걸고 있는 세 남자가 박스가 잔뜩 실린 공장용 끌차를 옮기고 있었다. 가장 눈에 띄는 그들을 지나치자 그새 더 창백해진 지희가 이쪽으로 걸어오고 있는 모습이 보였다. 진선이 가볍게 고개를 숙이자 다가오던 지희도 살짝 턱을 내렸다.

"나가서 얘기하시죠."

진선이 앞장섰다. 카페로 자리를 옮긴 두 사람은 호출벨이 울리기 전까지 프로그램이나 이사 준비 등의 겉도는 대화만 짧게 나눴을 뿐이었다.

"제가 뵙자고 한 건 저와 PD님 둘 다를 위해서예요."

호출벨이 사라진 자리에 같은 종류의 커피 두 잔이 놓였다. 잠시 들어찼던 정막은 지희가 걷어냈다.

"말씀해 보세요."

진선은 말라가던 입 안을 커피로 적셨다. 따끔할 것이 분명한 본론에 대비해야 했다.

"이대로라면 언젠가 PD님이 많은 걸 알게 될지도 몰라서. 그래서 잘못된 마음을 먹을 수도 있으니 그만두라고 충고를 하기 위해 찾아온 거예요."

"… 충고요?"

단어가 마음에 들지 않았던 진선이 발끈했다.

"아니, 경고예요. 뒷조사를 어디까지 하셨는지는 모르겠지만 이 이상은 위험해요."

열이 오르는 진선이 언짢은 지희였다.

"그 부분은 실례를 범했던 거 인정합니다. 저 나름대로 갑갑했던 상황이 있었어요. 그러다 보니 일을 의뢰하게 된 거고. 그런데 위험 하다는 말씀은 뭐죠? 시키는 대로 하지 않으면 저를 어떻게 하겠다 는 뜻으로 들리기도 하는데 말이죠."

말을 마치고 다시 한번 목을 축였다.

"맞아요. 다칠 수 있어요. 죽을 수도 있고."

"뭐라고요?"

진선이 들고 있던 커피 잔을 내려놓고 지희를 노려봤다.

"동네 애들 전부다 누가 그렇게 만들었을 거 같아요?"

지희는 두 팔꿈치를 테이블에 기대며 상체를 앞으로 쭉 밀었다. 새까만 눈동자와 탁한 입술이 박힌, 기름기가 한참 부족한 얼굴이 진선의 시선에 들어찼다.

"무슨 말도 안 되는…."

의중을 놓치기가 더 힘들었던 진선이 미간을 오므렸다.

"우연이라고 생각해요? 실은 아니죠? 일말의 의구심도 들지 않 았다고 얘기할 수 있어요?"

"…."

"애들 사진에 집착하던 스튜디오 기사가 죽었을 때까진 몰랐을 수도 있겠네요. 그런데 골목을 들쑤시고 다니면서 들은 얘기가 있 을 거 아니에요? 우리 영분이를 따돌린 애들이 얼마나 죽었는지.

198

또 어떻게 죽었는지 말이에요."

"지금 제정신으로⋯."

"궁금한 건 알아갈 수가 있는 거예요."

지희가 진선의 말을 끊고 이어갔다.

"나도 이해해요. PD님한테 사진을 건넨 것도 나니까. 그러니 그 건 죄가 아니죠. 하지만 엉뚱한 결론을 지으려고 한다면 경우가 달 라져요. 피해자를 가해자들에 섞어 놓고 모호하게 상황을 해석하 려든다는 자체가 죄악인 거라고요. 알아들어요?"

발끝에서 정수리까지 찌릿함으로 감전된 진선은 아무런 대꾸도 할 수 없었다.

"괴롭힘 당한 아이를 빌미에다가 묶고 괴롭힌 애들은 어리니 까 그럴 수도 있다고 감싸 돌리려는 건, 아주 몰상식하고 불공정한 짓거리란 말이에요. 어린 아이가 누군가로 인해 상처를 받았다 면, 피해를 입었다면 그 가해자가 어리고 자시고는 사실 논외가 되어야 맞는 거 아닌가요? 판단을 내리려거든 가해자가 아니라 피해자의 입장에서부터 모든 상황해석이 시작되어야 한다는 거 라고요. 가해자가 피해자를 어떡하다 해쳤는지에 초점이 맞춰져 서, 죄를 가벼이 여기는 건 아주 잘못된 거란 말입니다. 알아들 어요?"

격해지고 있는 지희의 음성 끝자락이 한 번씩 파르르 떨렸다.

"그런데 지금의 세태는 그 간단한 이치를 얽고 꼬아서 엉뚱한 해 석을 내놓으려 안달이 나있는 실정이란 말이죠. 그건 곧 참된 이치 를 거스르려고 드는 인간들이 곳곳에 득실대고 있단 증거예요. 그 래서 아직 세상은 바뀌지 못하고 있는 거고, 딸아이를 잃은 난 구역 질이 나서 도무지 참을 수가 없는 거라고요. 생각해 봐요. 스튜디오 기사도 어느 쪽을 어떻게 건드리려다 그 사단이 난 건지. 결국 PD

님도 내 기대와 다른 쪽으로 기울어지는 바람에 현재 이딴 상황을 맞이하게 된 거고. …실망이 아주 컸어요."

"전부 본인의 소행이라고 말하고 싶은 건가요? 그런 거예요?"

날카로운 감정이 튀어나갔다. 의도는 이해 못 하는 바 아니었으나, 지희의 공격성은 진선을 자극할 뿐이었다.

"그 긴 세월 동안 차례차례 애들이 죽어나갔는데, 하나같이 사고나 자살로 다치거나 죽었는데도 의심을 받지 않았잖아요. 현재도 누구 하나 원인을 밝혀 내지 못하고 있죠. 옛날부터 단순한 우연이 아닌 원혼이 떠돈다든지 저주가 뻗치고 있다고 골목 사람들이 생각할 순 있었겠지만 그래서 뭐가 달라지겠어요? 전부 다 사람이 벌인 일이라고? 상식적인 면에서 결론까지 도달할 수 없는 노릇 아닌가요? PD님도 마찬가지일 것 같은데. 속으로 미친 여자가 헛소리 한다고 비웃고 있을지도 모르죠. 그런데 그게 바로 제대로 지목조차 당하지 않는, 당할 수 없는 가장 큰 이유예요. 만약 PD님이 알아내고 겪었던 일들이 전부 우연이라고 믿는다면 불편한 이 자리를 당장 떠나도 좋아요."

이런 유의 인간에게 한때나마 동조를 했었다니, 진선은 지희의 정신 나간 소리보다 자신감이 꼴 보기 싫었다.

"보통 사람은 범접할 수 없는 세상의 바닥엔 믿기 힘든 힘들이 도사리고 있어요. 원한이 깊은 인간의 절실함은 때때로 그 중에 하나를 부릴 수 있는 기회를 가져다주기도 하고 말이죠."

"무슨 소릴 하는지 모르겠군요."

그렇게 말했지만 번뜩 진강법사와 자선암의 이미지가 뇌리에 떠올랐던 것이 사실이다.

"떠벌리고 싶으면 얼마든지 떠벌려요. 녹취를 하고 있어도 상관없어요. 협박 정도로 감옥까지 갈 일은 절대 없을 거고, 기껏해야 동네 사람들이 영분이한테 그랬던 것처럼 대놓고 미워하고 따돌리는 정도겠죠. 하지만 그따위에 흔들리지 않을 거란 건 PD님이 더 잘 알고 있으리라 믿어요. 해코지? 당할 가능성은 아주 희박해요. 지금 PD님한테 한 말을 온전히 다 믿는다는 전제가 깔려야 하는 것도 있지만 알다시피 내일이면 동네를 떠나거든요. 그러니 경고를 무시하고 본인 마음대로 하고 싶다면 그렇게 하면 돼요. 대가는 직접 확인을 한 것도 있을 테니 설명은 생략해도 될 거 같군요.”

“….”

평소의 진선이라면 허무맹랑한 혀 놀림으로 자신을 옥죄려는 인간을 향해 욕설을 내질렀어야 맞는데, 하령과 현석의 끝자락이 눈앞에 투영되는 것만 같아 입을 열진 않았다.

“PD님?”

“저는 말이죠. 그럴 생각이 없는데….”

안쓰럽다는 마음을 아득히 넘어섰던 혐오스러움, 두 번 다시 마주하고 싶지 않은 추하고도 처참했던 그림에 말려들어갈 순 없었다.

“확실한가요?”

지희는 진선의 기세 꺾인 모습이 마음에 들었다.

“약속할게요. 이후 영분 어머니를 찾는 일도, 관련해서 발설하는 일도 없습니다.”

“왜 PD님은 살려 뒀는지 알아요?”

“영분이가?”

진선은 자기도 모르게 말을 툭 뱉었다.

“당신이 겪은 기괴한 일들을 절대로 잊으면 안 돼요. 시간이 흐르고 감각이 무뎌지려거든 또다시 머리 깊이 새기는 연습을 해둬요. 그러지 않으면 저주로 인한 큰 화를 면치 못할 테니까. 가령 당신의 가족이나 주변인들 누구라도."

하지만 여느 때처럼 원하는 답은 내주지 않는 지희였다.

"… 알겠어요."

홀로 자신을 키워낸 어머니가 떠올랐던 진선이 머뭇거리다 응답했다.

"지켜볼 거예요, 평생."

지희는 순순히 대답을 내놓은 진선에게 등을 보였다.

'씨발, 저 재수 없는 아줌마 말이 전부 헛소리는 아닌 게 분명한데. 그렇다고 숨죽이고 있기도 뭣한 상황이 돼 버린 거 아냐? 오늘 찾아와서 한 말이 결국 날 지 마음대로 할 수 있으니 조심하라는 거 잖아? 그럼 지 기분이 틀어지면 언제든 나한테 화풀이를 할 수도 있다는 소리 아닌가? … 이대로 손 놓고 있긴 찜찜하게 됐군.'

진선은 지희의 뒤태가 사라질 때까지 냉연한 눈빛을 쏘았다.

"저주가 어쩌고 했지?"

진선은 자료실에서 DB 검색을 하고 있었다. 일전에는 80년대 아이들 관련 사건사고를 중심으로 자료를 찾아봤지만 성과가 없었다. 물론 이번에도 확실히 단서를 캐치할 수 있다는 자세로 자리를 잡은 것은 아니었다. 다만 그때에 비해선 넓은 시야를 적용해 볼 수 있는 형편이었다. 기대치가 낮았던 탓인지 신기한 느낌이 우선이었다.

'어? 뭔가 상황이⋯.'

1992년 늦여름. 지역신문에 실린 글이었는데 한 중년 남자에 관한 내용이었다.

칼럼은 남자가 자신을 따돌리고 부모의 재산을 갈취한 누나와 매형 그리고 그 가족들을 저주를 이용해 살해를 했다는 고백으로 포문을 열고 있었다. 또한 중재를 나섰던 사촌들도 누나에게 붙어먹어 철저히 본인을 소외시켰기 때문에 그들에게도 마수를 뻗쳐

사고를 유발했다는 주장을 펼쳤다.

　이에 칼럼을 쓴 기자는 인터뷰에 응한 바로 다음날 자살한 김씨의 배경이 궁금해 몇 가지 사실을 확인할 필요가 있다고 판단을 내렸다. 과연 그의 말마따나 누나와 매형이 비슷한 시기 각각의 교통사고로 유명을 달리했다. 뿐만 아니라 슬하의 삼남매 중 첫째가 스스로 목숨을 끊었고, 나머지는 심각한 환청 및 환각 증세에 시달리며 자해를 일삼은 덕에 결국 정신병원으로 들어갔더라는 것이다.

　게다가 사촌동생들 중 한 명은 지독한 불면증과 우울증에 시달리다 스스로 세상을 떠났고, 나머지 한 명 역시 어이없는 사고에 휘말려 불구로 살아가고 있는 실정이었다고 했다.

　'닮았어. 영분이 주변에서 일어났던 일들이랑.'

　그리고 칼럼의 종반쯤 김씨가 어째서 저주를 멈추고 후회하고 있는지에 관한 내용이 기술되어 있었다.

　김씨에게는 외동아들이 있었는데 자신이 뿌리던 저주가 그만 아들에게 옮겨갔더라는 것이다. 어느 날부터 헛것을 보기 시작하더니 자해의 수위가 점점 높아졌단다. 그 과정들이 본인이 흩날렸던 저주와 너무도 부합을 했기에 다른 원인을 찾을 필요가 없었다고 언급했다. 아무튼 가늠하기 힘든 죄책감과 절망감에 빠진 김씨는 잘못을 뉘우쳐 저주를 멈췄다고 했다. 그리고 새 삶을 살아가기 위해 정신과 치료도 받으며 일상을 되찾으려고 노력해봤지만, 정작 아들의 증상은 일말의 호전도 되지 않는 것이 문제였다.

　'그래서?'

　진선은 30여 줄 정도 남은 칼럼에 온 신경이 쏠렸다. 숨이 멎게 될 본인은 확인할 방도가 없을 듯 하다는 말을 붙이며, 김씨는 방법이 없는 것은 아닌 것 같다고 얘기했다. 받아들이는 입장에선 모호한 태도였지만 확신이 엿보이는 건 틀림없었다고 당시를 회상하는 기자였다.

김씨는 저주의 출처인 무당에게서 유의할 점을 전해 들었으나 시간이 흐르고 저주를 거는 일에 익숙해짐에 따라 경각심이 느슨해져 버렸고, 그것이 현재의 비극을 초래한 것이라며 자책을 했다는 것이다.

마지막으로 김씨는 분노에 눈이 멀어 무지했던 당시의 자신이 참으로 원망스럽다는 말을 소리 죽여 되뇌었다고 했다.

"기자를 만나봐야겠군."

진선은 곧장 양지일보 대표번호를 찾아 전화를 넣었다. 기자의 이메일이나 연락처는 칼럼에 실려 있지 않았다.

제보가 아니었음에도 서 기자는 선뜻 진선과의 만남에 응했다. 진선이 방송국 PD가 아니었다면 10년이 다 되어가는 지난 칼럼에 관한 문의를 받지 않았을지도 모른다.

"PD님께는 결과론적인 이야기로 들리겠지만 김교열 씨가 절 찾아왔을 때 이미 목숨을 끊을 것 같은 느낌이 강하게 들었습니다."

간단히 인사를 마친 두 사람은 본론을 꺼내는 중이었다.

"한편으로 걱정이 된 것도 사실이구요."

서 기자는 자못 아쉽다는 내색을 비쳤다. 당시 칼럼에 이와 같은 심정을 기재하지 않은 연유는 당시 도움을 줄 방도가 없었는데, 굳이 방관자의 포지션을 자처할 필요는 없다고 여겼기 때문이다.

"혹시 김교열 씨가 만났다는 무당이 누구인지 아시나요?"

진선이 물었다. 진강법사의 이미지가 그려졌지만 그가 아닐 수도 있다는 가능성 또한 배재하지 않았다.

"물어봤는데 대답을 하진 않았어요."

"혹시 인터뷰 도중 절이나 승려와 연관된 말은 꺼낸 적이 없었나요? 무의식적으로라도."

"글쎄요. 그런 기억이 있었던 것 같기도 하고, 없었던 거⋯."

가느다랗게 뜨는 서 기자의 눈초리가 기억을 되짚는 작업이 수월하지 않은 것처럼 비쳤다.

"녹음은요?"

시간을 충분히 할애한 진선이 말끝을 올렸다.

"당연히 땄었는데 테이프를 소실해 버렸어요. 타 지방 발령도 다녀오느라 집도 서너 번 이사를 하다 보니⋯. 아시다시피 하루에 자살하는 숫자가 워낙 많잖아요? 기사가 나갔던 것도 아니고, 김교열 씨가 죽은 후에 실렸던 칼럼도 전혀 이목을 끌지 못했기 때문에 소홀했던 게 사실이긴 하죠."

진선은 이해한다는 고갯짓으로 답을 대신했다.

"돌이켜 보면 그 무당이라는 사람이 어디에 사는 누구인지라는 질문을 집요하게 건넨 이후 급격히 인터뷰가 마쳐진 느낌이었어요. 경험이나 맥락상 좀 더 이어지는 게 맞았는데 말이죠."

"그럼 무당이 주의할 점이라고 일러준 사항은 뭔가요? 물어보셨나요?"

"음, 아픈 아들을 돌보고 있는 아내마저 병이 생길지 몰라 두렵다는 식으로 엉뚱한 대답을 했던 기억이 있습니다만."

"아들에 이어서 아내까지. 그럼 가족을 위해서 저주를 멈췄다는 결론이네요."

"저도 그렇게 생각했던 것 같아요. 집에 누군가 아프면 가족들이 함께 힘들어지는 경우가 보통이니까."

'틀린 얘기는 아니지만 다른 이유일 것 같은데?'

진선이 속으로 물음을 떠올리는데 서 기자가 말을 보탰다.

"그런데 김교열 씨 말대로라면 저주나 귀신이 쓰이는 걸 방지하기 위함이 아니었을까 하는 생각도…. 어쨌든 가족을 위한 건 일맥상통하는 거니까. 본인 딴에는 발악을 해보는 심정으로 신문사 기자를 찾았다고 했어요."

"발악이요?"

"김교열 씨가 업보를 끊어낼 수 있을 거라 굳게 믿고 있긴 했었어요. 그런데도 불안한 건 어쩔 수가 없었나 보더라고요. 만에 하나 자신이 떠난 후에도 아들이 호전이 되지 않을 억울한 경우를 염두에 뒀다면서. 어찌 됐든 세상에 알리고 떠나는 게 할 수 있는 마지막이라고 했거든요."

"그리고요?"

진선이 깊이 고개를 몇 번 끄덕인 다음 말했다. 그녀는 서 기자가 당시의 일을 좀 더 수월하게 털어놓을 수 있으려면 이때쯤 적당한 호응이 필요하다고 생각했다.

"실낱같은 희망에 불과하더라도 넓은 세상에 이 사실이 알려지게 되면 저주와 반대되는 힘을 가진 누군가 아들을 도와줄지도 모른다는 식으로 얘기했던 것 같아요. 그런데 그 말을 듣고 있자니 한편으로 초자연적인 힘을 지나치게 맹신하고 있다는 느낌을 받을 수밖에 없었죠."

서 기자는 머리를 긁적거렸다. 씁쓸함과 미안함의 중간쯤 표정을 그리며.

"그 사람, 경찰에 신고해 볼 생각은 않았나요?"

"거기도 다녀왔다고 했어요. 혹시나 도움을 받을 수 있는 길이 있을까 하고. 그런데 경찰 측이 저주를 걸어 복수의 사람을 죽이거나 다치게 했다는 진술을 곧이곧대로 믿어주지 않았던 거죠. 차라리 독살이나 계획적인 살인이었다면 모를까. 물론 그것도 얼토당

토 아니었던 게 몇몇 김교열 씨의 행적을 조사해 봤더니 그가 자행했다는 사고들이랑 전혀 연관을 지을 수가 없었더라는 거죠. 결정적으로 정신과 치료 전력까지 있었으니, 어르고 달래기만 할 뿐 나중엔 흐지부지되더라고 했어요."

"납득이 가는 얘기군요."

"그렇죠."

서 기자는 아직 얼음이 생생한 커피로 목을 축였다.

"그나저나 가족들 말이에요. 함께 살았겠죠?"

꽤 돌아온 느낌이었지만 추측에 부합하는 답을 얻은 진선이 물었다.

"등교한 아들 상태가 좋지 않아서 학교로 찾아가 집으로 데리고 왔다는 이야기를 들었어요. 아내분도 가게 일을 일찍 접고 들어왔다고 했던 걸로 짐작해 보면 그럴 겁니다."

"이후에 아들의 상태는 호전이 됐나요?"

"다행이라는 말이 좀 우습지만 김교열 씨의 바람대로 금방 상태가 호전이 된 것 같았어요."

"김교열 씨는 어떤 식으로…?"

진선이 물음을 늘어뜨렸다.

"가족들에게 용서를 구하는 유서도 나왔고, 타살 혐의가 전무했던 터라 심도 있는 조사는 이루어지지 않았던 것 같아요. 담당 형사에게 들은 바로는 자살을 시도한 당일 오후에 시골에 있는 본가에 들렀다고 했어요. 노모께는 도시에선 잡다한 쓰레기를 태울 곳이 마땅찮아 가지고 왔다고 둘러댔다나? 아무튼 잔해들로 추정컨대 나무 재질의 가구 같은 것들이 대부분이었다고. 해머로 내려찍은 뒤 불태워서 정확하진 않다고 했어요."

"설마하니 본가에서 목숨을 끊은 건가요?"

진선의 인상이 미묘하게 일그러졌다. 이미 알고 있는 비극이 한층 더 잔인하게 머릿속에 그려졌기 때문이다.

"아뇨. 신고 온 물건들을 태워버린 뒤에 김교열 씨는 집을 나섰고, 경기 지방 어느 국도에 차를 세워 연탄불을…."

입을 다문 서 기자의 표정이 방금 전의 진선 못지않게 야릇했다.

"그랬군요."

이에 가라앉은 내납을 보내는 진선이었다.

'김교열 씨 같은 경우 가족이 계기가 된 건 확실해졌어. 유의할 점이라는 것도 공간적 거리감인지 정서적 거리감인지 단언할 순 없지만 의미 있는 누군가가 저주에 휘말릴 수 있으니 조심하라는 거였을 거고. … 아!'

이때 번득 경우 아버지와 나눴던 대화가 뇌리를 스치는 진선이었다.

지나가는 말인 냥 흘려들었는데—경우 아버지의 입장에선 하찮은 사항이었을지 몰라도 질문을 건넸던 진선 본인마저 신경을 기울이지 않았다니—실마리 하나가 선명하게 튀어 오른 느낌이었다.

"그런데 이 일을 다시 취재하신다고? 무슨 일이 있었던 건가요?"

서 기자는 처음 통화를 할 때 물었지만 제대로 답을 듣지 못한 사항이 궁금했다. 방송국 PD가 오래 전 지역신문에 실렸던 칼럼을 읽고 만남을 재촉했으니 이벤트가 있는 것이 틀림없다고 믿어 의심치 않았다. 그래서 곧장 시간을 냈던 거고.

"꼭 그런 건 아니고. 개인적인 호기심 같은 거예요."

"아, 무속에 관심이 많으신가 보군요."

서 기자는 진선에게로 쏠렸던 상체를 뒤로 한껏 젖혔다. 자신을 써 달라는 의도를 비친 것이 아님에도 불구하고 일관적으로 배려가 없는 태도라니. 메이저 신문사의 기반을 다진 기자였다면 이런 무시를 당하진 않았을 거라는 생각을 떠올려 보는 서 기자였다.

"조금요."

진선은 시선을 다른 쪽으로 돌린 뒤 대꾸했다.

'20년도 전에 갈라선 남편은 엄연히 가족도 아닐뿐더러 의미도 없을 게 빤해. 그렇다면 역시 큰 아이, 영분이 언니를 찾아봐야겠어.'

집으로 돌아 온 진선은 경우 아버지에게 전화를 걸었다.

"안녕하세요, 아버님. 고진선입니다."

"아— PD님이시군요."

연락을 하는 자체가 껄끄러웠던 게 사실이었는데. 염려가 무색하게 경우 아버지가 넘겨오는 분위기는 자못 부드러웠다.

"잘 지내셨나요?"

"잘 지낼 게 있겠소?"

"아."

그렇게 되물음이 돌아왔을 때 경우 아버지가 짊어지고 있는 현실의 무게가 실감났다. 전화를 걸기까지 졸였던 마음에 빗대자면 새삼스러운 감성이었다.

"PD님은 잘 지내시죠?"

살가움이라곤 전혀 기대할 수 없었던 이미지였던지라 예사로운 안부를 전해오는 경우 아버지에게 고마움이 느껴질 지경이었다.

"네, 전 잘 지내고 있어요."

"방송 만드는 일은 잘돼 가고 있나요?"

"아직은 잘 모르겠어요."

"잘되겠죠. 잘될 겁니다."

"고맙습니다."

"…."

경우 아버지는 이제 보낼 말이 없는 듯 했다.

"저기, 여쭤볼 게 있는데 말이죠."

심정적인 불편함이 짙게 배인 어투.

"말해 보세요."

경우 아버지는 괘념치 않음을 전해왔다.

"전에 영분이 언니가 있었다고 들었던 거 같은데."

"세 살 아니면 네 살쯤 잃어버린 걸로 알고 있는데, 맞지?"

끄트머리 물음은 다소 희미한 것이 근처의 누군가에게 확인을 받는 요량이었다. 모르긴 해도 경우 어머니일 것이리라.

"그렇다는군."

경우 아버지의 음성이 선명하게 넘어왔다.

"혹시 어디서 어떻게 잃어버린 건지 알고 계시나요?"

"잠깐만. … 놀이공원에서 잃어버렸다고 하는군요. 그런데 큰 아이에 대해선 우리도 이 이상 아는 게 없어요. 지금까지 남아 있는 골목 사람들도 영분이가 대여섯 살 이후부터 알고 지낸 거나 마찬가지라 그 언니라는 아이에 관해선 별 기억이 없는 게 사실이요."

"그렇군요. 영분이 엄마가 당시에 실종신고는 했겠죠?"

"아마도. 옛날에 영분이 엄마가 전단지를 보여주면서 경찰서도 많이 다녔다는 말을 했었소. 경기도고 서울이고 가리지 않고 발품을 팔았다며. 헌데 뭣 때문에 그 아이를 물어보는 거요?"

"문득 생각이 났는데 궁금해서요. 그런데 혹시 그 전단지 아직 가지고 계시진 않겠죠?"

"그때가 언젠데 있을 리가."

"그럼, 아이 이름이나 놀이공원 이름은 기억하시는지…?"

스스로 꼬치꼬치 캐묻는 기분이 들었던 진선이 물음을 늘어뜨렸다.

"글쎄, 아이 이름 아니면 어디 놀이공원인지 기억나?"

경우 아버지가 묻자 금방 경우 어머니의 목소리가 따라 넘어왔다.

"애 이름은 영선이었고, '부림 놀이동산'이라고 우리도 애들이랑 몇 번 놀러 가봤던 곳이에요."

"들렸소?"

전화의 송화구를 가운데 두고 나눈 대화이니 충분히 진선에게도 전달이 되었을 거라고 생각한 경우 아버지였다.

"네. 영선이, 부림 놀이동산."

"맞아요."

"불쑥 연락드리고선 귀찮게만 해드렸네요."

"아니오. 딱히."

처음부터 지금까지 굴곡이 거의 없는 어조였기에 그의 말 그대로 받아들이기 수월한 진선이었다.

"오늘 통화 정말 감사했습니다. 사모님께도 안부 전해 주세요."

"알았소. 잘 지내요."

"안녕히 계세요."

진선은 평택경찰서를 시작으로 경기도 일대 경찰서들을 방문해 볼 계획이었다.

골목으로 이사 오기 전의 주소를 알지는 못했지만 현재 지희의 거주지에 인접한 경찰서에서부터 알아보는 것이 효율적이라는 판단을 내렸다. 차 순위는 놀이공원과 가까운 경찰서를 염두에 두고 있었다.

앞서 진선은 경기남부경찰청에서 근무하고 있는 한 경정에게 연락을 넣었다.

"계장님, 잘 지내셨죠?"

"아유— PD님, 이번엔 좀 오랜만이네요."

한 경정은 수년 전 강력사건 발생 시 수사를 맡는 형사들의 애로사항과 고충에 대한 심층취재라는 주제로 미니 다큐멘터리를 제작할 당시 인연을 맺었다. 방송 후에도 진선은 종종 경찰 측에 자문을 구해야 하거나 궁금한 사항이 생기면 한 경정을 찾았고, 한 경정역시 진선에 비해 빈도는 낮았으나 참고할 만한 정보가 필요할 때면 연락을 취했다.

"부탁 좀 드릴 게 있는데."

"그러시겠죠."

한 경정의 호탕함은 스스럼없이 용건을 꺼낼 수 있게 만들어주었다. 강력반에 몸을 담았던 형사답지 않다는 표현이 적절할지는 모르겠으나 매사 밝고 타인에게 친절한 편인 그였다.

"제가 실종아동을 좀 찾았으면 하는데요. 부림 놀이동산에서 잃어버린 여자아이인데, 그게 시간이 30년 정도 흘러서…."

"현재까지 기록이 보관되어 있을 거라곤 장담할 순 없지만 현업인력들에게 알아봐 달라고 하는 건 문제가 없을 듯 하군요."

"그럼 바쁘시겠지만 평택서에 연락 좀 부탁드려도 될까요?"

"혹시 방송일시 같은 게 확정이 된 건가요?"

"아뇨, 그렇진 않고요. 저 혼자 경찰서를 좀 다녀보고 만에 하나 방송이 필요하게 되면 취재 협조 공문을 띄우겠습니다."

"아, 저는 그냥 PD님이 만드는 방송 방영 날짜가 궁금해서 물어본 건데, 너무 딱딱했나 보죠?"

한 경정이 무안함을 보내왔다. 거친 사건 현장들을 누볐던 형사의 이미지와 왠지 매치가 어려웠다.

"아니에요. 그렇게 말씀하시는 게 당연한 거죠."

"아무튼 평택서 실종전담팀에 연락을 해놓을 게요. 마침 같이 일 해본 적이 있는 후배가 근무하고 있거든요."

"감사합니다, 계장님. 시간 나는 대로 한번 찾아뵐게요."

"언제쯤 방문을?"

"제 입장에선 빠르면 빠를수록 좋을 거 같아요."

"알겠습니다."

그날 오후 진선은 평택경찰서를 찾았다.

"어떤 일로 오셨죠?"

길게 늘어진 민원실 데스크의 한 자리를 차지하고 있는 직원이 물었다.

"전 MCS PD 고진선입니다. 실종전담팀에 용무가 있어 왔는 데요."

진선은 직원 앞으로 바짝 다가서서 사원증을 들어 보였다. 직원 의 확인이 용이하도록 무의식적으로 사진과 비슷한 표정을 짓기도 했다. 그녀는 신속원활한 일처리를 위해서는 자신의 신분을 명확 하게 알려두는 편이 유리하다는 것을 알고 있었다.

"방송국 PD님이시라고요?

"그렇습니다."

직원은 경찰서 민원실의 근무자답게 신분증에 박힌 사진과 진선 의 얼굴을 번갈아 대조해 봤다.

"취재 때문에 나오신 건가요?"

"맞아요."

"사전에 연락은 하고 찾아오신 겁니까?"

"제가 연락했을 때 자리에 안 계신다고 전해 들었는데. 경찰서로 찾아오면 최선웅 경위님을 만날 수 있다고 안내받았어요."

"알겠습니다. 저쪽 자리에 앉으셔서 잠시만 기다려 주세요."

직원은 민원인 의자가 줄서있는 쪽으로 손을 뻗었다.

진선은 자리를 채웠다 비우는 민원인들을 멍하게 바라보고 있었다. 얼마 후 민원실로 내려온 선웅이 진선을 응대했던 직원의 자리로 가서 짧게 말을 주고받은 뒤 그녀의 앞으로 왔다.

"안녕하세요. 최선웅입니다."

"안녕하세요."

진선은 앞 의자의 등받이를 짚으며 몸을 일으켰다.

"MCS 고진선입니다."

진선이 명함을 꺼내 내밀었다. 선웅은 진선의 명함을 빠르게 훑어본 후 자신의 명함을 건넸다.

"올라가서 얘기하시죠."

두 사람은 선웅이 안내하는 사무실로 들어왔다.

PC가 올려 진 책상이 두 개. 사무실벽면 대부분을 덮고 있는 책장들. 그리고 그것을 채우고 있는 수많은 자료들의 전경은 경찰서와는 꽤나 이질적인 인상을 심어주었다.

"앉으시죠."

선웅이 한편에 자리한 둥근 탁자의 의자를 가리켰다. 그러고는 바로 옆에 자리한 조그만 싱크대가 놓인 공간에서 믹스커피 한 잔을 타왔다.

"여기."

허름한 쟁반에 받쳐 온 커피 잔을 진선의 앞에 내려놓는 선웅이었다.

"감사합니다."

그때까지 사무실을 두리번거리고 있던 진선은 선웅의 차는 왜 없는지 묻는 가벼운 눈짓과 손짓을 해보였다.

"전 마셨습니다."

선웅이 맞은편에 앉았다.

"여기 분위기가 일반 사무실 느낌이네요."

진선은 말을 마치고 커피를 한 모금 삼켰다.

"우리 팀이 타서에 비해 자료가 적은 편은 아닐 겁니다."

"그런 거 같군요."

"실종자 취재를 위해서 방문하실 거라고 전해 들었습니다만?"

사무실을 한 번 더 둘러본 진선이 시선을 원위치 했을 때 선웅이 입을 뗐다.

"30년가량 된 일이긴 한데, 실종 장소는 부림 놀이동산. 이름은 김영선이고 당시 만 3세에서 4세가량이었을 거예요. 신고자는 아마 권지희 씨로 되어 있을 거고….

"헌데 어째서 그 아이를 찾고 계시는지?"

"최근에 다큐를 하나 맡았는데 거기서 궁금한 사항이 생겨서요. 한 계장님하고는 함께 일도 하셨다고 들었어요."

진선은 요점을 살짝 틀었다.

"네, 맞습니다. 사적인 자리에선 형·동생 하는 사이죠."

선웅은 빙긋이 웃었다. 직장 상급자임에도 불구하고 꾸밈없는 미소가 번진다는 건, 동료들과의 관계가 꽤나 원만하지 않고선 불가능한 일이었다.

"잠시만."

선웅은 자리를 떠나 PC 앞으로 갔다. 그리고 조금 뒤 출입문에서 가장 먼 책장의 어느 지점에서 바인더 하나를 꺼내 왔다. 묵직해 보이는 하늘색의 바인더 라벨에는 감이 잘 잡히지 않는 한글과 숫자조합이 적혀 있었다.

바인더의 중간 지점을 갈라 펼친 선웅이 몇 페이지를 뒤적이더니 전단지 한 장을 꺼냈다. 내용을 확인한 그는 낡은 종이의 위아래 위치를 바꿔 진선에게 내밀었다. 딱딱한 글자체와 숫자들이 기재되어 있는 한쪽에 무심한 표정으로 정면을 바라보고 있는 네 살 아이의 얼굴이 인쇄되어 있었다.

'닮았어. 엄마랑.'

전단지를 몇 번이나 훑어본 진선은 지희를 만난 초반에 느꼈던 연민이 어렴풋이 차오르기도 했다. 당사자를 알고 있어서일까. 잃어버린 아이를 되찾기 위해 부모의 간절한 마음을 알리고 있는 종이가 감성을 자극했다. 물론 감성은 아주 잠깐 진선에게 머물다 떠났다.

"찾던 아이가 맞네요."

진선의 한쪽 입꼬리가 쓱 올라갔다.

"…."

선웅은 텁텁한 얼굴을 하고서 진선을 응시할 뿐이었다.

"찾을 수 있을까요?"

"방법이 없진 않죠. 그렇다고 반드시 찾아내 가족의 품으로 돌려보낼 수 있다는 말은 아닙니다."

"어쨌든 생사는 알 수 있다는 거잖아요?"

대답을 주저하던 선웅이 헛기침으로 목을 한 번 가다듬었다.

방송국 PD 앞에서 자신의 업무를—조직 혹은 부서의 한계를—가감 없이 드러내 놓을 시 불필요한 파장을 야기시키지 않을까 하는 염려 때문이었다.

"근본적인 어려움이 있는 거죠?"

진선이 그런 식으로 물어와 주는 바라면 현실을 밝히는 것 외엔 방도가 없다는 판단이 섰다.

한편으로 자신의 업무에 열정이 있었던 선웅이었기에 터놓고 싶었던 사실이기도 했다. 조금 전의 발상과는 정반대로 영향력을 행사할 수 있는 외부인이 실정을 개선하는 데 한몫을 해줄지 모른다는 기대감이 일말도 없다면 거짓말이었다.

"제 기준이긴 합니다만, 첫째는 인력부족이죠. 하루에 접수되는 실종신고가 일반인들이 생각하는 수준보다는 분명 월등히 많습니다. 게다가 그중 단순가출로 결론이 나는 경우가 소수가 아니다 보니 신고가 들어온들 일일이 분간을 하고, 또 심도 있는 수사를 펼치기란 불가능한 실정이에요. 특히나 1년이 넘어가는 장기실종 같은 경우 이슈가 없는 한 인력지원 받기가 하늘의 별따기란 말이죠. 다른 일도 마찬가지겠지만 우리 업무는 직접 발 벗고 뛰어다녀야 실마리가 보이는 것 아니겠습니까? 이러한 이유 때문에 간혹 긴박하게 진행되어야 할 실종 수사 착수가 시기를 놓칠 때도 있었을 거고, 언론에 한 번씩 오르내리기도 했겠죠."

입술을 꾹 다문 선웅이 아래턱을 만지작거렸다.

"그리고요?"

진선이 물었다.

"인력 부족보다는 근본적인 문제라고 여겨지진 않는데, 잦은 부서 이동도 한몫을 한다고 생각합니다. 업무가 자주 바뀌게 되면 아무래도 전문성이 떨어질 수밖에 없거든요."

"타 기관과의 연계활동은 어떤 상태죠?"

"지자체 협조는 원활한 편이라고 생각합니다. 우리와 그들이 할 수 있는 선에서 본다면 말이죠. 요즘은 각 지역의 실종아동 등을 위한 단체들과도 네트워크를 구성 중이고, 사회공헌 사업을 벌이는 기업들도 늘어가는 추세이긴 합니다."

"제가 이 사항들을 대외적으로 알리면 영선이를 찾을 수 있는 건 가요?"

진선이 자신의 목적에 의문을 달았다.

조금 둘러온 감이 있었다. 그도 그럴 것이 30년 가까이 지난 전단지의 실종아동을 찾아 달라는 부탁이 실무자 입장에서는 영 귀찮고 골치가 아픈 일이 아닐 수 없을 것이리라. 선웅의 말대로라면 현재도 업무가 상당히 밀려 있을 것이 빤했다. 그래서 진선은 그가 언급한 이슈가 필요하다면 만들어 줄 용의가 있다는 속내를 전달한 것이었다.

"그 부분은 제가 좀 더 알아보고서…."

선웅은 진선과 나눈 조금 전의 대화를 그대로 윗선에 전달을 하면 되었다. 특히나 높은 공직 자리에 올라 있는 간부들은 언론을 통해 칭찬과 응원 받는 일을 무엇보다 중요시 여겼다. 그것은 한편으로 본인들의 업적을 공식적으로 기록을 해놓는 것이나 다름없었다. 때문에 반대의 경우. 즉, 조그만 치부에는 굉장히 거부감을 표할 수밖에 없었던 것이리라.

"한 경정님의 소개로 오신 PD님이니만큼 이 건에 대해선 면밀히 살펴보도록 하겠습니다."

윗선으로 보고가 들어 간지 이튿날 인력 충원이 이루어졌다.

"잘됐군요. 약속은 꼭 지키겠습니다."

진선은 일이 마무리지어지는 대로 지인을 통해 기사를 내주겠다는 언질을 비쳤다.

이후 보름이 조금 넘었을 때 선웅으로부터 연락이 왔다. 정황상 영선으로 유력시되는 여인의 신원을 확보했다는 것이었다. 이에

선웅은 진선에게 동행을 제안했으나 진선은 스케줄을 핑계로 확인을 부탁했다. 덧붙여 일반인의 방송 출연 부담을 이유로 당분간 본인을 언급하지 말아달라고 전했다.

"이름은 조윤경, 나이는 주민등록상 서른셋에 미혼, 구미에 거주 중이었어요."

진선은 구미를 다녀온 선웅과 마주하고 있었다.

"유전자 검사를 해봐야 결론이 나겠지만, 확신을 할 수 있는 단서가 있었죠."

선웅은 자신의 손바닥보다 조금 넓은 수첩에 시선을 주며 말했다.

"그게 뭐죠?"

"이것 좀 보세요."

선웅이 어린 아이의 사진을 찍어 다시 인화한 사진을 내밀었다. 사진의 주인공은 전단지에 박혀있는 만 3세 영선과 똑같은 얼굴을 하고 있었다.

"양녀로 들어가 지낼 당시 찍은 사진이 하나 남아 있다고 해서 봤는데. 틀림없죠? 일곱 살 아님 여덟 살 때 찍은 사진이라고 했어요."

"양녀라고 하셨나요?"

"그게 사연이 좀 있었습니다. PD님도 알다시피 70, 80년대에는 인신매매가 심심찮게 있었잖아요? 알아보니 조윤경 씨 같은 경우도 그랬을 가능성이 농후했어요."

"인신매매요?"

선웅의 설명으로는 인신매매가 성행했던 당시에는 어린 아이들이 범행대상에 상당수 포함이 되었는데—이 범죄조직들 중 몇몇은 어린이대공원이나 놀이동산 등에서 인파들을 지켜보다 부모가 곁에 없는 유아를 유인해 돈을 받고 판매를 했더라는 것이다.

영선 역시 아버지 우혁과 잠깐 떨어진 사이 조직원의 누군가에 의해 놀이공원을 나섰던 거고, 이후 행방이 묘연할 수밖에 없었던 것이다.

그렇게 인신매매범들의 손아귀에 들어간 영선은 서울 소재 자식이 없었던 어느 부부의 양녀로 팔려갔는데, 그들은 영선에게 친딸과 다름없는 사랑을 쏟았다. 몇 년 동안 평범한 가정에서 시간을 보냈던 영선은 자연스레 부부를 부모님으로 받아들였다. 태어난 지 고작 38개월에 불과했던 아이는 믿을 수밖에 없었다.

헌데 아이러니하게도 영선의 불행은 부부의 간절했던 소망이 이루어짐으로 해서 또다시 불거지고 말았다. 부부에게 쌍둥이가 찾아온 것이었다. 부부는 고심 끝에 핏줄인 아이들과 핏줄이 아닌 아이를 함께 키울 수 없다는 결론을 내렸다. 그래서 강원도의 한 보육원에 영선을 맡기고, 아니 버리고 종적을 감췄다.

이후 영선은 보육원에서 성장하게 되었고, 성인이 되기 직전 문막농공단지에서 직장생활을 시작하게 되었다. 그러다 현재는 구미 국가산업2단지에서 휴대폰 관련 공장에서 교대근무를 하고 있는 중이라고 했다.

"굴곡이 만만찮은 인생이죠."

선웅은 씁쓸한 입맛을 다셨다.

'안됐지만 또 한 번 시련이 닥칠지도 모르겠네요.'

진선은 영선의 사진에서 눈을 떼지 못했다.

"모친에게는 언제 연락을?"

선웅이 물었다.

"전 없는 사람으로 해주세요. 경위님과 경찰서 직원 분들이 수고해 주신 걸로 마무리하죠."

"왜요? 그래도 PD님이 알아봐 달라고 하셔서…."

"제가 뭘 한 게 있나요? 함께 취재를 나간 것도 아니고, 찾았으면 다행인 거죠. 저는 그거면 충분합니다. 따님이나 어머니께는 저에 관한 언급을 아예 삼가주세요. 꼭 당부드립니다."

진선은 말미에 빙그레 웃어보였다.

"정말 그래도 되겠습니까?"

"부탁드려요."

"알겠습니다."

지희는 며칠째 집을 비우고 있었다. 이웃들에게 행방을 물었지만 이사온 지 얼마 되지 않은 시점인지라 그녀의 존재조차 제대로 알고 있는 이가 없었다. 확보할 수 있는 통로라고는 집 전화가 전부였다. 휴대폰도 등록이 되어 있지 않았다.

사흘간 지희의 집을 찾았던 선웅은 경찰 마크가 선명히 박힌 봉투를 우편함에 꽂아 놓았다. 봉투 안에는 집주인을 찾는 용건을 기술해 놓은 알림장이 있었다.

그리고 다시 사흘 후 지희에게서 연락이 왔다.

"최선웅 경위님?"

"네, 그렇습니다."

"알림장이 와 있어서요."

여인의 음성에 덤덤함이 묻어났다. 단 한 마디, 감정이 북받치는 건 차치하더라도 냉소적인 축에 가까운 분위기가 신선한 선웅이었다.

"권지희 씨?"

"맞아요. 아이를 찾은 건가요?"

지희에게 들러붙은 팁팁함이 다시 한번 목소리에 스며났다. 선웅이 실종전담팀에 몸을 담은 지도 어느덧 3년이 지났다. 그래서 전혀 이해가 가지 않는 건 아니었다. 세월의 길이만큼 늘어져 버린 탓에 지칠 수밖에 없었을—어떤 면에선 집착을 줄이지 않고선 삶을 견뎌내기 힘들었을—부모의 반응이 안타까울 뿐이었다.

그동안 이런 유의 연락을 몇 번은 받았을 터. 또한 그때마다 부풀다 못해 터질 것 같은 가슴을 부여잡고 뛰쳐나갔겠지만 이내 두 발이 닿아 있는 땅바닥에 주저앉아 버렸을 눈물이 머릿속에 그려졌다.

"그렇습니다. 찾았습니다."

선웅이 대답했다.

"확실한 건가요?"

"유전자 검사를 해봐야 단정 지을 수 있겠지만 전단지 속 아이와 얼마 전 만났던 조윤경 씨가 동일인임을 뒷받침해줄 사진을 입수했습니다."

"영선이를 만났다고요? 사진이랑 똑같다는 말씀인가요?"

"여덟 살쯤? 본인이 본인임을 정확히 인식하는 사진이 전단지 속 사진의 인물과 꼭 닮았더라고요. 쌍둥이 자매가 있던 게 아니라면 일치했다고 말할 수 있을 정도였어요."

"정말이죠?"

"그렇습니다…."

선웅은 말을 잇지 못했다. 왜냐하면 조금 전까지 무심함이 흘러나왔던 수화구에서 구슬픔이 넘어오기 시작했기 때문이다.

"진짜 내 아이가 맞는 거죠? 이름은 김영선이고 얼굴이 하얀 편이었어요. 그리고 뒷목이랑 왼쪽 어깨 사이에 점이 두 개 있었어요. 많이 업어 주지 못해서 뒤통수가 좀 납작했었는데…."

급작스러운 감으로 주저리주저리 말을 꺼내놓은 지희. 그녀는 헤어져 있던 세월 앞에서 무너져 내린 것 같았다. 진중한 선웅의 대꾸에 직감을 했는지도 모르겠다. 더군다나 29년 만에 실종전담팀으로부터 연락을 받았으니. 어쩌면 실제 속내는 알림장을 접한 직후 서글픔과 미안함에 눈물을 쏟아냈을지도.

"이름이 뭐라고 했죠?"

목을 가다듬은 진선이 물었다.

"조윤경입니다."

혹여 딸아이가 아닐 수도 있겠지만—낯선 이름이 서글픈 감수성을 진하게 건드렸다.

"어디에 살고 있던가요?"

"구미에 거주하고 있었어요."

막상 듣고 나니 아주 먼 거리는 아니었다. 그러나 짐작을 하기가 거의 불가능했던 생소한 도시였다.

"잘 지내고 있나요?"

"네, 성격이 밝아 보였고 직장도 열심히 다니고 있었습니다."

선웅도 그 대답을 보낼 땐 왠지 활기찼다.

"딸을 만나려면 어떻게 하면 되나요?"

"실종자 신고는 되어 있으니 경찰서에 방문하셔서 유전자 검사 신청을 하시는 게 우선일 듯합니다. 조윤경 씨는 유전자 검체 채취를 마친 걸로 알고 있어요."

"봉투에 적힌 경찰서로 가면 되는 건가요?"

"언제쯤 방문하시겠습니까?"

"내일이요."

"내일은 아무래도 제가 자리에 없을 것 같군요. 평택서로 오셔서 여성청소년과에 접수하시면 안내를 해드릴 겁니다."

지희는 유전자 검사 결과를 기다리고 있었다. 이토록 하루하루가 기다려지고 설렜던 게 언제가 마지막이었는지 가늠도 되지 않았다. 선웅을 통해 확인한 윤경의 사진은 틀림없는 영선이었다. 벅차오르는 환희와 미안함이 뒤범벅되는 바람에 그 자리에서 그만 오열하고 말았다. 동시에 놀라웠다. 소름이 돋았다. 영분의 복수를 다짐했던 이후로 죽을 때까지 느껴보지 못했을 형용하기 힘든 따스함이 송송 얼어있던 자신을 한순간에 바꾸려고 하는 걸 느꼈기 때문이다.

그리고 얼마 후 검사 결과를 통보받았을 때. 오랜 세월 서슬 퍼런 날을 세우고 있던 지희의 눈에서 애틋한 눈물이 쏟아져 나왔다.

"감사합니다, 경위님. ….."

목이 멘 탓에 준비했던 인사를 마무리 짓지 못했다.

"축하드립니다. 그간의 마음고생은 훌훌 털어버리시고 따님과 함께 행복한 삶을 누리셨으면 하는 바람입니다."

업무를 떠나 진심으로 뿌듯하고 기분이 좋은 선웅이었다. 그러면서 조금 전 먼저 통화를 나눴던 진선에게 다시 한번 고마운 마음이 들었다.

"검사결과 두 사람은 모녀 관계가 맞았습니다."

"정말 잘됐군요. 고생 많으셨어요, 경위님."

"저야 제 일을 한 것뿐인데요."

"결과도 나오고 했으니 연락을 해놓을 게요. 한 경정님 말로는 그쪽 서장님이 참 좋아하실 거라고 하더군요."

"감사합니다, PD님. 덕분에 사람도 찾고, 열심히 뛴 보람도 있고."

"날짜는 언제로 잡으셨나요?"

"PD님이랑 통화 끝나는 대로 권지희 씨랑 조윤경 씨에게 결과를 알리고 조율을 할 생각입니다."

"그럼 날짜랑 장소가 확정되는 대로 한 번 더 연락주세요. 가능한 당일에 맞춰 취재를 나갈 수 있도록 얘기해 놓을 테니. 만약 신문사에서 스케줄 조정이 어렵다고 하면 홍보부를 통해서 대외용 사진 몇 장 찍어 놓으시면 될 거 같아요. 이후에 따로 경위님이랑 인터뷰를 진행하는 방식으로 가도 무리 없을 테니까요."

"그렇게 알고 있겠습니다."

"그럼 연락 기다릴게요."

"수고하십시오."

'이젠 당신 차례야. 어디 잘 해봐요.'

통화를 마친 진선은 어렵사리 완성한 화살이 활을 떠났다고 여겼다. 그녀는 경찰을 통해 영선을 지희의 앞에 데려다 놓은 방법이 옳았음을 되새겼다. 만약 흥신소를 이용했다면 영선과의 재회가 지금처럼 자연스럽지는 못했을 것이었다. 지희가 자신을 주시하고 있는 이때 갑자기 영선이 눈앞에 나타난다면 연관을 짓지 않는 것이 더 우스운 일일 것이리라.

딱히 그러할 지희도 아니었지만 행여나 고마움을 느끼는 것도 바라지 않았다. 진선의 의도는 지희의 파멸에 가까웠으니 결국은 더욱 미워하고 증오하게 될 것이 빤했다. 때문에 진선의 입장에선 김교열이 그랬던 것처럼 지희 역시 마찬가지로 저주의 굴레를 스스로 끊어내게 만들어야 했다. 그래야지만 일생 동안 흑주술에 얽매이지 않고 평범하게 살아갈 수 있다는 걸 잘 알고 있었기에.

"국장님이 찾으세요."

윤 작가가 빠진 자리에 합류한 작가가 진선의 자리로 왔다.

"알았어. 같이 가는 거지?"

"네, 저도 함께 보자고 하셨다네요."

"아무튼 생각이 많은 분이시라니까."

"본래 방목하는 스타일은 아니시잖아요?"

"다들 알고 있었구나."

"가시죠."

몸을 일으키는 진선의 안면에는 홀가분함이 묻어났다.

"영선이니? ⋯."

수십 번 재회의 순간을 상상하며 되뇌었던 머릿속의 말들이 엉켜서 풀리지 않았다. 그런데 굳어 버린 머리와는 달리 지희의 손은 조막만 했던 딸아이의 손을 꼭 감싸고 있었다. 세월을 훌쩍 뛰어넘고서야 잡아볼 수 있었던 온기가 커다란 느낌이라 다행이라는 생각이 들었다.

"저기⋯."

영선은 선웅에게로 눈길을 옮겼다. 이에 선웅은 아주 작은 움직임으로 고개를 끄덕였다. 그녀 역시 이 시간을 수없이 그려왔고 기대를 해왔던 터였다. 헌데 생전 처음 보는 중년여성이 미안함과 울분으로 일그러진 얼굴을 들이밀며 덥석 손을 잡자 어색하고 당황스러운 건 도리가 없었다.

취재를 나온 신문사의 기자는 그런 모녀의 모습을 렌즈 안에 담았다. 그 역시 아주 작은 목소리로 "축하드립니다."라는 말을 전했다.

"제 엄마가 맞아요?"

지희보다 영선의 입이 먼저 떨어졌다. 어떤 면에선 단 둘이 만났더라면 한참을 말조차 꺼내지 못했을지도.

"그래, 엄마야. 옛날 얼굴이 남아 있어."

지희는 눈물이 그렁그렁 맺힌 영선의 뺨을 손등으로 부드럽게 쓸어내렸다. 지금처럼 소심스러웠던 때가 언제인지 가물가물하다가, 영분이 갓난아기일 때 온 신경을 쏟아 목욕을 시켰던 기억이 의식 저편에서 어슴푸레하게 잡혔다.

"미안해. 엄마가 널 찾지 못했어. 미안해, 영선아."

구불구불한 시선을 연신 닦아내던 지희가 결국 울음을 터뜨렸다.

"아니에요. 엄마가 뭐가 미안해요. 여기 형사분한테 다 들었어요. 나 찾으려고 얼마나 노력했는지. 제가 죄송해요. 모르는 사람 함부로 따라가서."

말을 쏟아내는 영선의 목청이 심하게 떨렸다. 그러다 이내 울음에 젖었다. 선웅은 간간이 극적인 상봉을 마주할 때면 본질적 행태에는 이유가 있는 것이 아닐까 하는 의문을 떠올려 보곤 했다.

경찰서를 통해 가족을 찾기를 기다리는 사람들 대개는 접수하기까지의 시간 차이일 뿐 가족에게 미안한 마음을 가질 수밖에 없는 듯했다. 그들은 자신으로 인해 가족들이 씻기 힘든 그리움에 사무쳐 지냈을 것이라는 걸 경험상 누구보다 잘 알고 있었다.

"세상에 너만 있으면 돼. 난 널 잃고 나서 맹세했어. 다시는 내 딸을 아프게 하지 않을 거고 돌아와 주기만 하면 죽을 때까지 아무것도 바라지 않을 거라고. 엄마는 죽어서도 네 편이야. 아무것도 바라는 거 없이 오로지 널 위한 엄마가 될게."

"엄마…."

비록 아직까진 말뿐이었다 한들 영선은 이 넓고 넓은 세상에 자신의 자리가 생긴 것 같은 확신이 들었다. 처음 만끽하는 그러한 감성은 감동과 희망 그 자체였다.

"내 새끼."

지희와 영선은 서로를 뜨겁게 끌어안았다.

영선과 재회하게 된다면 뭐가 됐든 상관이 없었던 지희였다. 이제는 오로지 딸을 위해서만 살아가리라 다짐하고 또 다짐했다. 남은 생을 전부 갈아 넣는다고 하더라도 결단코 모자랄 것이라 여겼다. 딸을 생각하고 위해주며 아끼는 일은 자신에게 주어진 소명이자 지금껏 죽지 않고 살아있는 이유라고 믿어 의심치 않았다.

"감사합니다, 경위님. 몇십 년이 지난 일을 이렇게 신경써 주시고. 얼마나 고생이 많으셨겠어요?"

지희가 온 마음을 담아 선웅에게 인사를 했다.

"아닙니다. 제가 하는 일인데요."

진선이 떠올랐지만 그녀의 당부대로 언급은 삼갔다.

"경위님은 저한테 은인이세요."

기자는 허리를 깊이 숙여 선웅에게 인사하는 지희의 모습을 촬영했다. 기사는 지희의 요구대로 얼굴과 이름 등 신상은 명확히 밝히지 않는 선에서 언론을 탔다. 선웅에게는 자그마치 30년간 생이별을 맞았던 가족들의 울분을 씻어준 열혈경찰이라는 타이틀이 따라 붙었으며 반응은 예상했던 것보다 후끈했던 탓에 방송국에서도 그를 찾을 때가 있었다. 경찰서 내·외부 분위기도 쇄신이 된 덕분에 윗선에선 매우 흡족해했고, 선웅은 장기 실종 추적의 공로를 인정받아 1계급 특진을 따냈다.

그런데 이에 반해, 이제서야 빛이 든 지희였음에도 불구하고 떼려야 뗄 수 없는 그림자가 가만히 두고 볼 리 만무했다. 그녀의 지독한 검은 형상은 일반적인 양면을 허락해 주기에는 너무도 먼 길을 떠나 있었기 때문이다.

지희의 삶은 큰 변화를 맞이했다. 영선의 존재는 그녀의 삶 전체에 온기를 품을 수 있게 만들어 주었다. 차디차기만 했던 지희는 그야말로 심연 그 자체였건만. 단숨에 어둠을 걷어내고 빛을 드리울 수 있는 일이 벌어지고 만 것이다.

스스로가 놀라울 따름이었다. 내가 이럴 수가 있다니. 이토록 변할 수가 있었다니. 모든 비극을 맞았기에 이제는 더 이상 뺄 것이 없는 밑바닥 인생이라 믿어 의심치 않았었다. 그래서 세상엔 행복을 얻는 것보다 불행이 비켜가는 것이야말로 다행한 삶이라 치부했었는데. 둘 중 어느 것을 많이 얻고 취하는 데 있어 행복이 갖는 숫자의 의미는 불행에 비하면 희미할 뿐—그래서 골목 사람들에게 철저히 자신의 신념을 각인시켜 주었었다.

그런데 하나의 염원이 이처럼 거대했다니. 20여 년 전 굳어 버렸던 지희의 의식이 급격하게 틀어지는 데는 채 하루도 걸리지 않은 듯했다.

그 옛날 막연히 지금과 같은 상황을 수백 수천 번 떠올려 본 것이 사실이지만, 직접 마주하니 머릿속에 그렸던 것과는 비교가 되지 않을 정도였다. 불현듯 찾아온 따스함은 비극이 그랬던 것처럼 인생을 한순간 바꾸려 하고 있었다. 지희의 입장에선 굳게 닫혀 있던 소중한 시간의 문이 열리고 있었던 것.

그래서 지금까지의 삶을 뜯어 고쳐야만 했다. 기적같이 다가온 영선에게 엄마가 해줄 수 있는 것을 찾는 일도 중요했지만 그보다 절대로 밝힐 수 없는 추악한 복수를 더 이상 이어가지 않는 일이야말로 딸을 위할 수 있는 첫 번째라고 여겼다.

마음을 다잡은 지희는 파출대행업체가 주선하는 일을 차츰 늘려 갔다. 그리고 최선을 다해 일했다. 간헐적이긴 하나 생계를 위해 여 태껏 해왔던 익숙한 일이었고, 빈번한 경우는 아니더라도 일을 나 갔던 사업장의 관리자 눈에 들기만 하면 직원으로 직접고용이 되 는 경우도 심심찮게 봐왔었기 때문이다.

한 가지 걸리는 게 있다면 언젠가 영선과 함께 살기 위해선 둘 중 한 명이 구미나 평택으로 거처를 옮겨야 한다는 것이었다. 현실 적인 여건만 따라준다면 제3 지역도 상관은 없었다.

"이사한 지 얼마 안 된 집 계약도 그렇고, 직장도 걸리고…. 넌 더하겠지만 엄마도 당장 먼 곳으로 이사를 가기는 힘들 거 같아."

"이해해요."

이처럼 두 사람은 상의를 마친 사항이었고, 당장은 무리라는 결 론을 내린 상태였다.

"넌 쉬고 있어. 생각보다 얼마 안 걸려."

교대근무 하는 딸이 안쓰러웠던 지희는 언제나 본인이 구미를 찾아 영선과 온종일 얘기도 나누고 맛있는 식사도 하며 시간을 보 냈다. 틈이 나는 대로 구미로 향하는 덕에 일주일에 하루도 편히 쉬 지 못하는 때도 잦아졌다. 그래서 온몸이 쑤시고 피곤에 문드러져 곯아떨어지기 일쑤였지만 보람찼고 순간순간이 가슴 벅찼다. 보고 싶을 때 목소리라도 들을 수 있고, 땀 흘려 번 돈으로 딸에게 무언 가를 해줄 수 있다는 사실이 눈물이 날 만큼 행복했다.

"이게 뭐예요?"

영선이 지희가 건넨 커다란 종이가방을 받아들며 물었다.

"오는 길에 옷집이 있어서 외투 하나 골라봤어. 마음에 안 들면 교환하면 돼."

지희는 종이가방에서 옷을 꺼내는 영선의 눈치를 살폈다.

"예쁘네. 엄마가 고른 거 맞아요?"

영선이 기다랗고 시원한 미소를 띠었다.

"실은 점원이 추천해 준 거야."

지희는 날아갈 듯 기분이 좋았다.

"나도 엄마한테 줄 게 있는데."

"뭔데?"

"핸드폰이요. 엄마랑 통화하고 싶을 때가 자꾸 많아지는데 집전화만 있으니까 내가 불편해서. 개통해서 가지고 온 거니까 바로 쓰면 되요."

영선은 사각형의 딱딱한 상자를 탁자에 올려놓았다.

"밤잠 설쳐가며 번 돈으로 이 비싼 걸 사면 어떡해? 엄마가 사줘도 시원찮을 판에…."

울컥하는 바람에 말 끄트머리를 흐릴 수밖에 없는 지희였다.

"나 이 정도 사줄 돈은 벌어요. 요즘은 고등학생들도 핸드폰을 가지고 다닌다는 세상인데 뭐."

"그래도 염치가…."

"엄마. 그 말 좀 그만 하랬지. 낳아준 엄마가 자꾸 염치가 어쩌고 저쩌고 하면 어떡해? 그러다 내가 진짜 버릇 나빠지면 어쩌려고 그러냐고."

영선이 장난스런 웃음을 흘렸다. 지희의 눈에 초승달을 엎어 놓은 모양의 눈매가 사랑스럽기 그지없었다.

"그리고 다음 달에 같이 여행가요."

"여행?"

"우리 회사가 반기별로 한 차례씩 일감이 적은 때가 있거든. 휴무 몇 개 붙여서 제주도로 갔으면 하는데. 실은 나 한 번도 가본 적이 없거든. 비행기도 타본 적 없고. 엄마는 가봤어요?"

"아니. 나도 가본 적 없어."

"그럼 이번 기회에 가보자. 응? 시간 낼 수 있죠?"

"나야 시간 빼는 건 수월한 편이긴 한데."

"가는 거죠? 맞지?"

영선이 눈을 반짝였다.

"그래. 가."

"아싸! 비행기나 숙박할 곳은 내가 알아볼게. 혹시 가보고 싶은 데 있음 말하고."

"너 가고 싶고 자고 싶은 데로 알아봐. 엄마는 네가 좋으면 다 좋으니까."

"고마워요, 엄마. 우리 제주도 가서 구경도 많이 다니고 맛있는 것도 사먹어요."

들뜬 얼굴을 한 영선이 지희의 손을 덥석 잡았다. 따스함이 처음 재회를 했을 때보다 한층 더 전해져 왔다.

'이게 사람이 사는 거구나.'

자의적 선택이긴 했지만 시커먼 공간에서 정신이 혼미해지도록 주문을 외우고 진강법사의 인형으로 살았던 때와는 전혀 다른 세상에 놓여진 기분이었다.

지희는 아홉 달 가까이 자선암에 발을 들이지 않고 있었다.

"혹시 어디 불편한 거요?"

낯설었다. 하지만 상대가 누구인지 모를 순 없었다. 수화구를 통과한 목소리의 주인공은 진강법사였다. 새삼스럽게도 알고 지낸 세월만큼 목청 어딘가 노쇠한 느낌이 강하게 들었다.

전화상으로 대화를 나눠보는 건 자선암을 찾기 시작한 초창기에 행여 지희의 심경에 변화가 생겨 자선암을 찾지 않는 건 아닐까 하는 우려 때문에 단 한 번 통화를 나눈 적이 있었다. 당시 지희는 지독한 몸살로 인해 자리에서 일어나지 못하고 있을 때였다. 그만큼 진강법사는 연락을 넣는 일에 인색했고, 다른 한편으로 지희는 열렬히 자선암을 드나들었다는 반증이 되겠다.

"잘 지내고 계시죠?"

지희는 괜스레 주변을 둘러봤다.

"아픈 건 아니고?"

"그건 아닌데, 좀 바빠서요."

"바빠?"

"일을 해야 하다 보니…."

"형편이 어려워서?"

"아무래도 그렇죠. 이젠 몸도 예전 같지 않고."

"정 어려우면 말하시오. 내가 도움을 줄 수 있으니."

짧지 않은 세월 함께 나이를 먹어서인지, 이때쯤 진강법사의 지희를 대하는 태도는 미묘하게 유연해진 느낌이었다.

"아니에요. 법사님한테 어떻게 손을 벌리겠어요?"

"지금까지 날 봤으면 모르진 않을 텐데? 내 신도들 중엔 이름만 대면 다 아는 대기업의 회장이나 임원들. 또 정치인들도 더러 있다는 걸 말이요. 물론 몇 해 전 누님이 돌아가시는 바람에 더 꼬이긴 했지만. 하기야 오로지 기도에만 매진하는 보살님이었으니 모를 수도 있겠군. 난 먹고 사는 건 전혀 문제가 없는 사람이요."

기도에 매진했다는 말이 처음으로 가슴에 턱 하고 걸렸다. 영선을 만나기 전까지만 하더라도 진강법사에게 그러한 말을 들으면 과업을 해낸 기분이 들었는데.

"그래도 내키지 않습니다. 뭐든 제 스스로 해나가고 싶어요."

"보살님 뜻이 그러하다면."

"신경써 주셔서 감사합니다."

"언제쯤 들를 거요?"

"글쎄요. 요즘 회사들도 하나같이 어렵다고 하더라고요. 몇 년
전에 나라가 부도났으니 회복하는 데 시간이 걸리나 봐요."

답을 미루고 싶었던—진강법사와 거리를 두고 싶었던—지희는
떠오르는 대로 둘러댔다.

"그런가?"

"사정이 나아지면 그때…."

"알겠소."

진강법사가 말했다.

우선 시간은 번 셈이었다. 통화 내내 불안했던 게 사실인데. 다
행히 진강법사는 성향대로 질척이진 않을 듯했다.

"그럼 안녕히…."

"그런데 말이요."

진강법사가 지희의 말을 끊었다.

"네?"

"혹시 다른 일이 있는 거면 나한테 알려 주오."

"그런 거 없는데요."

의외로 대답이 냉큼 튕겨나갔다.

"끊겠소."

음이 일정한 소리가 귀에 닿았다.

"후—."

숨을 크게 내쉰 지희는 한참 동안 그 자리에서 움직이지 않았다.

며칠 전부터 기운 없는 음성을 넘기던 영선은 급기야 출근도 못

할 지경에 이르렀다고 했다.

"엄마가 바로 출발할 테니까 조금만 기다려."

소식을 접한 지희는 곧장 영선의 자취방으로 향했다. 도착한 곳에는 핏기가 옅어진 채 식은땀을 흘리는 딸이 몸도 제대로 가누지 못하고 있었다. 지희는 안쓰러움에 눈물이 핑 돌 지경이었다.

"어디가 얼마나 아픈 거야? 진작 병원을 가지 그랬어."

속상한 마음만큼 언성이 올라갔다.

"가봤는데 별 이상 없었어."

영선은 지친 몸을 매트리스에 내렸다.

"한창인 애가 아무 이상이 없는데 이 지경일 수가 있니? 검사를 제대로 해본 거 맞아?"

"기본적인 건 다 해봤어."

"병원에선 그게 다야? 정밀검사 하자는 말은 없고?"

"딱히 몸에 이상이 있는 건 아니니까 좀 더 지켜보다 해보려고. 스트레스성일 수도 있고 교대근무를 오래한 탓에 몸이 지쳐서 그런 걸 수도 있으니, 잘 쉬고 잘 먹으면 괜찮아질지 모른다고 했어."

영선의 대답이 지희의 가슴을 후벼 팠다.

"있는 그대로 얘기해 봐. 지금 일이 너무 힘든 거 아냐? 아님 직장 사람들이랑 문제가 있거나."

"아냐. 지금 부서보다 일하기 좋았던 적은 없어. 회사 사람들도 마찬가지고."

"정말이지?"

영선과 눈높이를 맞춘 지희가 뚫어지게 쳐다봤다.

"진짜야."

흐느적거렸던 조금 전과 다르게 눈과 목에 힘을 주는 영선이었다.

"알았어. 나 장보러 갈 건데 먹고 싶은 거 있어?"

"지난번에 해줬던 떡볶이 먹고 싶어. 어묵 잔뜩 넣어서."

"다 죽어 가는 애가 무슨 떡볶이야? 영양가 있는 걸로 먹어야지."

"엄마가 내려온다고 했을 때부터 생각해 놓은 거란 말이야."

영선은 입을 삐쭉 내밀었다.

"그럼 닭백숙 한 마리 다 먹고 나면 해줄게."

"싫어. 지금은 매콤한 게 먹고 싶다니까."

철부지 같은 딸의 모습에 빙긋이 웃음이 나는 지희였다.

비록 서른이 넘긴 했지만, 재회 후 영선은 속상하리만큼 철든 모습만을 보여줬다. 대견하기도 했지만 한참 동안 생사도 알지 못했던 어머니로서는 성숙함에 비례해 역경들을 헤쳐 나왔을 것이라는 짐작이 따를 수밖에 없었다. 그래서 미안함에 기댄 아련함이 따라 붙었다. 뿐만 아니라 한편으로 다 큰 딸이 어린 시절과 겹쳐져 추억에 젖어 들게 만들기도 했다.

"그럼 떡볶이 먹고 나서는 엄마가 해주는 걸로 다 먹어야 돼. 알았지?"

"알았어요."

매트리스에 몸을 뉘인 영선이 기분 좋은 얼굴을 했다.

"쉬고 있어."

"다녀와요."

호기가 무색하게 영선은 떡볶이를 대부분 남기고 말았다.

"맛이 달라서 그래?"

속상한 지희가 물었다.

"아냐. 입맛이 너무 없어서 그런 거야. 엄마가 열심히 만들어 준 건데, 미안."

"미안하긴. 만드는 건 일도 아니야. 그럼 다른 거 먹고 싶은 건 없어? 피자든 치킨이든 네가 먹을 수 있는 거 뭐든 시키게."

"지금은 됐어요. 그냥 자고 싶어."

"금방 미음이라도 끓일 테니까 먹고 자."

"속이 안 좋을 거 같아."

"하루 종일 먹은 것도 없다며? 미음은 먹고 금방 자도 돼. 알았지? 먹고 자는 거다."

지희는 영선의 대답을 기다리지 않고 싱크대로 향했다.

"엄마 있으니까 좋다."

영선은 쌀을 씻는 지희의 뒷모습에다 웅얼거렸다.

그릇이 어른 주먹만 한 크기에 불과했지만, 어쨌든 미음을 싹 비워낸 영선은 잠들어 있었다. 지희는 불과 열흘 전 마주했을 때에 비해 핼쑥하기 짝이 없는 딸이 가여웠다.

"내 새끼."

그렇게 한참을 애틋한 마음으로 바라보다 어느덧 잠에 빠진 것 같다. 두 시간 정도 지났을까. 불쾌한 기척이 지희의 단잠을 깨뜨렸다.

"영선아?"

창밖 가로등 불빛에 비친 영선의 얼굴은 잔뜩 일그러져 있었다. 그러면서 쌔액쌔액 거리는 숨소리를 냈다.

"왜 그래? 많이 아파?"

지희가 벌떡 상체를 일으켜 영선을 흔들었다.

"그게 아니라 요즘 악몽을 자주 꿔서…."

영선이 가냘픈 목소리를 냈다.

"악몽이라고? 무슨 꿈인데?"

"사람 형태이긴 한데 아직은 잘 모르겠어."

눈을 천천히 감았다 떴다를 몇 번 반복한 뒤 대답하는 영선이었다.

"아직은? 무슨 뜻이야?"

"여러 사람인 것 같기도 하고. 남자인지 여자인지도 헷갈리고, 그런데 점점 선명해진다고 해야 하나?"

"최근에 사람한테 놀란 적 있니? 아니면 껄끄러운 관계가 생겼다거나?"

"없어. 그런 거."

"가위도 눌리고 그래?"

"형태에 짓눌리는 기분이 차츰 강하게 들긴해."

지희의 미간이 오므려졌다. 자신의 물음에 막힘없이, 더불어 구체적인 느낌으로 흘러가는 대화가 찜찜한 기분을 피어오르게 만들었다.

"혹시 악몽을 꾸면서 아팠던 거야?"

"처음엔 그런 생각을 해본 적이 없었는데 돌이켜보면 그랬나 싶기도 하고. 비슷한 꿈을 꾸기 시작한 건 꽤 됐거든. 그땐 보름이나 일주일에 한 번 정도? 그런데 몸이 아프다거나 하진 않았어. 아프기 시작한 건 최근인데, 병원에서 원인이 없다고 하니까…."

영선은 기분 나쁜 꿈이 몸을 축나게 하고 있다고 믿고 싶진 않았다. 차라리 스트레스나 면역력 저하가 이유였으면 했다.

"아주 예전부터 자주 또 심하게 가위에 눌린다거나 했어?"

"어쩌다 눌린 적이야 있지. 그래도 몸이 아팠던 때는 없었어."

영선은 잠깐 기억을 되짚어 보다 입을 열었다.

"악몽을 꾸기 시작한 게 오래 됐다고 했지? 언제부터였어?"

지희는 불안함이 엄습했다.

"음— 그게…."

영선은 망설였다.

"설마 나 만나고부터야?"

"그렇진 않아."

"똑바로 얘기해 봐. 엄마가 알아야 해서 그러니까."

"… 맞는 거 같아."

시희는 현기증이 날 정도로 머리가 뜨거워졌다. 구역질이 났다.

다음날, 어제에 비해선 다소 기운을 차린 영선을 자취방에 두고 지희는 밖으로 나와 있었다. 그녀는 영선이 선물한 핸드폰으로 자선암의 번호를 눌렀다.

"법사님, 저예요."

"오랜만이오."

마지막 통화를 나눈 지 어느덧 1년, 그럼에도 진강법사는 단번에 지희의 음성을 알아차렸다.

"잘 지내시죠?"

"난 별일 없소만."

"건강은요?"

"괜찮소."

진강법사는 응답만 할 뿐 물음을 보낼 의사가 없는 듯했다.

"여쭤볼 게 있는데요."

"말하시오."

"그… 처음 만났을 때, 저주에는 대가가 따른다고 하시면서 그림자 얘기 해주신 거 기억하세요?"

"기억하다마다. 지금도 누군가 보살님과 같은 바람으로 날 찾는다면 토씨 하나 틀리지 않고 언질을 해주어야 할 터인데."

왠지 그의 말이 갑갑하기만 한 지희였다.

"문득 궁금해서요. 구체적으로 어떤 대가를 치러야 한다는."

"이젠 마음이 변했소? 무언가 생긴 건 막연히 알고 있소."

진강법사가 지희의 말을 잘랐다. 하긴, 모를 수가 있겠는가.

"… 아이가 많이 아파요. 조금 나아지면 찾아뵙죠."

"그렇게 하시오."

전화를 걸기 전까지만 하더라도 연관성을 확인하고 방법을 알아내야겠다고 생각했다. 그러나 진강법사와 대화를 나누어 보니 부질없는 짓임을 깨달았다. 명확히 지희의 근심을 긁어내지 않았음에도 불구하고 받아들일 수밖에 없었다.

영선이 다소 기운을 차리자 지희는 곧장 자선암을 찾았다. 근 2년 만에 찾은 자선암은 짙은 나무빛깔과 눅눅함이 한층 더해진 느낌이었다. 오랜만이기도 했거니와 마음에서 멀어진 뒤라 그러한 기분이 선명했으리라.

지희는 영선과 재회한 직후를 기점으로 현재와 미래에 관한 불안한 의식들로 마음이 오락가락했다. 크게 두 가지로.

첫째는 영선의 존재를 알게 되고 얼마 전까지만 하더라도 이 상태로 진강법사와 멀어진다면 새로운 삶을 얻을 수 있을지도 모른다고 생각했다. 아니 그런 바람을 가졌었다.

지희 스스로가 원인과 결과를 만든 과거라 할지라도, 연유야 어찌됐든 비극적인 자신의 삶에 눈과 귀를 열어 공감을 보내준 유일한 존재는 진강법사였다. 더구나 세월에 함께 묻히면서 쌓인 연대감도 없지 않다고 믿었다. 그래서 진강법사가 방도를 구해 굴레에서 벗어나게 해주는 일도 아예 불가능할 것 같진 않았다. 왜냐하면 옆에서 지켜 보니 그도 결국 인간성을 지닌 사람이었다. 숨죽여 기다리다 보면 자신의 지난날들을 딱하게 여겨 이대로 모른 척 놓아줄지도 모른다는 기대감을 저버릴 수 없었던 것. 자선암을 찾지도 않고, 저주도 내리지 않은 지 몇 달이 흘렀을 무렵에도 별다른 징후가 나타나지 않았기에 가슴을 쓸어내린 때도 있었다.

그리고 두 번째는 재회의 시점을 기준으로 미래인 지금으로선 목숨보다 소중한 딸 영선에게 심상치 않은 전조가 펼쳐지고 있음에도 자선암을 찾는 일이 꺼림칙하나는 것이었다. 저주의 기운이 득실대는 그곳으로의 발길을 끊은 계기는 메마른 삶에 찾아온 단비와 같았다. 당사자인 지희에겐 그야말로 기이한 일이 벌어진 것이었다. 까닭에 지금에 와서 다시 접촉을 했다간 영원히 속박될 것만 같은 기분이 들었다.

지금 밀어닥치고 있는 이 고난을 견고한 의지와 사랑하는 영선과 더불어 극복한다면 굴레를 벗어날 수 있을 거라는, 그래야지만 깨뜨릴 수 있을 거라는 믿음이 꿈틀댔다. 응당 진강법사가 방도를 일러준 적은 없었다. 그러나 20년을 자선암을 드나들며 오감을 스쳤던 것들을 종합해 봤을 때 그 외 다른 해답은 일말의 여지도 주기 힘들었다.

이와 같은 연유로 지희는 하루하루 야위어가는 영선의 모습을 옆에서 지켜보고 있음에도 불구하고 자선암으로 향하는 발길이 더뎠던 것이다. 하지만 결국 다른 수가 튀어 오르지 않았다. 시간 역시 지희의 편이 아니었다.

"오랜만이구려."

절을 한 지희가 몸을 앉힌 뒤 고개를 들었을 때 진강법사의 얼굴이 또렷이 그려졌다. 그 사이 주름이 자글자글해진 진강법사는 자세마저 쭈글한 인상을 줬다. 비단 행색이 후줄근하긴 했어도 기운이 뻗어 나오는 행세는 언제나 단단하기만 한 사람이었는데.

"기운이 없어 보이세요."

안쓰러움이 지희의 표정에 묻어났다.

"보살님은 눈은 맑아진데 반해 입은 혼탁해진 것 같군."

"…."

지희는 입술을 굳게 닫았다.

"핀잔을 주려던 건 아니오. 보이는 그대로 말한 것뿐이오. 아, 어찌보면 그것도 실례이긴 하겠군."

진강법사는 코끝을 만지작거리며 어색한 웃음을 흘렸다.

"방법을 알려 주세요. 부탁드립니다."

상대방의 언행이 갑자기 거북해진 지희가 물었다. 두를 필요가 없다는 판단이 번뜩였다.

"잃었던 아이가 나타난 거요?"

"맞아요."

"어떻게? 아주 어렸을 적 헤어졌다고 하지 않았소? 누군가가 데려다 준 건가? 아니면 보살이 찾아낸 건가? 왜 이제 와서 찾고, 나타났단 말인가? 무슨 소용이 있다고? 안 그래요?"

적어도 타인의 상처를 비꼬는 인격과는 거리가 멀었는데, 지희가 알던 진강법사답지 않은 화법이 신경에 거슬렸다. 2년도 안 된 사이 많이 늙긴 늙었나 보다.

"헤어졌으니 만나야죠."

지희가 쏘았다.

"대체 뭐 하러?"

깊게 패인 주름을 최대한 이용해 인상을 쓰는 진강법사였다.

"만나야 했으니까요. 간절했으니까요."

이제는 악이 받치는 수준이었다.

"어쩌려고?"

급작스레 진강법사의 공기가 바뀌었다.

"네?"

"어떡하려고 그랬소?"

축 늘어지는 진강법사가 도리어 불안한 지희였다. 어쩌면 이 사람마저 방법이 없는 게 아닐까 하고.

"법사님?"

"… 없단 말이오."

"뭐가요?"

불안했지만 대답을 들어야 했다.

"보살과 아이 모두 무사할 방법 같은 건 없소."

"정말 어떤 것도?"

"…."

"방법이 없냐고 묻잖아요?"

진강법사는 다물고 있던 입을 열다가 제자리시켰다.

"당신은 알아야 할 거 아냐? 나 같은 사람들 이용만 해먹었잖아. 돈 많고 권력 쥔 인간들이 원하는 저주나 내려주면서 연명하는 당신이라면 우릴 놓아주는 방법도 알고 있어야 할 거 아니냐고! 안 그래? 이 악마야!"

지희의 언성은 진강법사의 기세와 반대로 드세져만 갔다. 이에 진강법사는 고개를 틀어 엉뚱한 곳을 주시했다. 그의 말은 틀림이 없었다. 그래서 한동안 침묵이 두 사람을 에워쌌다.

"정 그러면 아이만 무사하면 돼요. 가르쳐 줘요."

사납던 지희가 결국 움츠러들었다.

수도권 대학병원에서 정밀검사를 받아봤지만, 별다른 이상 소견은 없었다. 전과 마찬가지로 이 정도로 신체 기능을 저해할 만한 원인을 찾을 수가 없다는 것이다. 한낱 희망을 걸어 봤었는데, 이제는 출구라고 믿을 만한 것이 하나뿐이었다. 그나마도 확실한 해결방안이라면 다행이라는 생각을 가졌다.

나날이 피폐해져가는 영선을 지켜보고 있자니 불안한 마음은 커져만 갔다. 이젠 악몽이나 가위눌림의 선을 넘어서고 있는 듯했다. 한낮에도 종종 돌변했다가 돌아오길 반복하는 영선의 언행에 억장이 무너졌다.

그래서 혹여 마지막 방법으로 알고 있는, 진강법사가 일러준 그것이 제대로 이행이 되긴 하는 건지 염려가 되었다. 본인은 확인할 방도가 없을 것 같았으니.

"엄마도 아파 보여. 혹시 옮는 병 아냐?"

"아냐, 그런 거! 잠자리도 바뀌고 신경을 좀 썼더니 피곤해서 그런 거야. 앞으론 그딴 말 함부로 하면 안 돼. 알았어?"

지희가 민감하게 반응했다. 자선암을 다녀온 뒤 항시 신경이 날카롭게 곤두서 있었다.

"난, 엄마가 괜히 나 때문에 고생만 하는 거 같아서…."

영선은 죄송스런 마음과 민망함에 얼굴이 붉어졌다.

"요즘 컨디션이 안 좋아서 그래. 엄마 입장에선 내 딸이 최고고 제일 소중하다 보니 순간적으로 짜증이 났나봐. 진심으로 널 사랑하는데 내가 부족해서 그랬어. 이해해 줘. 미안해. … 다음부턴 절대 안 그럴게."

지희는 사랑하지만 부족했다는 말을 꺼낼 때 울컥했다. 자신은 영선에게만큼은 그런 사람이 분명했기 때문이다. 그래서 딸 앞에 저절로 고개가 깊숙이 숙여졌다.

"알았어요. 엄마도 마음에 담아두지 마. 난 엄마가 옆에 있는 것만으로 정말 좋으니까."

영선은 구부정해진 어머니가 안쓰러웠다.

"사랑해, 딸."

지희가 영선을 와락 끌어안았다. 딸의 온기와 두근거림이 어느 때보다 강하게 전해졌다. 나로 인해 탄생했고 내 목숨을 걸고 지켜야 할 생명이 지금 품에 안겨 흐느끼고 있었다. 아련하게도 기쁜 마음으로.

'더 이상 이보다 큰 고통을 안겨줄 순 없어. 제발 상처라노 덜해야 할 텐데. 못난 엄마를 완전히 잊어버리면 좋으려만…. 내 딸은 내가 죽어서도 지킬 거야. 그래야만 해.'

지희는 다시 한번 마음을 다잡았다. 저주의 굴레를 스스로 벗어던지기로. 그리고 생각을 정리할 즈음 진선이 떠올랐다.

"PD님, 영분이 엄마예요."

"웬일이시죠?"

찰나 진선의 뇌리에는 혹 자신이 노출이 된 건 아닐까 하는 우려가 스치기도 했다.

"염치없지만 부탁을 좀 드리고 싶은데…."

"부탁이요?"

톤도 그렇고 상대가 확실히 저자세이긴 하지만 긴장을 늦추지 않았다. 그러할 수 없는 부류의 인간이었기 때문이다.

"뵐 수 있을까요? 시간을 오래 잡아먹진 않을 거예요."

"무슨 일인지 알아야 만날 수 있을 거 같은데요."

지희의 낌새가 유약함을 선명히 인지한 진선이었다.

"잃어버렸던 딸아이를 찾았어요."

북받치는 감정이 옅게 전해졌다.

"축하드립니다."

진선은 짧게 말을 넘겼다.

"그래서 상의를 드릴 게 있는데요."

"알겠어요."

진선은 이쯤하면 원하는 정도의 확인은 마쳤다고 판단했다.

진선은 나무탁자가 놓인 벤치로 다가가고 있었다. 주변을 주시하고 있던 지희가 자리에서 일어나 목례를 했다. 하얗고 얇은 모습은 변함이 없었다. 다만 마지막 마주했을 때와는 정반대로 연약하고 순종적인 분위기를 물씬 풍겼다.

'뭔가 진행이 되고 있는 건 틀림없군.'

진선도 가볍게 고개를 숙이곤 맞은편의 자리에 몸을 앉혔다.

"벌 받고 있나 봐요."

대뜸 지희가 말했다.

"무슨?"

진선은 딱히 궁금하지 않은 표정을 떠올렸다.

"PD님께도 무례했잖아요."

"…."

"미안했어요."

"따님을 찾으셨다고요?"

"네, 제 딸을 드디어 찾았어요. 경찰서에서 연락이…."

찰나 감격에서 서글픔으로 검정선이 옮겨갔다. 근래 영선만 생각하면 목이 메기 일쑤인 지희였다.

"다행이네요. 다시 한번 축하드려요."

"감사합니다."

지희는 눈매끄트머리를 손등으로 문지르며 꾸벅거렸다.

통화 때만 하더라도 반신반의했었는데, 진선은 지희의 태도를 직접 접하고 보니 다소 안심이 들었다. 적어도 본인이 저주에 휘말릴 가능성이 현저히 줄어든 것 같아 찜찜했던 기분이 한결 개운해졌다. 그 기분이란 언제든 본인의 인생에 흑주술이 끼어들 수 있다는 두려움과 지희에 대한 적개심이었으리라.

"PD님, 제 부탁 좀 들어주셨으면 하는데요."

이번에도 미안한 기색이 역력했다.

"말씀해 보세요."

지희는 단칼에 거절을 하지 않는 자체가 고마웠다. 이렇게 되면 뒤를 맡길 수 있는, 그보다 영선을 맡길 수밖에 없는 사람은 진선뿐이었다.

진선은 눈짓으로 준비가 되면 시작하라는 사인을 보냈다.

"제가 내리던 저주가 딸에게 옮겨간 거 같아요."

"따님에게요?"

과연 10여 년 전 김교열과 상황이 비슷했다.

"이제와 아무 소용이 없겠지만 골목 사람들의 심정을 알 것 같네요. 전 그 사람들에 비하면 무조건 더한 비극을 치렀다고 확신했는데, 근래 또 다른 심정을 알게 됐어요. 만약 20년 전의 제가 지금 같았다면 적어도 아이들을 그토록 잔인하게 해치진 않았을 텐데…."

"마음에 걸리세요?"

"절대로 이런 일은 없을 줄 알았는데 가슴이 아리네요. 모두 돌이킬 수 없는 일이 돼버려서 안타까워요."

"따님을 찾은 일은, 후회하세요?"

진선이 물었다. 의미는 미미했으나 만남을 성사시키는 데 일조를 한 그녀에겐 나름의 확인이 필요한 사항이었다.

"그럴 리가요. 영선이를 다시 만난 일은 일생일대의 축복이었어요. 헤어져 있던 시간엔 턱없이 부족하지만, 함께한 2년은 정말 꿈만 같았죠."

지희는 행복이 스며든 표정을 떠올렸다.

"하지만 모르고 지냈다면 저주에 걸리는 일은…."

충분히 집요하고 잔인한 전제였다. 그래서 진선의 말끝이 흐려졌다.

"이기적으로 들리실지 모르지만 전 그렇게 생각하진 않아요."

"아, 네."

지희의 의지가 엿보였다. 처음으로 생동이 감도는 느낌이었다.

"끊을 수 있거든요."

"그래요?"

"전 어떻게 되더라도 상관없어요. 죽기 전에 영선이를 만날 수 있었고 짧게나마 시간을 보낼 수 있었던 것에 세상 감사할 따름이에요. 그 외 저한테 일어날 어떠한 일도 그 이상의 가치는 없어요."

"짧다는 말씀은?"

"제가 죽으면 벗어날 수 있어요. … 그게 맞을 거예요."

진선은 설명을 기다리는 눈치를 보냈다. 지희의 다음 이야기가 예상 안의 범주라면 확신을 내릴 수 있게 되는 것이었다.

"저주를 내리고 또 옮게 했던 주체인 제가 없어지면 끊어지는 방식인 거 같아요. 그나마 다행이죠. 내가 끝난다면 저주가 끝난다는 게."

지희는 진정 방안이라도 있어 마음이 놓이는 모양새였다. 그러나 자신의 끝이 저주의 끝이라며 안도하는 지희가 마냥 곱게 보이지 않는 진선이었다. 이미 너무도 많은 이들을 고통의 구렁텅이에 밀어 넣은 후였기 때문이다.

"무슨 생각하실지 예상은 가요. 제가 얄미우시죠? 맞아요. 어린 애처럼 내가 겪은 아픔의 수십 수백 배를 돌려주겠다며 살아온 인생이니까요. 복수랍시고 벌인 일이지만 정도가 지나쳤던 건 인정해요. 하지만 앞서 말한 제 심정이 마냥 후회하고 뉘우친다는 건 아님을 알려드리고 싶어요. 그때나 지금이나 변하지 않은 신념은 있다는 말이에요. 옛날과 다르다면 경중의 차이가 있을 뿐 분명 아이를 괴롭히고 따돌리는 짓에는 벌이 따라야 한다고 믿어 의심치 않아요. 가르쳐서 고쳐야 하고 한두 번에 안 된다면 반드시 바뀔 때까지 임한 벌을 내려야 한다고 생각해요."

진선도 그 점엔 이견이 없었기에 고개를 끄덕였다.

"PD님 앞에서 괜한 소릴 했는지 모르겠네요. 이미 아시겠지만 제가 부탁을 드리고 싶은 건 딸이에요."

"어떻게 해달라는 거죠?"

"제가 세상을 등지고 난 후에도 행여 딸아이가 저주에서 해방되지 못할까봐 두려워서요."

이 또한 서 기자로부터 전해들은 김교열과 꼭 닮은 심리였다. 한편으로 대단하지만 교활한 흑주술의 힘을 빌린 이들이었기에 이해가 가는 진선이었다.

"그리된다면 세상에 알려 달라. 그래서 따님을 지켜낼 방법을 알아냈으면 하는 거군요. 혹 다른 도움의 손길이 나타날지 모르니."

"맞아요. 저희 사정을 다 아시는 분이니 딸아이를 가엽게 생각하셔서라도 꼭 좀 부탁드립니다."

지희는 눈을 질끈 감고 진선을 향해 몸을 굽혔다. 자식을 맡기는 부모의 간절함이 충분히 와 닿았다.

"알겠습니다. 그렇게 하죠."

이제야 확신이 서는 진선이었다. 지희는 더 이상 자신을 위협할 수 없음을.

"감사합니다. 정말 감사합니다, PD님."

언제 목숨을 끊더라도 이상하지 않을 사람이 인사를 해오는 상황이 펼쳐지고 있었기에 어떤 면에선 거북스러웠다. 통상 다른 해결방안을 고민해 보는 것이 맞는 이치일 터인데. 저주의 힘을 지켜봤던 진선이었기에 속으로 삭히고 지나가야 할 시간이었다.

"딸아이랑 조금만 더 시간을 보내고 연락드릴게요."

"그… 따님이 건강해진 뒤, 그러니까 떠나신 뒤는 생각해 보신 건지?"

진선이 조심스레 물었다.

"그냥 사라지는 것 말고는 상처가 덧나지 않았으면 하는 바람밖엔 할 수가 없네요. 정신 나간 엄마 때문에 내 새끼만 불쌍하게…."

지희는 구슬프게 흐느꼈다.

모녀는 영선의 몸 상태가 다소 호전이 되었을 때 나들이를 떠났다.

"놀이공원을 가고 싶다고?"

처음엔 내키지 않았다. 하필이면 놀이공원이라니. 다른 곳을 제안해 보기도 했지만 영선은 고집을 꺾지 않았다.

"이제 다 컸잖아? 길 잃어버릴 일 없다니까. 엄마가 걸리는 게 그거잖아?"

"꼭 그런 건 아니지만."

"가요. 엄마는 나 잃어버린 후론 처음일 거 같은데?"

"… 알았어. 가. 놀이공원."

지희는 얼마 남지 않은 시간을 재고 있었다. 잠시 호전이 되긴 했으나 조만간 또다시 악독한 기운이 들이닥칠 것을 누구보다 잘 알고 있었다. 집요하기까지 한 그 암흑은 자신과 딸의 고통을 쥐락펴락하다 끝내 최후의 철퇴를 가할 것이 자명했다.

그래서 한시라도 빨리 영선을 고통에서 꺼내 주어야 했다. 문제는 계산은 떨어지지만 한편으론 이별을 앞당기기가 죽을 만큼 아쉬웠던 것. 망설이지 않아야 하지만 부서지는 마음이 결단을 미루려했다.

"우리나라에서 제일 큰 놀이공원에 가보고 싶어요. 거긴 아직 못 가봤거든."

얼마 만에 생기가 노는 얼굴인지. 지희는 삼시나마 빛과 맞닿아 있는 반대쪽을 잊을 수 있었다. 영선의 밝음은 지희에겐 삶의 가장 큰 이유였다.

"네가 좋은 건 엄마도 좋아."

반면 그만큼 영선을 암흑으로 몰아갈 어떤 것도 용납할 수 없는 의지는 한층 굳건해져 갔다.

'널 괴롭히는 건 무엇이든 간에 두고 보지 않을 거야. … 좀 더 울타리 노릇을 해야 하는데.'

알록달록 만개한 꽃들과 축제에 잘 어울리는 경쾌한 음악이 두 사람을 반겼다. 동화의 어느 장소를 옮겨 놓은 듯 한 배경을 따라 나있는 널찍한 길을 걸어갔다. 조금 뒤 예쁜 색채들만을 쏟아부어 놓은 갈래 길이 나타났다.

"엄마, 우선 저기로 가보자."

영선은 신이 나서 지희의 팔을 잡아당겼다. 휘청했던 게 마음에 들었다. 야리야리한 겉모습과는 다르게 제법 힘이 드센 느낌이었기 때문이다.

"무지개 솜사탕이야."

영선이 회전목마 근처의 조그만 솜사탕 가게로 뛰어갔다.

"영선아, 뛰지 마."

지희는 빠르게 멀어지는 딸을 향해 외쳤다.

"후우— 봐. 뛰어와서 다섯 번째야. 솜사탕 완성될 때까지 기다리는 게 얼마나 지겹다고. 은근히 오래 걸린다니까."

숨을 헐떡이긴 했지만 여유가 있어 보였다. 얼마 전까지 맥을 못추던 모습과 정반대라 기분이 좋은 지희였다.

"난 지금도 설탕으로 만드는 실이 신기해."

영선은 초롱초롱한 눈을 했다.

"혹시 기억은 나?"

지희가 물었다.

"뭐가?"

"솜사탕 구경하다 아빠 잃어버린 거."

"기억 안 나."

"아빠 생각은?"

"아니."

영선은 우혁에 대한 어떠한 감정도 없는 듯했다. 하긴, 외도로 가족을 버리고 다른 살림을 차린 얼굴도 모르는 아버지에게 털끝만큼의 존재도 인정하지 않은 건 당연한 이치인지도 몰랐다. 지희는 영선과 재회한 당일 아버지에 대한 얘기를 들려줬다. 우혁에 관한 것이었으니 딱히 보태고 뺄 것 없이 있는 그대로 털어놓을 수있었다. 아버지는 다른 여자에게 갔고, 슬하에 아이도 낳아 기르던 중 불과 1년 전쯤 간암으로 죽었다는 소식을 접했다고 얘기해줬다.

우혁의 경우 지희의 저주와 무관했기에 일절 불편한 마음 없이 들려줬다. 게다가 신기하리만큼 일말의 동정도 가지 않았다. 모르긴 해도 미워하는 마음에 더해 인간의 죽음에 익숙해진 탓이리라.

"엄마도 먹어 봐."

영선이 솜사탕을 한 움큼 잡아 뜯어 지희의 입에다 갖다 댔다.

지희는 길쭉하게 늘어진 솜사탕을 덥석 물었다. 오물거리기 시작하니 입 주변에 솜사탕빛깔이 덕지덕지 진하게 물들었다.

"우리 엄마 귀엽네."

함박웃음이 터진 영선이 손가락을 펴 지희의 입가를 닦아줬다.

"고마워, 딸."

"뭘 이 정도 가지고. 저거 타볼까?"

영선이 멀리 샛노란 롤러코스트가 질주하는 모습을 가리켰다.

"난 못 타. 너도 아직 어지러울 텐데 회전목마 타는 건 어때? 마침 바로 앞에 있고."

"회전목마는 나중에 해가 지고 반짝일 때 탈 거야."

영선은 진한 곡선을 머금으며 돌아섰다.

"같이 가."

지희도 마치 전염된 것마냥 자꾸만 웃음이 났다. 딸을 지키기 위해 헤어짐을 준비 중이었고, 다짐이 일절 흔들린 적도 없었다. 하지만 지금과 같은 기분이라면 오로지 영선만을 위할 게 아니라 자신을 위해서라도 좀 더 살아보고 싶은 마음이 꿈틀댔다. 즐거운 얼굴로 옆을 지나치고 있는 남들처럼 실컷 놀이기구를 탄 뒤 집으로 향하면 따뜻한 찌개가 놓인 밥상을 앞에 두고 오늘 하루에 관해 수다를 떨고 싶었다. 그리고 좋아하는 드라마나 연예인 이야기도 나누고 싶었다.

물론 코앞까지 닥치고 있는 참혹한 현실은 어쩌면 죽어서도 간과할 수 없었기에 결심이 흔들리는 정도는 아니었다. 단지 그와 별개로 아쉬움과 미안함이 더욱 커졌을 뿐.

"미안한데, 사진 두 장만 부탁해도 될까요?"

영선은 화장을 했지만 앳된 티가 감춰지지 않는 여학생 무리에게 말을 걸었다.

"주세요."

한 여학생이 앞으로 나서며 사진기를 건네받았다.

"고마워요. 필요하면 나도 찍어 줄게요."

손이 가벼워진 영선이 얼른 지희의 옆으로 왔다.

"내 말이 맞지? 회전목마야말로 밤이 진짜라니까."

영선이 지희의 팔짱을 끼며 속삭였다.

"그러게."

"찍을게요. 하나, 둘, 셋."

화려한 빛에 물든 회전목마를 배경으로 두 사람이 포즈를 취하자 여학생이 소리쳤다. 쉴 새 없이 울려 퍼지는 흥겨운 음악소리 때문에 본의 아니게 악을 써야 했다.

"됐어요, 한 장 더!"

여학생들 중 한 명이 손가락으로 동그라미를 그려보였다.

"엄마, 사랑해. 하트."

영선은 팔을 펴 지희 쪽으로 구부렸다. 지희도 영선을 따라 하트 모양을 완성했다.

"영선아! 사랑해!"

지희가 외쳤다. 맞은편의 여학생들이 박수를 쳐줬다.

'고마워요.'

영분이 세상을 등진 후 지희는 아이들이 예뻐 보인 적이 없었는데, 순수한 미소를 띠며 박수를 보내주는 아이들이 사랑스러웠다.

"울어?"

영선이 지희를 물끄러미 바라보았다.

"좋아서."

256

"나도 엄마 때문에 무지 행복해."

제대로 된 사랑 한 번 받아보지 못했을 터인데, 세상에 맞서 살아남기 위해 모진 일들을 수도 없이 견뎌내야 했을 텐데, 이처럼 심성 곱고 어여쁘게 자라준 딸이 고맙고도 자랑스러웠다. 오로지 복수에 눈이 멀어 인간성을 내다 버린 자신보다 훨씬 용감한 아이였다.

"영선이, 엄마는…."

"아, 카메라."

지희의 웅얼거림을 듣지 못한 영선은 여학생들에게로 달려갔다. 돌아가고 있는 회전목마에서는 자신의 꿈을 찾아 여행을 떠나는 공주에 관한 노래가 흘러나오고 있었다.

이제 다시는 경험할 수 없기에 환상이 되어버린 행복한 시간을 보낸 지 얼마 후. 영선은 이틀 전부터 현저히 증상이 심해졌다. 온전히 깨어 있는 시간마저 헛것에 쫓겨 괴로워하기 시작했던 것.

지희는 딸과 함께하는 꿈같은 시간에 더 이상 취해 있을 순 없다고 판단했다. 어느 때는 위태해 보일 정도로 고통스러워했기에 자칫 딸에게조차 죄만 더해가고 있는 기분이 들었다.

'지은 죄 값을 치르려니 비극이 끊이질 않는구나.'

지금은 그것이 당연한 이치라고 깨달은 지희였다.

죄의 무게가 더해지는 만큼 감당해야 할 대가가 곱절이 된다는 것을. 그래서 자신이 아닌 목숨보다 소중한 영선이 비참한 몰골을 하고 있음을. 새삼 지켜보는 이의 아픔을 스스로에게 상기시켜 보는 지희였다.

'더는 안 되겠어.'

본인의 결단을 행동으로 옮기면 깨끗이 저주의 굴레에서 벗어날 것이라는 진강법사의 말이 거짓은 아닐 거라 여겼다.

"PD님, 말씀하신 거 다 적었어요."

힘겹게 잠이 든 영선의 곁을 지키던 지희가 전화를 걸었다.

　지희는 천화보살과 진강법사를 만난 일부터 영선과 재회한 시점까지의 일들을 기억이 허락하는 한 세세히 글로 옮겼다. 그리고 작성한 일대기와 관련해 진선과 인터뷰 형식으로 녹음도 진행했다.

　20여 년의 암울했던 세월을 정리한 글을 찬찬히 살펴보다 보니 전에는 미처 감지되지 않았던 다양한 감성들이 진선에게 주입됐다. 태풍처럼 휘몰아치다가도 시간이 지난 어느 부분에 이르면 지희의 마음이 사뭇 달라지기도 했음을 느낄 수 있었다.

　물론 근간이 되는 복수를 결코 멈추지 않았음을 잘 알고 있는 진선이었기에 마냥 처량한 심정이 이입되는 것은 아니었다. 다만 글의 마지막에 도달했을 때 지희를 덜 증오하고, 덜 두려워하게 된 것은 사실이다. 가련한 여인이 복수에 눈먼 괴물로 변했지만 결국은 평범한 어머니의 길로 돌아서서 최후를 맞이하려는 심경이 또렷이 전해졌기 때문이다.

　언급할 것도 없이, 이처럼 공들인 작업이라 할지라도 일말도 필요치 않기를 지희는 바라고 또 바랐다. 어쨌든 목숨이 떨어지고 나서야 벌어질 일이었기에 제발 말끔하게 마무리가 되었으면 하는 간절한 소망이 있었다.

진선도 마찬가지였다. 비록 자신을 위해 나아가고 있는 길이었지만 삶을 등지려는 지희를 말릴 여력이 전무하다는 사실이 자괴감에 빠지게끔 만들었다. 잠깐 그 옛날 서 기자가 김교열에게 비슷한 감정을 느꼈을까 하는 생각을 떠올려 보았다. 하지만 금방 그건 아닐 것 같았다. 그 두 사람에겐 자신과 지희 정도의 이해 성립 과정이 부재했기에.

"가볼게요."

지희가 진선에게 마지막 인사를 했다.

지희는 영선에게 친분이 두터운 방송국 PD라고 진선을 소개했었다.

"PD님이 한 번씩 찾아 오실거야."

"안녕하세요, PD님. 신기해요. 엄마가 친하다는 분이 PD님이라니."

"필요한 거 있으면 뭐든 말해요. 요리는 젬병이라 사다줄 테니 부담가질 거 없어요."

"구미까지 너무 먼 길 오신 거 아닌가요?"

"걱정 말아요. 요즘 좀 한가해서요."

인사를 나눌 때만 하더라도 대화 정도는 무리가 없었는데, 지희가 진선에게 영선을 맡기고 떠나려는 날에는 몸도 일으키지 못한 채 끙끙 앓다가 잠들다만 반복하는 중이었다. 이에 더더욱 한시바삐 서둘러야 했던 지희였다.

"부탁드립니다. 그리고 정말 죄송하고 또 감사했습니다."

지희는 진선의 두 손을 꼭 붙잡았다. 눈물은 나지 않았다. 이틀 간 기력이 없어 몸부림도 치지 못하는 영선의 곁에서 여한 없이 참회의 눈물을 쏟은 덕분이었다.

"정말 가시는 건가요?"

머릿속이 멍해진 진선의 손에도 힘이 들어갔다.

"우리 모녀가 믿을 수 있는 사람은 PD님뿐이에요. 다시 한번 염치없지만 영선이 잘 무탁드립니다."

"걱정 마세요. 제가 영선 씨 곁에서 지켜볼게요."

진선은 먹먹해진 가슴에 손을 얹어 진심을 전했다.

"그렇게만 해주시면 죽은 뒤라도 은혜를 갚을게요. 감사합니다."

지희가 두 손을 모아 허리를 굽혔다. 진선의 눈에서 눈물이 주르르 흘렀다.

'어쩌다 일이 이렇게까지 됐을까?'

이 순간 세상이, 하늘이 원망스러운 진선이었다.

"가볼게요."

지희의 모습이 기울어진 현관문 사이로 빠져나갔다.

몇 시간 후 지희는 자선암에 도착했다. 예의를 지키려는 행동이라는 뜻의 인사는 사치였다. 오랜 시간 서로의 필요에 의해 맺은 관계가 이처럼 말라비틀어진 경우가 흔치는 않을 것이리라.

지금 그녀는 단순히 마지막의 마지막까지 확인을 위함이었다. 본인의 목숨은 진즉에 아깝지 않았다. 그보다 영문도 모른 채 혹독한 시련에 떨고 있는 불쌍한 딸아이의 인생이 걸린 중대한 일이었기에 결과에 있어 한 치의 흐트러짐도 남아서는 안 되었다. 어머니로서 절대로 용납할 수 없는 일이었다.

"왔구먼."

성향상 푸석한 반응이어야 하는데, 진강법사도 나이를 먹었는지 구구절절한 세월이 얽힌 표정을 지었다.

"분명한 거죠?"

그와 반대로 굳고 단단해진 지희가 차갑게 말했다.

"일단 앉지."

진강법사가 손바닥을 펴 바닥을 가리켰다.

"확실하냐고요."

완강한 지희는 확답만 듣고 싶을 뿐, 연민의 정서를 보내고 있는 진강법사와 한시도 같이 있고 싶지 않았다. 가증스럽고도 가여운 인간이 늘그막에 다른 기대를 하는 것으로밖에 비치지 않았기 때문이다. 마치 온갖 망나니짓을 저질러온 악인이 궁상을 떨고 있는 모양새가 본인과 닮아 있다는 생각도 들었다.

"… 그렇다네."

체념을 한 진강법사는 기운 빠진 달마도를 흉내 냈다. 답을 들은 지희는 몸을 획 돌렸다.

산길 끝자락을 지나 20여 분을 걸어 도착한 시내버스 정류장 의자 주변에는 포근한 바람만이 살랑이고 있었다. 지희는 한적함과 평화로움 위에 깊고 쓸쓸한 마음을 앉혔다. 그런 다음 자신에게 씌어진, 아니 뒤집어 쓴 저주의 숨통을 끊어내기 위해 물색해 둔 장소를 머릿속에 떠올려 보았다. 그늘지고 눅진한 흙바닥이 눈앞에 그려지는 것 같았다. 더구나 여기서 그리 멀지 않은 곳인지라 서글픈 가슴이 울렁거렸나 보다.

'해가 길어졌구나. … 죽을 곳이 차라리 여기라면 괜찮을 거 같아.'

주변으로 흐느적거리는 시선을 흘리던 중 몽글몽글한 마음이 피어올랐다. 연약한 마음은 감수성을 갉아먹는 듯했다. 혹은 정반대이거나.

그때 휴대폰이 울렸다. 최후의 순간을 맞이하기 전 영선의 목소리라도 들어볼 수 있을까 하는 미련을 도저히 떨쳐낼 수가 없어 지니고 있었다.

"여보세요?"

벌써 턱밑까지 설움이 북받쳤다. 연락해 올 사람이 빤했기에.

"안 받으면 어쩌나 했어요."

다급한 진선이었다.

"왜 그래요? 무슨 일 있어요?"

지희는 불안감에 그대로 얼어버렸다.

"영선 씨 상태가 너무 안 좋아서 지금 구급차 타고 병원으로 가고 있어요."

"얼마나 아픈 건데요?"

통화를 나누기 몇 분 전까지 진선은 죽을힘을 다해 영선에게 심폐소생술을 행하고 있었다.

"엄마는 어디 갔어요?"

"좀 멀리 볼일 보러 가셨어요. 두통은 나아진 거 같아요?"

"많이요."

"다행이네요. 배 안 고파요?"

"배는 안 고파요."

"그래도 기운을 차리려면 먹어야 할 텐데, 먹고 싶은 거 있으면 바로 말해요. 알았죠?"

"고맙습니다."

지희가 떠나고 얼마 후 증상이 가벼워진 듯했다. 그런데 다시 얼마 뒤, 한순간 의식을 잃고는 숨이 약해져 가고 가슴의 박동마저 미약해져 가는 것이었다.

진선은 영선이 이대로 죽어버릴지도 모른다는 당혹스러움에 대체 자신이 왜 이런 정신 나간 일에 휘말려 있는 건지 하는 상투적인 기분을 만끽하기도 했다. 하지만 곧 부질없는 의식을 깨트리고 나와 방도를 모색했다. 그래서 119에 연락을 취했다. 흑주술에 의한 것이었음이니 이치에 맞지 않는 수고임을 자각하기도 했지만, 손 놓고 있을 순 없는 노릇이었다. 전화를 받은 119직원이 침착하게 환자의 상태와 주소를 물어왔다.

진선은 영선의 현재 상태를 명료하게 전달했고, 자취방을 찾아올 때 적어 온 종이를 펴 그대로 일러주었다. 119는 즉시 출동하겠다고 응답했고 필요시 출동대원으로부터 연락이 갈 수 있으니 반드시 받아달라는 당부를 달았다.

"영선 씨! 정신차려 봐요. 네? 눈 떠보라니까!"

하지만 불과 몇 분 후 영선의 심장이 멎을 것만 같았다. 이에 진선은 소방서 관련 다큐를 제작할 당시 구급대원들이 시교했던 심폐소생술을 떠올렸다.

"우리 영선이 많이 아픈 건가요? 네?"

지희의 울대가 부르르 떨렸다. 그도 그럴 것이 휴대폰을 넘어오는 여러 소음들이 상황의 긴박함을 똑똑히 알려왔기 때문이다. 이따금씩 사이렌 소리를 비집고 들리는 고함소리에는 '심정지'라는 단어도 자리하고 있었다.

"… 위험한 건 맞는 거 같아요."

진선이 답을 넘겨왔다.

"제발 좀 살려 주세요. 선생님들, 불쌍한 우리 영선이 좀…."

굳어 있던 지희는 결국 주저앉아 울음을 터뜨렸다.

"PD님, 제가 지금 당장….'

자신의 미련함이 시간을 지체한 건지 생각하며 원망했다. 수화구를 통해서는 사이렌 소리만 들려왔다. 온 신경을 쏟고 있었기에 갑자기 구급차 내의 급박한 분위기가 수그러들었음을 인지할 수 있었다.

"여보세요? PD님? 왜 그래요?"

이때 휴대폰의 배터리가 방전됐다.

"아아—!"

지희는 하늘을 향해 울부짖었다. 눈알이 튀어나오고 목구멍이 찢어질 듯 울분을 토해냈다. 뇌리에는 뒤죽박죽 지금까지의 삶들이 나열되었다.

티 없던 어린 시절부터 찬란했던 청춘을 지나 영분의 죽음에 이르렀고, 마지막에 성인이 된 영선이 손에 잡힐 듯 나타났다가 연기로 변해 버렸다. 이젠 영선을 확인할 시간이 없었다. 필요도 없었다. 뭐가 됐든 당장 결자해지(結者解之)를 해야만 했다.

증오심에 휩싸인 지희는 단숨에 산길을 거슬러 올라 자선암을 찾았다. 그리고 곧장 별채에 딸린 창고에서 겨울을 나기 위해 채워둔 기름 몇 통 그리고 땔감으로 쓸 장작들과 라이터를 챙겨 마당으로 들고 나왔다. 이러한 준비과정 중에는 거친 숨소리만이 새어나올 뿐 은밀하게 진행이 되었다. 급작스레 계획이 바뀐 것 치곤 무섭도록 유연한 움직임이었다.

지희는 어스름이 지고 있는 현재, 작은 불빛이 새어나오고 있는 집채로 왔다. 창문 아래에서 가만히 귀를 대보니 진강법사가 무언가 읊조리는 소리가 들렸다. 이에 지희는 드나들 수 있는 유일한 출입구와 마루 안쪽에 장작을 쌓고 바닥이 흥건할 정도로 기름을 부었다. 그리고 적당한 크기의 마른 장작 끝에 기름을 묻힌 뒤 불꽃을 댕겼다. 아직도 방 안에서는 인기척을 느끼지 못한 듯 동요가 없었다.

계획대로 일을 진행시킨 지희는 진강법사가 있는 방문을 열어젖혔다. 그리고 진강법사가 앉아 있는 모습을 확인하자마자 그에게 냅다 기름을 들이부었다.

"무슨 짓이야?"

당황한 진강법사가 물음을 보냈다. 그러나 돌아오는 건 그를 지옥으로 이끌 업화(業火)뿐이었다. 몸을 일으키려던 진강법사의 두 다리가 발끝에서부터 맹렬히 솟아오른 불길에 휩싸이더니 무너져 내렸다. 붉은 빛깔의 노여움은 지희의 심정을 대변하듯 진강법사의 머리통까지 순식간에 집어삼켰다.

"으아악!"

두려움과 고통에 짓이긴 비명이 터져 나왔다. 지희는 일말의 흔들림 없이 마루에도 불을 붙였다. 집채는 서서히 타들어 갔고 엄청난 열기 속에서 사그라지고 있을 진강법사는 어떠한 기적도 보내지 않았다.

'남김없이 다 타 버려!'

한동안 이를 지켜보던 지희는 법당으로 향했다. 법당 내부로 들어선 그녀는 미륵을 흉내 내고 있는 불상에 기름을 잔뜩 끼얹었다. 그런 다음 법당의 문을 굳게 닫았고 불상의 정면에 자리 잡고 앉았다. 얼마 안 있어 검붉은 법당은 안쪽에서 부터 새빨간 화마에 휩싸이기 시작했다. 그 모습이 마치 마귀가 마귀에게 휩쓸리고 있는 그림 같았다.

"컨디션은 좀 어때요?"

진선이 병실로 들어서며 물었다. 영선이 응급실을 통해 병원에 들어온 지도 어느덧 3개월이 흘렀다. 고비는 넘겼음에 회복이 더뎌 근심을 가졌던 것이 사실인데. 다행히 근래 들어 차츰 기운을 차리고 있는 터였다.

"이젠 아무렇지도 않은 거 같아요."

영선은 상체를 세워 대답했다.

"잘됐네요. 그런데 살은 좀 넣이 씌워야겠나. 회사 과장님이 그러셨다면서요? 복직하는 조건이 10킬로그램 이상 체중 늘리는 거라고. 이제 가릴 거 없죠?"

진선은 뒤로 빼고 있던 손에 들린 분식 세트를 내밀었다.

"저 진짜 떡볶이 먹고 싶었는데."

영선이 받아들며 활짝 웃었다.

"모를 수가 있겠어요? 통화 때마다 얘기했던 거 같은데."

"그랬나?"

신이 난 얼굴로 종이가방의 내용물을 꺼내는 영선을 진선은 물끄러미 바라봤다.

이제 보니 지희와 닮은 구석이 많은 얼굴을 하고 있었다. 그렇다는 건 그 옛날 평범한 여인의 삶을 보내고 있었을 지희의 얼굴이 이처럼 순수하고 아리따웠을 것이라는 짐작을 불러일으켰다. 단 한 번도 보지 못했지만 지희가 환하게 웃는 모습을 상상해 보니 참으로 슬프고도 아름다운 얼굴이 그려졌다.

"왜 그래요?"

진선이 눈물을 훔치는 영선에게 물었다.

"엄마 생각이 나서요."

"어머니도 영선 씨 생각하고 있을 거예요. 잘 먹고 건강해지면 기뻐하실 거고."

"그렇겠죠?"

"확실해요."

"1인분치고는 양이 넉넉한 편이네요. 이름도 처음 보는 거 같은데."

영선이 비닐에 인쇄된 상표를 살피며 말했다.

"그거 2인분인데."

"아, 이게?"

"사람이 둘이잖아요. 어쨌든 컨디션이 좋아진 건 분명하네요."

진선이 새침하게 웃었다.

"PD님 덕분이죠. 옆에 안 계셨다면 저 진짜 힘들었을 거예요."

"에이, 잘 먹고 잘 지냈을 거 같은데?"

"음— 오글거리지만 PD님은 저한테 엄마가 남긴 선물이에요."

영선은 콧방울을 쓱 비비며 햇볕이 드는 창밖으로 시선을 돌렸다.

"… 정말 그럴까요?"

진선의 반응이 한 박자 늦었다.

"확실해요."

"….'

복잡한 심정일 수밖에 없었던 진선은 대꾸조차 입 밖으로 내지 못했다.

"혼자 다 먹어야지."

영선이 포장지를 뜯었다.

"내가 사온 거거든요."

진선이 침대에 걸터앉았다.

언론을 통해 다뤄진 자선암 사건의 전말은 재산을 갈취한 주지에 앙심을 품은 신도가 방화를 저지른 것으로 매듭이 지어졌다. 조속히 일단락이 되어 버린 경위는 진강법사와 교류를 하고 있던 정치권과 경제계의 인사들이 압력을 넣어 수사를 순식간에 종결시켰기 때문이다. 그들은 자칫 본인들의 치부가 드러날지도 모를 것을 염려해 수사를 마무리 지을 수 있는 선에서 종식시킨 후 발 빠르게 언론에 공표를 했던 것이다.

그래서 자신들을 견제하고 있는 쪽의 공권력이 부남을 느껴 훗날 번복하거나 재차 거론하기가 녹록치 않도록 손을 쓴 셈이었다. 이와 같은 연유로 지희와 진강법사의 신상은 유례가 없을 정도로 모호하게 발표가 되기도 했다.

다행스러운 일이라 치부하긴 힘들지만 영선은 적어도 지희가 암자에 불을 질러 사람을 해치고 본인마저 목숨을 끊은 사실을 알 수 없을 것이었다. 진선은 절대로 그 일을 영선에게 알릴 생각이 없었기에.

그래서 일이 틀어질 것을 대비해 작성했던 지희의 일대기를 폐기시켰다. 만에 하나라는 근심으로 남겨 볼까도 했었다. 하지만 지금에 와선 지희의 만행이 세상에 알려지는 일이 무엇보다 영선을 고통스럽게 만들 것이 자명했기에 흔적을 남기지 않기로 생각을 바꾼 것이었다.

한편, 진선은 지희가 늦은 퇴근시간 발길을 재촉하느라 대로에서 무단횡단을 시도하다 유명을 달리 했다고 영선에게 일러주었다. 본인 정신도 챙기기 급급했던 영선이었기에 그대로 받아들이는 것 외엔 도리가 없었다. 더군다나 사고가 있었다는 날로부터 제법 시간이 흐른 후에 전해 들었기 때문에 뒷수습은 진선이 모두 마친 후였다.

순조롭게 건강이 회복된 영선은 퇴원수속 후 곧장 지희가 안치되어 있는 봉안소를 찾았다. 언급했듯 그녀가 병원에 있는 동안 모든 절차를 진선이 밟아 줬다고 전해 들었다.

"PD님, 저 엄마한테 왔어요."

영선은 지희의 유골함 앞에서 진선에게 전화를 걸었다.

"퇴원은 잘했죠? 일만 아니면 오늘 시간 맞췄으면 좋았을 텐데."

진선은 아쉬움을 전해왔다.

"그러게요. 요즘 너무 바쁘시니 얼굴 잊어 버리겠어요."

"내 말이."

"… 감사합니다."

생기발랄하던 음성이 울적해졌다. 진선은 영선이 지금 어떤 표정일지 짐작이 갔다.

"일 처리하시느라 고생 많으셨죠? 진짜 PD님 안 계셨으면 어땠을까. 생각만으로도 너무 우울하네요. 정말이지, 진심으로 감사드려요."

영선은 울먹이며 유골함 쪽으로 손을 뻗었다.

"어머니께 제 안부도 전해 줘요."

"물론이죠."

"나중에 봐요. 복직 전에 서울에 한 번 놀러오든지 하고."

"네, 감사해요."

그때 영선의 귀에 진선을 찾는 듯 한 음성이 희미하게 닿았다.

"너무 그러니까 부담스러워서 끊어야겠다. 연락해요."

진선이 말했다.

"수고하세요."

"참! 나 담배 끊었어요. 영선 씨 잔소리 듣기 싫어서."

"난 한두 번 말한 게 전분데?"

"아무튼."

"잘하셨어요."

"그럼."

통화를 마칠 때쯤 영선의 얼굴은 눈물로 얼룩졌다.

"엄마―."

한참을 고개를 떨어뜨려 울었다. 그러다 지쳐 하늘을 올려다봤다. 어째서인지 저 멀리 붉은 노을이 지고 있음에도 하늘에 드넓게 수놓아진 구름들은 연보라색을 띠고 있었다.

"잘 지내고 있어요. 영분이랑. … 또 올게."

지희의 유골함 곁엔 회전목마 앞에서 찍은 사진과 영분의 사진이 나란히 놓여 있었다.

에필로그

진선은 불면증에 시달리고 있었다. 언젠가부터 그녀의 머릿속엔 윤서에 관한 기억이 꼬리를 물기 시작했다. 어느 때는 가슴이 철렁 내려앉았다가 미친 듯 두근거리기를 반복했다. 때문에 간간이 고용량의 수면제도 효과가 미비할 정도였다.

아주 낯선 상태는 아니었다. 윤서가 죽고 얼마간은 진선도 충격에 휩싸였었다. 불쌍한 친구가 스스로 목숨을 끊은 당일은 어떠한 연민의 감정도 돋아나지 않았던 것이 사실이다. 당시 예감했던 윤서가 하려는 짓은 벌어지기만 한다면 진선 자신에게 나쁠 것은 없다고 믿었기 때문이다. 도무지 미연을 감당할 수 없었던 본인에겐 어떤 식이든 해결책이 솟아날 가능성이 농후했었다.

'내 잘못은 없잖아? 모두 저 못된 년들 때문에 벌어진 일이라고. … 나도 살고 싶어. 죽기 싫었다고.'

그러나 시간이 조금 흘렀을 땐 누구에게도 털어놓을 수 없는 죄책감에 괴로운 날들을 보내야만 했었다. 미연과 그 패거리들만 없어진다면 마냥 좋을 줄 알았는데. 착해서 여렸던 친구에 대한 미안함이 몽글몽글 피어오르기 시작했다.

　진선의 입장에선 다행히 그러한 감성은 채 몇 개월이 가지 않았다. 옅어지고 희미해지다 결국 사라졌다. 한편으론 놀랍게도 까마득히 잊고 지내던 사건이었다.

　그런데 잔혹한 저주의 굴레에 말려들 뻔했고, 가까스로 벗어난 현재이건만. 어째서 윤서가 떠오르는 것인지.

　'왜? 이번에도 나만 빠져나갔다고 생각하는 거야?'

지독히도 잠을 이룰 수 없던 어느 날. 진선이 의문을 떠올렸다. 그것은 윤서에게 그리고 지희에게, 어쩌면 자신에게 마저 던지는 질문인지도 몰랐다.

"…아니. 언제라도 똑같은 선택을 했을 거야. 난 내가 할 수 있는 일을 했던 것뿐이거든. …단지 살기 위해 그랬던 것뿐이라고. 다른 방법이 없었잖아? 아냐? …그래서 어쩌라고?"

암막커튼이 쳐진 깜깜한 공간엔 진선 홀로였지만 혼잣말인 듯 아닌 듯 말을 흘렸다.

언젠가 미연의 소식을 접한 적이 있었다.

동창을 찾아주는 사이트였는데, 거기서 재회한 친구의 말에 의하면 미연은 스물두 살 전에 이미 아이 둘을 낳았다고 했다. 헌데

지속적인 남편의 폭력에 시달리다 못해 자주 가출을 했었단다. 하지만 남편은 그때마다 집요하게 미연을 찾아와 주먹을 휘둘렀고, 경찰에 신고를 해보기도 했으나 법적구속력은 미비한 탓에 벗어나기란 쉽지 않았다고 한다.

미연의 집안 사정도 윤서의 일이 있은 얼마 후 급격히 기울어진 상태라 부모님은 재산을 탕진하고 이혼을 한 상태였다고 했다. 그렇듯 가족들은 뿔뿔이 흩어졌기 때문에 미연에게 아무런 힘이 되어주지 못했단다.

참다못한 미연은 자식들과도 완전히 인연을 끊고 종적을 감춰버렸는데, 이후 행적은 알 수 없다고 전해 들었다.